RECLUSA

DEBRA JO IMMERGUT

RECLUSA

Editado por HarperCollins Ibérica, S.A.
Núñez de Balboa, 56
28001 Madrid

Reclusa
Título original: The Captives
© 2018, Debra Jo Immergut
© 2019, para esta edición HarperCollins Ibérica, S.A.
© De la traducción del inglés, Isabel Murillo

Diseño de cubierta: Mario Arturo
Imágenes de cubierta: Arcangel Images

ISBN: 978-84-9139-417-4
Depósito legal: M-21770-2019

Todo este tiempo,
para John

CASUALIDAD

1

EL PSICÓLOGO SE ABSTENDRÁ DE ASUMIR UN ROL PROFESIONAL CUANDO LA OBJETIVIDAD PUEDA VERSE MENOSCABADA

(Asociación Norteamericana de Psicología, Principios éticos y códigos de conducta, Estándar 3.06)

Lo que me sucedió es universal. Y puedo demostrarlo.

Piensa en toda la gente que conociste en el instituto. Ahora concéntrate en esa persona única, en la protagonista de tus sueños. En aquella que, cuando te la cruzabas por el pasillo, activaba en tu interior esa sensación previa incluso al *Homo sapiens*, esa descarga cerebral de adrenalina pura. El amor platónico, dicen.

Ves que esa persona camina hacia ti. Que se aproxima entre el bullicio del abarrotado pasillo, hacia ti, hacia ti, que pasa por tu lado. El cabello, la manera de andar, la sonrisa.

Se te ha acelerado un poco el pulso. ¿A que sí?

Eso te demuestra su poder. Estás visualizando un niño o una niña —ahora, años después—, y cuando visualizas a ese niño o a esa niña, con su porte desgarbado, de camino a la escuela, la imagen mental que tienes de él o de ella sigue haciendo vibrar tu córtex cerebral, sigue alterándote el ritmo de la respiración.

Así que ya lo ves. En estas situaciones, entra en juego un factor involuntario.

Ahora imagínate lo siguiente: eres un hombre adulto, de treinta y dos años de edad, psicólogo de profesión. Estás sentado en un sótano, en tu despacho del departamento de psicología de un correccional del estado de Nueva York. Una cárcel de mujeres. Es lunes por la mañana, has llegado tarde al trabajo y no has tenido tiempo de repasar los expedientes de los casos que te ocuparán la jornada, ni siquiera de echarle un vistazo a tu agenda. Entra la primera reclusa del día, vestida con el uniforme amarillo que llevan todas las internas.

Y es esa persona.

Con un aspecto sorprendentemente similar al de aquella niña que caminaba en dirección opuesta a ti por el pasillo flanqueado por taquillas con puertas que se cerraban estrepitosamente. El cabello, la manera de andar.

¿No te quedarías flipando?

Di la verdad. No tienes ni idea de cómo reaccionarías.

La reconocí al instante. ¿Y quién no? No es de ese tipo de personas que se olvida fácilmente. O, al menos, no es el tipo de personas que yo olvido. Sobre todo la cara. Podría compararla con la variedad de flores que mi madre cultivaba en los parterres de casa, bonita, del mismo modo que a nadie le sorprende que sea bonito un jardín bien cuidado, pero ofreciendo atisbos de complejidad interior, si le prestas la debida atención. Esa cara había merodeado por la periferia de mi memoria durante casi quince años. De vez en cuando, siempre había alguna cosa —una canción con la antigüedad adecuada, la visión de una chica con melena pelirroja haciendo deporte por el parque— que la devolvía al primer plano. De haber sido yo de ese tipo de personas que asisten a encuentros de viejos amigos —y no lo soy—, habría corrido a hacerme con una invitación al evento y me habría colgado una etiqueta identificativa para ver si ella aparecía. Para ver qué había sido de ella.

La vi. Tomó asiento en la silla de plástico de color azul claro delante de mí, con el anagrama «NY DOCS», las siglas de las instituciones penitenciarias del estado de Nueva York, estampado en tinta negra, ya borrosa, justo encima del corazón.

No me recordaba. Estaba claro. No vi ni un parpadeo, ni un destello de reconocimiento.

De modo que no abordé el tema. ¿Qué podría haberle dicho? ¿Cacarear su nombre y preguntarle: «¿Qué tal estás? ¿Qué te trae por aquí»? No. Mientras intentaba procesar la situación —¿ella?, ¿aquí?—, me levanté y fui directo hacia el archivador del rincón, donde guardaba todo lo necesario para preparar el té: una pequeña tetera roja, cajas de *oolong* y de Earl Grey, tazas y cucharillas de plástico. Mi breve ritual del té inyectaba una sensación reconfortante a la situación que servía para que mis clientas se sintieran algo más cómodas y, en consecuencia, lo llevaba a cabo en prácticamente todas las sesiones. Mientras, con manos temblorosas, preparaba dos tazas, solté mis habituales palabras de introducción, es decir, bienvenida, gracias por venir, establezcamos unas pocas normas básicas, lo que cuentes aquí no saldrá de esta habitación. Un discurso que, después de seis meses en mi puesto, podía desarrollar sin pensar. Le ofrecí un té humeante y lo aceptó con una sonrisa que fue como una pequeña puñalada. Regresé a mi silla y estabilicé el temblor de las manos rodeando con ellas la taza caliente. Una nota sujeta con un clip en su dosier me informaba de que acababa de terminar un periodo de aislamiento. Así que le pregunté al respecto. Pero no escuché su respuesta. Me resultaba imposible no volver a aquel recuerdo. Un recuerdo que se había repetido en bucle en mi cabeza innumerables veces a lo largo de los años, como uno de esos pegajosos anuncios de radio de mi época juvenil. Pensar en aquello, con ella en carne y hueso sentada delante de mí, me provocó ansias de revolverme en mi asiento, pero conseguí mantener mi porte profesional y quedarme quieto.

Recordé su espalda desnuda, una extensión de blancura que ondeaba como una bandera, y luego, el fogonazo de un pecho cuando se giró para coger una toalla del banco. El cabello —de aquel tono rojo con mechones castaños— le cayó por encima del pecho y comprobé que su color era exactamente igual que el del pezón. Jason DeMarea y Anthony Li rieron con disimulo. Pero yo guardé silencio durante todo el rato en que me mantuve encaramado al muro exterior del vestuario de las chicas, a pesar de tener las puntas de los dedos doloridas de agarrarme con tanta fuerza al hormigón del alfeizar de la ventana y de notar la puntera de las zapatillas deportivas rozando constantemente el ladrillo. Había sido idea mía. Había visto las ventanas entreabiertas para dejar pasar la brisa que soplaba aquel soleado y templado día de noviembre, y había visto a aquella integrante del equipo de atletismo femenino de primer curso entrando sola en el vestuario después de su carrera. Habíamos estado cubriendo la competición para el *Lincoln Clarion*. A mí me tocaba ocuparme de los equipos femeninos júnior y Anthony era el fotógrafo de los equipos femeninos júnior, lo cual puede darte una idea del nivel del personal del Clarion y del Lincoln High, en general. Jason DeMarea se había apuntado porque no tenía nada mejor que hacer un martes por la tarde al terminar las clases. Estuvieron los dos riéndose y dándose codazos todo el rato y cuando ella acabó de vestirse (pantalón de pana azul celeste, camiseta estampada con flores de colores vivos), bajaron de un salto del improvisado mirador. Pero yo seguí colgado allí, observando. Se sentó entonces en el banco para atarse los cordones de los botines. Luego, cogió el chándal del colegio, hizo con él un amasijo de tela y lo utilizó para secarse los ojos. Solo pude ver un pequeño fragmento de su cara y una refinada oreja: la oreja que tenía aquel intrigante *piercing* doble, con un aro de plata y, encima, el minúsculo Pegaso, de plata también, que yo contemplaba en secreto cuando me sentaba detrás de ella en clase de Trigonometría, preguntándome si querría decir que le gustaban los caballos, las drogas o se trataba de algún lado oscuro de ella que jamás lograría decodificar. Se secó los ojos con el chándal y vi que lloraba de verdad. Tenía los párpados hinchados. Levantó la vista hacia la taquilla, que seguía abierta. Guardó de mala gana la ropa de correr y extendió el brazo hasta la portezuela. Vi entonces que había algún tipo de adhesivo pegado en la parte interior. Desde donde yo estaba situado, era imposible leerlo. Y entonces, con contundencia, tiró del adhesivo y lo arrancó. A continuación, cerró la taquilla de un portazo y sacudió la mano para deshacerse de la pegatina que acababa de arrancar. Pero el adhesivo se le había quedado adherido a la palma de la mano. Fijó la vista un instante en aquel obstinado pedazo de papel y rompió a llorar con ganas. Abrió de nuevo la taquilla y depositó en su interior el adhesivo, hecho una pelota. Cerró la puerta y se tapó los ojos. Al cabo de un rato, salió del vestuario y la perdí de vista.

Abrí el dosier y mis ojos se deslizaron por las palabras escritas sin verlas. Le hice cuatro preguntas sobre su reciente aislamiento, inicié el diagnóstico rutinario de personalidad. Solté unas cuantas secuencias de frases que sabía de memoria, ella me respondió, y entonces empecé a recuperar la concentración. Escuché, y no dije nada sobre Lincoln High, ni sobre su pecho desnudo, ni sobre la pegatina arrancada, ni sobre que yo era el chico de la última fila de clase de trigonometría. No dije que me plantaba en las gradas para verla en todas las carreras que corría, que estuvo una temporada practicando atletismo, y que sabía que solo había ganado una vez, precisamente aquel mismo día, aquel soleado día de noviembre. No dije que sabía que su padre había sido congresista durante una legislatura, y no dije que la adoré desde la distancia durante absolutamente todos los largos y frustrantes días de mis tiempos en el instituto. Era evidente que no me recordaba. ¿Me molestó? Supongo que de un modo muy sutil y asumido, tal vez sí. No de forma consciente. Pero, en cualquier caso, no dije nada.

Terminamos la parte del diagnóstico y entonces me comentó que tenía problemas para dormir. Los ruidos, los gritos en su unidad durante la noche. Vi que unía y desunía las manos en su regazo y me preguntó, dubitativa, si podría conseguirle alguna pastilla que le ayudara.

—Solo para poder adormilarme unas horas —dijo.

No pude evitar darme cuenta de que la laca de color tomate

que cubría sus uñas estaba descascarillada. Si algo tenían en común todas mis clientas, era que lucían manicuras impecables e increíblemente complicadas: arcoíris, palmeras cocoteras, el nombre del novio, rayas brillantes, estrellas y corazones. Aquellas mujeres ni se toqueteaban ni se mordían las uñas. Las exhibían. Pero las de ella eran cortas. Destrozadas.

Sin darme cuenta, empecé a escribir en un formulario azul, recomendándole la toma de Zoloft. Me levanté de la silla, rodeé la mesa y le entregué el papel. Se levantó. Le sacaba una cabeza. Su mirada abatida, sus largas pestañas. Débiles pecas dispersas por las mejillas. Aparté la vista, enderecé la espalda, armándome con todos y cada uno de los centímetros que me daba mi altura.

—Enséñale esto a la secretaria del doctor Polkinghorne, dos puertas más allá.

Leyó la nota y me dio las gracias en voz baja. Nos quedamos un minuto sin decir nada. Yo, librando un debate interno sobre si decir lo que sabía que debería decir.

—Humm... ¿sabes qué? —empecé a decir. Pero dije algo completamente distinto—. Me gustaría incorporarte a mi lista de citas fijas. Creo que podríamos buscar soluciones a tu caso.

Frunció los labios para esbozar una minúscula sonrisa melancólica.

—Estupendo —dijo.

Y dio media vuelta para irse. Con su cola de caballo balanceándose de un lado a otro, se alejó de mí y cruzó la puerta.

Dejarla marchar en aquel momento, sin revelarle lo que sabía, fue una violación de la ética profesional, la primera de una serie de faltas que he cometido desde entonces. Las normas de la Asociación Norteamericana de Psicología en cuanto a relaciones preexistentes, no dejan lugar a dudas. Hay que reconocer su existencia, y en el caso de que la relación pudiera menoscabar la objetividad, la terapia tiene que interrumpirse. En la normativa queda muy claro.

Debió de ser entonces cuando dejé de seguir las normas. Hasta aquel momento, siempre había sido más o menos de lo más normal, un hombre que acataba la ley y seguía las normas.

Ella lo cambió todo, aun sin pretenderlo. Aquella persona con el uniforme amarillo del centro, con su cara de flor de jardín. Ella, a quien tan bien recordaba de cuando era una niña. Ella, de quien era imposible olvidarse.

No puedo referirme a ella por su nombre. Llamémosla M y sigamos con el relato.

2

MAYO DE 1999

Miranda Green nació en Pittsburgh, Pensilvania. Vivió gran parte de su infancia en los barrios residenciales de Washington, D. C., y durante el mes de mayo de su trigésimo segundo año de vida, uno de los mayos más preciosos que se recuerdan en el Eastern Seaboard, hacía planes para morir en Nueva York. En Milford Basin, Nueva York. Más concretamente, en las instalaciones del penal de mujeres que ocupaba ciento cincuenta y cuatro acres de superficie talada en los bosques de arces y matorrales de las afueras de la ciudad de Milford Basin.

Durante los años veinte, un Rockefeller, un Roosevelt o algún otro ricachón fue el propietario de aquella finca en Milford Basin, explicaban los agentes inmobiliarios a los compradores potenciales. Por desgracia —desde un punto de vista inmobiliario—, el ricachón en cuestión estaba empeñado en reconducir la vida de las chicas descarriadas. Y de este modo, lo que en su día fuera un pabellón de caza se transformó en un reformatorio y en la actualidad, setenta años después, había pasado a ser una cárcel del estado calificada de entre mínima y media seguridad. Ya nadie pensaba en aquellas mujeres como «descarriadas». Eran delincuentes y criminales que necesitaban una malla perimetral tupida de cuatro metros de altura, alambradas y vigilantes de seguridad armados.

La cárcel quedaba en lo alto de las dos colinas que dominaban el pintoresco centro de Milford Basin. Se alzaba allí un amplio complejo vallado y en el interior de ese complejo se encontraba Miranda formulando sus planes. El método sería una sobredosis de pastillas. Las pastillas abundaban en el sistema; más de la mitad de las mujeres de Milford Basin estaban medicadas; el personal médico recetaba dosis diarias de Xanax, Litio, Librium y Prozac. Algunos personajes turbios las vendían también; evidentemente, podían comprarse fármacos, como tantas otras sustancias. Pero a veces era más fácil acudir al Centro de Terapia y hacerse con una receta, conseguir un diagnóstico de depresión, conducta social violenta o incluso de simple ansiedad social. Los medicamentos se dispensaban con generosidad, puesto que los medicamentos funcionaban, en todos los sentidos.

Miranda quería morir porque, después de veintidós meses de cárcel, no le veía sentido al hecho de seguir allí durante lo que le quedaba de condena. La condena se extendía una cantidad tan obscena de años que evitaba pensar en su duración exacta en términos numéricos y prefería considerar el tiempo como una carretera que se perdía en la niebla. No tenía posibilidad de solicitar la libertad condicional, y si algún día lograba volver a ser libre, sería muchísimo más vieja que ahora. De un modo u otro, la promesa de poder saborear la libertad a tiempo para disfrutar de las enfermedades de la vejez no le parecía razón suficiente para aferrarse al clavo ardiente de la vida. Deseaba soltarlo.

De ahí la visita de Miranda al Centro de Terapia. La idea de ir a ver un loquero no le gustaba nada. En una ocasión, durante ese periodo turbulento de su adolescencia que sucedió a la muerte de Amy, su madre le pidió hora para ir a ver a uno. Pero ella se negó a subir al coche. Nunca había tenido una personalidad introspectiva. En ese sentido, había salido a su padre. Pero en Milford Basin, donde el tiempo libre daba para bostezar a mansalva, no podía evitar reflexionar sobre lo que le había deparado la vida. ¿Qué hacer si no? Y las dos semanas que había pasado en el módulo de aislamiento le habían servido para concretar sus ideas. Cuanto más ahondaba en su interior, más segura estaba. No esperaría a que el destino diera el paso. ¿Acaso el destino no había jugado ya con ella, no la había golpeado con todas sus fuerzas? No, ahora sería ella quien tomaría el destino en sus insignificantes y encarceladas manos.

Un lunes a las nueve y media de la mañana, Miranda recorrió el sendero asfaltado que conectaba el Edificio 2A&B con el edificio de escasa altura de la administración, que albergaba la zona de visitas y el Departamento de Terapia. Pasó por delante de una anciana llamada Onida, que descargaba sus frustraciones en la parcela ajardinada cuyo cuidado le había encomendado la administración. Onida no tenía permiso para manejar herramientas de jardinería —los instrumentos metálicos afilados no hacían ninguna gracia en el recinto— y no le quedaba otro remedio que remover la tierra, primaveral y con lombrices, con las manos y una pala fabricada a partir de un trozo de cartón, mientras iba canturreando para sus adentros. Tenía a su lado varias bandejas de petunias donadas por las mujeres del club de jardinería de la ciudad. Levantó la vista cuando Miranda pasó por su lado.

—Dios es bondadoso, de verdad que sí —dijo.

—¿Tú crees? —replicó Miranda.

Siguió caminando. Y oyó que Onida murmuraba a sus espaldas. El cielo era dolorosamente azul. El olor a hierba cortada, la tímida brisa que le caldeaba la piel. Seguía sin acostumbrarse a aquello. A salir al exterior y tener únicamente la cúpula del universo por encima de su cabeza. Nada de cemento, nada de almas encerradas. Llevaba solo tres días fuera del módulo de aislamiento. Dos semanas en la caja de zapatos, como lo llamaban las mujeres, habían alisado sus percepciones, era como si hubiera pasado por un proceso de prensado y secado, como una tabla de cortar hecha con maderas exóticas. ¿Era posible empaparla por completo y rehidratarla? «Lo dudo», se dijo.

* * *

¿Lo conocía de algo? A primera vista, le pareció vislumbrar un destello de familiaridad, la cara… tal vez lo había visto en alguna ocasión, o quizás simplemente se parecía a alguien que conocía. Ojos azul grisáceo, cabello rubio, abundante, algo despeinado. Debajo de la barba de dos días se adivinaba una mandíbula fuerte. Un hombre que, desde un punto de vista sutil, no estaba mal. Aunque tenías que mirarlo dos veces para llegar a esa conclusión. Frank Lundquist, se dijo para sus adentros, para poner mentalmente a prueba su nombre.

Era el primer hombre sin uniforme de carcelero con el que hablaba desde hacía casi un año, excluyendo familiares y abogados. Que, por otro lado, eran una excepción.

—Bienvenida —dijo él, moviendo de un lado a otro, con un aire distraído, los papeles que tenía encima de la mesa—. Gracias por venir hoy a verme. —Hablaba con una voz titubeante, profunda. Cuando se levantó, de forma muy brusca, vio que era bastante alto. Encima de un archivador que había en un rincón silbaba una tetera eléctrica, humeante. Dándole la espalda a ella, llenó las tazas, tomándose más tiempo del necesario, mientras iba recitando alguna cosa relacionada con las normas básicas a seguir—. Lo que digas aquí no saldrá de esta habitación.

El té estaba buenísimo. El desplazamiento habría valido la pena aunque fuera solo por eso. Volvió a sentarse, cogió un dosier y la miró fijamente. Miranda dejó que los vapores del té le calentaran la nariz y estudió el mechón de pelo que le caía a él sobre la frente, suave como el ala de un pájaro. Empezó a pensar en cómo sacar a relucir el tema de la medicación.

El hombre levantó por fin la vista del dosier y habló:

—Dice aquí que acabas de salir del módulo de aislamiento. ¿Podrías explicarme qué pasó para que acabases allí?

Se quedó sorprendida.

—¿No sale ahí?

—Me gustaría oír tu versión de las cosas.

Se recostó en su asiento. Sus ojos viajaban sin cesar de un

lado a otro: miraba su cara y apartaba la vista, su cara y apartaba la vista.

«Acabará poniéndome nerviosa», pensó ella.

—Mi versión de las cosas. —Esbozó la sonrisa más mínima posible—. No sabía que aún tengo mi propia versión de las cosas.

Asintió.

—Te escucho. —Se rascó la barbilla. Sonido de lija—. Reflexiona. Tómate tu tiempo.

Veía fragmentos deshilachados de blanco, la insinuación de unas nubes, desfilando por la esquirla de una ventana que se abría dos metros y medio por encima de su cabeza. Estaba tumbada en un rincón de la celda del módulo de aislamiento, intentando ver lo que había al otro lado de una ventana diseñada para no mostrar nada. Y poco a poco, observando aquellos hilillos, empezó a cobrar conciencia de un retumbo rítmico. Una nota grave repetitiva que le recordaba, en alguna parte primigenia de su ser, su primera infancia. No se le ocurría qué podía ser.

Se acercó a la puerta y miró por el pequeño ojo de buey, un pedazo de cristal reforzado del tamaño de un estropajo de cocina. Lo único que se veía era la puerta de la celda de enfrente; detrás de ella estaba Patti, que había asesinado a un cirujano en una disputa relacionada por el pago de las cuotas de la mutua Blue Cross/Blue Shield.

Acercó el oído a la solapa metálica que se abría tres veces al día, cuando le traían la comida. El retumbo continuaba a través de la lámina de acero.

Se agachó hasta rozar el suelo, cubierto de pintura gris grumosa y eternamente helado, y acercó la boca al resquicio de un par de centímetros que se abría bajo la puerta.

—Patti.

Sin respuesta. Volvió a intentarlo. Entonces, de pronto, identificó aquel retumbo. Patti estaba roncando, una cacofonía profunda y mocosa. Roncaba igual que el padre de Miranda, un sonido que la despertaba de sus sueños cuando era niña. Patti estaba durmiendo. Patrizia Melvoin, VIH positiva, estafadora, transgénero, originaria de Morrisania, el Bronx, roncaba con el mismo tono y el mismo ritmo que Edward Green, congresista, distrito veintiocho, Pensilvania.

Miranda se sentó en el suelo y rio. Rio, y el sonido de su risa resultó tan extraño para sus propios oídos que se quedó de inmediato en silencio. Los ronquidos continuaban.

Era su último día de aislamiento y tenía la impresión de que aquel encierro estaba durando años. Fijó la vista en el pedazo de cielo. Sin duda alguna, era más de mediodía.

Normalmente, los funcionarios soltaban a las prisioneras que estaban en el módulo de aislamiento por la mañana. ¿A qué venía este retraso? Pensó en sus fotos, en su ropa, en la Cup-a-Soup que le esperaba en la caja de plástico que guardaba en su unidad. Se desabrochó el batín de franela, que tenía un color amarillo apagado y le recordaba los albornoces que la abuela Rosalie solía regalarles a Amy y a ella, para su consternación, por Navidad. Habrían preferido una de esas muñecas que podías peinar y maquillar, unos bastones de *majorette* o un conejito como mascota. El batín se lo habían dado después de obligarla a entregar su uniforme amarillo antes de acceder al módulo de aislamiento. Se lo quitó, e hizo lo mismo con las bragas impuestas por la institución. En el módulo de aislamiento no podías tener tu propia ropa, de modo que estabas obligada a vivir con el estado de Nueva York hasta en el culo.

Miró el inodoro de acero inoxidable, sin tapa, sin protector de asiento, un tragadero gélido. Se sentó. Y empezó a brincar arriba y abajo. Rápido. Dos semanas atrás, Miranda era incapaz de hacer esto. Cuando Patti le contó cuál era su pasatiempo favorito, ella le replicó:

—Yo jamás llegaré a tener tantas ansias de entretenimiento.

Patti rio entre dientes.

—Aquí no hay tele. Ni tampoco un solo libro de *Reader's Digest* que poder leer.

Los primeros días habían transcurrido bien. Miranda se había hecho con cuatro pastillas para dormir que Lu le había suministrado cuando quedó claro que acabaría entrando en la caja de zapatos. Las había pasado introduciéndose un par de ellas en cada orificio nasal y sin estar segura del todo de si al respirar se delataría, pero lo había conseguido. Las pastillas la habían mantenido agradablemente adormilada. Pero se habían acabado y no le había quedado otro remedio que fijar la vista en aquel retazo de cielo y empezar a ver desfilar recuerdos de Lewis Patterson, y de Duncan, y cosas peores si cabe, y poco había tardado en quedar sumida en una agonía de imágenes repetidas, desesperada por encontrar cualquier cosa con la que mantener la cabeza ocupada, con la que llenarla y aniquilar cualquier pensamiento.

Y así fue como un día se sentó en el inodoro y empezó a saltar. A botar. Con escepticismo al principio. Riendo incluso. Qué ridiculez. Rio, pero continuó, como si estuviera montando a caballo, como hacía en Camp Piney Top, en los montes de Allegheny, cuando tenía nueve años. Y entonces oyó una reverberación; resultó que los saltos habían provocado el efecto de un desatascador y habían succionado el agua en las tuberías, dejándolas limpias. Se arrodilló junto al inodoro, cerró con fuerza los ojos, se tapó la nariz e introdujo la cabeza en la taza.

Oyó voces.

Trajes oscuros a medida, corbatas italianas de colores vivos confeccionadas con seda de primera calidad atadas con ampulosos nudos. Además de pañuelos de bolsillo a juego. Un día de color azul pavo real, al día siguiente de un tono morado intenso con motivos de flores de lis. Miranda se preguntaba a veces si sería por eso por lo que acabó con aquella sentencia mareante. Su abogado olía a dinero. Los miembros del jurado —el ayudante de cocina de una pizzería, el conductor de una máquina quitanieves— se imaginaron que estaban derribando a una princesa de su pedestal en lo alto de una montaña de dinero. No sabían que el capital heredado del que hablaban los periódicos, la fortuna de los Greene de Pittsburg, construida a lo largo de décadas a base de mesas de comedor con hojas abatibles, sofás cama y sillas de jardín con respaldo ergonómico, se había agotado hacía tiempo, con la sangría que habían conllevado los gastos publicitarios de la última y desastrosa campaña de su padre. Alan Bloomfield, experto en elegantes corbatas italianas y pañuelos de bolsillo, era un viejo amigo de la familia, miembro de la hermandad estudiantil de su padre y enamorado de su madre, que había ofrecido sus servicios a precio de ganga.

Bethanne Bloomfield, la hija de Alan, era de la misma edad que la hermana de Miranda, Amy. Hubo una época en la que fueron amigas íntimas: iban juntas al Twin Oaks Mall, al cine, se encerraban a cal y canto en la habitación de Amy. Un par de aventureras de catorce años de edad. Miranda recordaba un día que se plantó en la puerta de la habitación mientras las adolescentes se emperifollaban para asistir a un baile del instituto. Secadores, planchas para el pelo; aquello sonaba y olía como una pequeña fábrica. No había adultos en casa. Las chicas decidieron saquear el tocador de Barbara Greene, repleto de sofisticados frascos de perfume. Repasaron los oscuros e interesantes nombres: Opium, Skin Musk. Entonces, Bethanne abrió el armario de Edward Greene y descubrió un paquete de Trojans en el cajón inferior. Chilló:

—¿Utilizan condones?

Amy le arrancó la caja de las manos. La examinó y acto seguido dijo, frunciendo el entrecejo:

—Tenía entendido que mi madre llevaba un DIU.

Bethanne se apoderó de nuevo del paquete, sacó un sobrecito de su interior y se lo guardó en el bolsillo. Amy cogió otro y devolvió la caja a su escondite.

Miranda no sabía qué era un DIU y cuando luego se lo preguntó a Amy, no quiso decírselo.

Miranda podía pasarse horas así, persiguiendo momentos de su juventud, esquirlas de seguridad de un pasado lejano. Pero los recuerdos siempre acababan serpenteando hacia lugares peligrosos. Bethanne era ahora abogada, se había casado con otro abogado y la pareja vivía en Bethesda de alquiler, en una zona residencial con casas adosadas. A partir de Bethanne, sus pensamientos regresaron a Alan Bloomfield, sentado muy erguido a su izquierda, dando suaves golpecitos a su cuaderno con el lápiz, viendo como su caso se desmoronaba.

Y a partir de allí, una vez más, aunque intentó impedirlo, hacia la mujer del estrado, su voz autoritaria aunque temblorosa, su cuerpo voluminoso, una dignataria de nervios y de dolor.

—Mi hermano era un solterón. Funcionario del ejército en Saigón. Capitán del camión de bomberos voluntarios. Mi hermano era un buen hombre.

La mujer rompió a llorar. La mujer jamás miró en dirección a Miranda.

El estado la conocía como 0068-N-97, porque era la prisionera número 68 que ingresaba aquel año en NYS DOCS Facility N, conocido también como la institución penitenciaria de Milford Basin de aquel año. Vivía en la Unidad C 109, en la celda número 34, la última del lado sur del ala Este.

Allí, la funcionaria de prisiones Beryl Carmona era como el Dios del Antiguo Testamento: seria, pero a menudo también amorosa, omnipotente y aterradoramente impredecible. Lu se había acercado a Miranda nada más llegar a la unidad, le había pasado un brazo por el hombro y le había hablado al oído sobre la vigilante principal:

—Carmona es una imbécil muy lista. Vete con ojo con ella.

Ludmilla Chermayev, antigua residente de Moscú y de Sheepshead Bay, tenía razón al respecto, igual que la tenía en prácticamente cualquier cosa relacionada con Milford Basin, como muy pronto descubrió Miranda. Durante su primer mes en la unidad, Carmona amonestó a Miranda doce veces.

Barb Green no alcanzaba a comprender cómo era posible que su hija hubiera acumulado tantas faltas de disciplina como para estar a solo una amonestación de ser enviada al módulo de aislamiento.

—En la escuela no hacían más que hablar de lo bien que te comportabas. En cuarto, fuiste la que obtuvo mejor calificación en conducta —había dicho resoplando, agazapada entre el caos de la sala de visitas y haciendo trizas un pañuelo de papel. La madre de Miranda había intentado no llorar en esta ocasión, pero había acabado haciéndolo una vez más. Pañuelos de papel por todos lados, lentes de contacto fuera—. ¿Por qué no puedes seguir las reglas, cariño? —le había suplicado Barb—. ¿Por qué no lo intentas?

Pero Miranda seguía las reglas, lo intentaba. «Sé sensata y mantente alejada de los problemas, no te metas donde no te llaman y cumple tu condena». Este era el pacto que había hecho consigo misma la primera semana. Incluso lo había plasmado por escrito en el ejemplar de la versión abreviada de la Biblia de April Nicholson, puesto que April, que ocupaba la celda de delante de Miranda en el módulo de recepción, había insistido en ello.

—Tú eres como yo —le había dicho aquella primera noche espantosa desde el otro lado del oscuro pasillo con una expresión solemne dibujada en una cara redonda, con pómulos que parecían esculpidos en bronce, unos ojos oscuros preciosos y una boca de color ciruela que le habían proporcionado cierto consuelo, un poco de belleza—. Yo no soy de la calle, y nunca he estado ni estaré en la calle —le había dicho con aquella voz en la que Miranda acabó confiando, provista de un tono grave que se entremezclaba con una vaga calidez sureña—. Tú haz lo que yo y no tendrás problemas.

Y Miranda no era el problema. El problema era Beryl Carmona. La primera noche que dejó atrás el módulo de recepción, arrastrando su uniforme de presidiaria dentro de una bolsa negra de plástico, con April siguiéndola con sus libros y su material de papelería, Carmona estaba esperándola en la 109C.

—Estás delante de la funcionaria jefe de esta unidad —dijo señalando su placa de identificación. El pelo castaño rizado enmarcaba su mandíbula prominente y cuando andaba, las esposas y la linterna sacudían sus anchas caderas. Los bolsillos delanteros de sus pantalones de algodón beis sobresalían como orejas. Fijó la mirada en el montón de material que cargaba April en brazos y se volvió hacia Miranda con una sonrisa—. ¿Lees? Yo también. Estupendo. Así podremos discutir sobre el tema. Pero que no vuelva a verte con esas chancletas —dijo señalando las chanclas azules de Miranda.

—Me las ha dado el jefe de almacén.

—Son para la ducha. No me gusta ver los dedos de los pies de la gente.

Había varias mujeres por allí observando la escena con amigable curiosidad. Todas llevaban chancletas. En la unidad hacía calor y había poca ventilación.

Carmona siguió su mirada y suspiró con exageración.

—No busques inspiración en estas mujeres, por favor. Son penosas, de eso no cabe la menor duda, pero nacieron penosas. A ti pienso exigirte más nivel. —Le guiñó el ojo y sacudió su abultado llavero—. Me gusta eso de tenerte aquí. De verdad. Y ahora, permíteme que te muestre tu habitación.

Carmona solía llamarla Missy May. Otras funcionarias la llamaban Miss Lady. Las chicas la llamaban Miss Prell o Lady Prell.

—Tiene el pelo de los anuncios del champú Prell —observó un día Chica, en la unidad de cocinas, durante la primera semana de Miranda en la cárcel, levantando la vista de las judías que estaba removiendo y agitando la cuchara de madera para señalar el cabello grueso, brillante y castaño rojizo de Miranda. Le había crecido y le superaba ya la altura de los hombros—. Como mi hermano —continuó Chica—. Pelo brillante Prell. Mi hermano se lo lava dos veces al día. Siempre con Prell. Siempre.

—Un pelo Prell, podría decirse —añadió otra.

Las chicas hablaban entre ellas sobre ellas. Miranda sabía que su opinión no era necesaria ni deseada. Se limitó a ahuyentar una mosca que rondaba su bocadillo de mermelada de arándanos y siguió leyendo la historia de Tess d'Urberville. Le daba igual que la apodaran Lady Prell, completamente igual. Reconocía que siempre se había sentido muy orgullosa de su pelo y se alegraba de que aún mantuviera su brillo. Llevaba semanas sin usar acondicionador. Las instrucciones —aplicar con generosidad, peinar, esperar cinco minutos y aclarar— no encajaban con los lavabos de una cárcel.

Chica era, de hecho, la mujer de la alfombrilla del baño, y la cosa acabó con la treceava amonestación, la que llevó a Miranda al módulo de aislamiento. De color rosa empolvado, peluda, y solo un poco sucia por los bordes. Miranda codiciaba aquella alfombrilla desde el instante en que la vio, porque le recordaba el Hotel Flora de Roma. Con doce años de edad, con motivo de alguna conferencia que había dado su padre. Gastos pagados. Su padre, su madre, Amy y ella alojados gratuitamente en un hotel con suelos de mármol verde oscuro y angelitos blancos de yeso aleteando por el techo. A última hora de la tarde, una camarera se encargaba de dejar las camas preparadas y colocar una gruesa toalla de color rosa en el suelo, junto a la mesilla de noche.

«Para los pies —le había explicado su madre—. Para que lo último que hagas por la noche y lo primero que hagas por la mañana sea sentir su suavidad en la planta de los pies».

Cuando Miranda vio aquella alfombrilla, supo que si conseguía sentir su suavidad en la planta de los pies, podría tener la oportunidad de conservar, al menos en parte, su cordura.

Un día, a la hora de comer, abordó el tema. Como era habitual, las dominicanas estaban congregadas alrededor del microondas, con la mujer a la que todas llamaban Mami, una señora arrugada que había gestionado un piso franco en Inwood, sirviendo un menú compuesto por tomates de lata y arroz instantáneo. La mayoría de las latinas de la unidad no comía en el Zoo, excepto unas pocas del grupo de Marcy. Miranda era más o menos bienvenida en el círculo de la cocina; y se sentía agradecida por ello, la comida era decente, y empezaba a pensar que tendría que haber estudiado español en vez de francés y alemán en el instituto para de este modo poder seguir toda la conversación.

El caso es que aquel día le pareció entender que el recurso de Chica había sido aceptado y que en cuestión de una semana saldría de allí. Sin ni siquiera pensarlo, le dijo:

—¿Podrías darme esa alfombrilla, Chica?

Las mujeres rieron con nerviosismo.

—Lady Prell quiere tu alfombrilla, Chica —dijo una de ellas.

Chica le sonrió, una sonrisa muy amable, de oreja a oreja.

—Pásate por mi habitación el día que me marche. Creo que sí.

Las chicas, e incluso las funcionarias, llamaban «habitaciones» a las celdas, como si estuviesen hospedadas en el Hotel Flora.

El día de la puesta en libertad de Chica reinaba en el recinto una tensión especial porque, durante la noche, una mujer de la Unidad D había sufrido convulsiones como consecuencia del consumo de un fermentado hecho con restos de tostadas, terrones de azúcar, pieles de manzanas Red Delicious y una pizca de espray corporal con aroma a melocotón. Durante toda la mañana, las habían mantenido encerradas mientras registraban las celdas. Habían descubierto licor casero en cuatro celdas y habían enviado a sus ocupantes al módulo de aislamiento. Por la tarde, cuando Miranda se dirigió al otro extremo del bloque, donde Chica estaba recogiendo sus cosas, la rabia contenida vibraba por los pasillos. En la celda de enfrente, una mujer llamada Dorcas, desgarbada y fuerte, con una cara dura y bruñida como una castaña, hizo un comentario:

—El juez ha rechazado mi recurso de apelación. A Chica le han dado una oportunidad. Pero a las funcionarias les importa una mierda que Dorcas pueda tener una oportunidad.

—Sí, sí, Dorcas —dijo una voz por detrás. Su compinche, una chica rolliza llamada Cassie, estaba repantingada en la cama de Dorcas, pintándose sus pies rechonchos con un bolígrafo—. Por lo único que estás aquí es para darles trabajo a las putas funcionarias.

—Chica —dijo Miranda—. ¿Te acuerdas de lo que hablamos el otro día?

—Mira qué brazos tiene esta chica. Tiene los brazos más flacos que he visto en mi vida —dijo Dorcas mirándola con asco.

—Se cree que es algo —dijo Cassie.

Chica cogió la alfombrilla del suelo casi con tristeza.

—Incluso te la he lavado, lady. Me la regaló mi hermana. Es buen material.

Acarició la alfombra peluda rosa, casi como si fuera una mascota, y se la entregó a Miranda.

—Me alegro mucho de que te vayas, Chica —murmuró Dorcas—. No lo sabes tú bien.

Chica frunció el ceño y, de mala gana, cubrió el umbral de su puerta con un trozo de vinilo transparente lleno de arañazos. «Cortina de intimidad», llamaban a esas solapas concebidas como transparentes, aunque las mujeres siempre encontraban la manera de enturbiar la visión. Buscó detrás de su cama y extrajo una hoja de afeitar.

—A veces se le enreda el pelo. Utilizaba esta hoja para recortarla. —La depositó en la mano de Miranda—. Mantenla bien escondida —dijo en voz baja.

Miranda se guardó la cuchilla en el bolsillo, enrolló la alfombrilla y volvió a su celda. Escondió la cuchilla en la rendija que quedaba entre la pared y el lavamanos. A continuación, extendió la alfombrilla en el suelo, junto a la cama, se quitó las zapatillas deportivas y acercó los pies a su cálida suavidad. Se echó hacia atrás, dejando las piernas colgando, y pasó dos horas así, pensando en el Hotel Flora e intentando recordar hasta el más mínimo detalle de aquel viaje a Roma, la forma tan extraña en que se abrían aquellas ventanas, la envidia que le inspiraban las chicas romanas montadas en las motos de sus novios. En el Foro, su madre leyéndoles las explicaciones de la guía, la locura de flores que había por todas partes, los naranjos. Amy, con sus rizos rubios y sus vaqueros ceñidos, atrayendo las miradas de los hombres que viajaban a bordo de los tranvías, su padre intentando entender las cuentas de los restaurantes. Doce años de edad. La familia unida, intacta.

Justo antes del recuento de la noche, Carmona apareció en su puerta, escoltada por Dorcas y Cassie.

—Lo que te dije —dijo Cassie—. Ahí está.

—Vaya, vaya, Missy May. —La funcionaria se acercó a grandes zancadas a la cama donde Miranda estaba sentada—. Me has decepcionado. Así que robándole la alfombrilla a esa desgraciada.

—¡Y una mierda!

—¿Quieres que te amoneste por soltar tacos?

—Creo que deberías amonestar a la chica por soltar tacos.

Carmona se giró hacia Dorcas.

—Cierra tu puto pico.

Miró de nuevo a Miranda.

—Si no me das esa alfombrilla, te amonestaré por lo que acabas de decir. No es tuya.

Miranda se sentó en la alfombrilla.

—Es un regalo de Chica.

Cassie intervino entonces, hablando con petulancia.

—Es un regalo de Chica, siempre dijo que me la daría y por eso me la dio.

—Me cuesta creer que esto esté pasando. Que esté discutiendo por una alfombrilla de baño.

—Ya no estás en la Casa Blanca —observó Dorcas con satisfacción.

—Voy a amonestarte por robo. Serás llamada a declarar. Y ahora, dame ese puñetero trasto.

La funcionaria se acercó a Miranda, que cogió la alfombrilla con las dos manos, sin levantarse.

—No.

Carmona se lanzó a por la alfombrilla y Miranda la esquivó. Girando bruscamente los hombros, golpeó el brazo de la funcionaria. En la puerta de la celda se había congregado ya una pequeña multitud. Había gritos de excitación, pues todas sabían qué sucedería a continuación.

—¡Esto es agresión! —exclamó triunfante Carmona enderezándose y dando un paso atrás—. Estás jodida, Missy May.

Entre las mujeres, espectadoras de un accidente horripilantemente emocionante, reinaba la expectación. Carmona sacó del bolsillo trasero su libreta de amonestaciones y les indicó con la mano que se alejaran de la puerta.

—¿Y qué pasa con mi alfombrilla? —gimoteó Cassie.

—Pronto la recuperarás —replicó Carmona.

Cuando la multitud se dispersó, la funcionaria entró de nuevo en la celda, agitando su fajo de amonestaciones, sacó un bolígrafo del bolsillo y le quitó el capuchón con los dientes.

Miranda cerró los ojos con más fuerza y acercó más si cabe el oído al desagüe. «Nunca jamás volverás a ocupar este espacio», se prometió.

—A mi madre le encanta John Wayne.

Miranda reconoció la voz como perteneciente a Viv, la mujer que ocupaba la primera celda, la que tenía vistas al despacho. La interrumpió, y le preguntó a Viv si veía por ahí alguna funcionaria de guardia.

Las carcajadas, al escuchar su voz a través de las cañerías, fueron inevitables.

—Espera. Voy a mirar —dijo Viv.

Se hizo el silencio en el desagüe, roto tan solo por un murmullo de fastidio:

—Esa sale pronto.

Viv volvió enseguida.

—La de guardia está por aquí, cariño. Ocupada con papeleo, por lo que parece. Saldrás enseguida.

Miranda se sentó en el suelo junto al lavabo y apoyó la cabeza en la pared. Y entonces apareció la cara sonrosada de Carmona en la ventanilla, recortada a la altura de las cejas. Retiró la triple cerradura de seguridad con una sonrisa. Y se abrió la puerta.

—Vuelve a casa, Missy May —dijo con lo que parecía un cariño sincero—. Todo queda perdonado.

Miranda no sabía si estaba al corriente de lo que pasó justo antes de que la guardia del módulo de aislamiento viniera a por ella, hacía ya dos interminables semanas. Dorcas pasó junto a su celda y se detuvo en el umbral.

—Dice Cassie que te quedes con la puta alfombrilla. Le dije que estaba mal. Robé lo que no era mío, pero nunca dije que fuera mío algo que no era mío. ¿Entendido?

Miranda lo entendió, lo cual resultaba gracioso. Empezaba a encontrarle el sentido a la lógica de la cárcel.

Le contó todo esto a Frank Lundquist. Luego se quedó en silencio, saboreando el té, que empezaba a enfriarse. Al final, él levantó la vista de sus notas e hizo un mínimo gesto de asentimiento. Su expresión se volvió sombría, ¿o sería un efecto provocado por un cambio de la luz? Miranda miró hacia la ventana que se abría detrás de la cabeza de él. Un cielo azul y luminoso, un arbusto larguirucho, visto desde la perspectiva del sótano. Debía de haber sido el viento que agitaba las ramas y proyectaba sombras cambiantes en la estancia.

—Me gustaría hacerte un diagnóstico —dijo—. Para tener una base de la que partir.

—De acuerdo —dijo Miranda.

—Responde, por favor, verdadero o falso a las siguientes afirmaciones. «Muy pocas veces sueño despierta».

—Verdadero. ¿Son del test MMPI? He pasado ya un montón de pruebas de estas.

—Confía en mí. Ya sé que parece un poco ridículo.

—Por supuesto, adelante.

«Lo que sea mientras consiga salir de aquí con esa receta de medicamentos», pensó. Y estaba segura de que lo conseguiría. Era muy abierto, por formar parte del personal de la cárcel. Demasiado humano.

34

—«Mi madre me obligaba a menudo a obedecer, incluso cuando yo pensaba que no era lo más razonable».

—Verdadero. Pero era buena madre.

—Seguro. Por favor, limítate a responder verdadero o falso.

Lo dijo con delicadeza, no a modo de reprimenda. Justo en aquel momento, pasaron dos funcionarias por el pasillo comentando a gritos algo sobre el pago de horas extras.

—«A veces, pienso más rápido que hablo».

Se recostó en la silla giratoria y descansó el dosier en la rodilla.

«Creo que está un poco confuso conmigo —pensó Miranda—. Aunque ¿por qué no tendría que estarlo si yo estoy también confusa conmigo misma? Y mucho».

—Verdadero.

—«He abusado del alcohol».

—Falso.

—«A veces, de más joven, robaba cosas».

—Falso.

Aunque en alguna ocasión lo había hecho con los anillos de su madre. «¿Contará eso?», se preguntó.

—«No tengo enemigos que quieran hacerme daño».

—Verdadero.

Él tomó nota en el dosier. Tenía la frente recorrida por arrugas de preocupación, aunque solo eran visibles cuando enarcaba las cejas, un gesto que repetía cada vez que se ponía a escribir y que a Miranda le pareció agradable. Volvió a preguntarse: «¿Lo conozco de algo?». Parecía más o menos de su edad, o tal vez unos pocos años mayor que ella. Podría haberlo conocido en cualquier parte, haber coincidido con él en la cola para subir a un avión o en el bufet de la boda de algún amigo. Miranda hizo una comprobación. No llevaba anillo.

Volvió a mirarla.

—«Nunca he hecho nada peligroso por el simple placer de hacerlo».

—¿Qué? —dijo Miranda—. No te he oído bien.

—«Nunca he hecho nada peligroso por el simple placer de hacerlo».

¿Eran lágrimas eso que le escocía en los ojos? ¿Cómo era posible que aparecieran tan rápido? Pestañeó con fuerza. Se obligó a mirar aquellos ojos grises azulados.

—Falso —afirmó.

3

EL PSICÓLOGO NO SE IMPLICARÁ
EN SUBTERFUGIOS NI EN LA TERGIVERSACIÓN
INTENCIONADA DE LOS HECHOS
(Principio C)

Tengo que reconocerlo: sentía curiosidad.

La curiosidad es una emoción inaceptable en un profesional de la salud mental y, de hecho, en cualquier profesional sanitario. Satisfacer la curiosidad equivale a hacer realidad un deseo, y un psicólogo nunca tendría que servirse del trabajo con sus pacientes para hacer realidad sus deseos, ni tan siquiera para pensar en ellos.

Pero ¿cómo no sentir curiosidad por M, la niña hecha mujer que había flotado en mis recuerdos envuelta en lucecitas brillantes, que siempre había jugado un papel protagonista en mi historia a pesar de apenas haber intercambiado cuatro palabras? Después de que saliera de mi despacho, me pasé un buen rato ojeando aquel dosier. Era evidente que el crimen que había cometido era grave. No se trataba de un caso de malversación, ni de un abuso de sustancias que hubiera sobrepasado todos los límites. M estaba en la cárcel por asesinato.

Pasé la pausa de diez minutos, que normalmente dedicaba a tomar notas, lanzando mi pequeña pelota de baloncesto de espuma por el aro que tenía colgado detrás de la puerta del despacho. A veces ofrecía la pelota a aquellas pacientes nerviosas que necesitaban algo más que una simple taza de té; en algunos casos, el movimiento les resultaba mucho más reconfortante. Aunque, últimamente, utilizaba la pelota más bien para mí. Un buen lanzamiento contra el tablero servía para calmarme. En casa, y por la misma razón, me pasaba en alguna ocasión por las pistas de Riverside Park. Tenía altura, y de vez en cuando metía un tiro más que respetable. Los adolescentes del barrio me daban a menudo su aprobación con gestos de asentimiento. Lo cual resultaba agradable, sobre todo teniendo en cuenta que de niño había sido bastante patoso. Y me servía para pasar las horas los fines de semana de más calor, cuando la ciudad podía llegar a parecer un lugar solitario.

Pero esta tarde, tenía una puntería nefasta.

Tenía que dar por sentado que M era culpable. Blanca, bien relacionada, rica. No encajaba con el perfil de la gente encarcelada injustamente. Para haber llegado tan lejos, hasta hundirse en las sucias entrañas de NYS DOCS, tenía que haber dado pasos tremendamente erróneos. ¿Por qué? ¿Cómo?

Sí, sentía curiosidad, y eso estaba muy mal. Pero en la decisión que tomé —la decisión de guardar silencio con respecto a la historia que compartíamos— influyeron muchas más cosas.

Temía que, de empezar a hablar, ella saliera huyendo.

Y yo quería ayudarla con todos los medios que tuviera a mi alcance.

No era necesario compartir una historia, ni tener los resultados de un test, ni disponer de un grado universitario, no era necesario saber nada sobre ella para ver que su estado emocional era pésimo. Y mi trabajo consistía en eso, ¿no? En dispersar tormentas emocionales. Los presupuestos de Milford Basin no contemplaban las terapias a largo plazo, algo que los contribuyentes tampoco tolerarían. Pero sí existía la posibilidad de una intervención preventiva ante una situación de emergencia psicológica, la idea era esa.

Estábamos ante una emergencia, alguien tenía que intervenir, y ella y yo habíamos recorrido los mismos pasillos en el instituto, habíamos sido compañeros de clase, al fin y al cabo. De modo que estaba convencido: había que intervenir y ella me necesitaba, a mí, concretamente.

Fallé dieciocho tiros hasta que por fin la metí.

* * *

38

El resto de la mañana lo dediqué a poner en marcha varias evaluaciones de admisión, y luego llevé a cabo una sesión con una brasileña medio ciega de setenta años de edad que estaba encerrada por haber intentado pasar cocaína de contrabando en el interior de su bastón. A la hora de comer, me decidí por la ensalada del chef en el comedor del personal, situado justo debajo del gimnasio de las reclusas, con el clamor de los saltos y los regates constantes de la planta de arriba como ruido de fondo. Los cuatro miembros del Centro de Terapia nos sentamos juntos, apartados del resto, en el rincón más cercano a la puerta. Las funcionarias, que con sus uniformes de color cacao parecían un rebaño de reses robustas, dominaban la parte posterior de la sala, al lado de los tragaluces, que eran la única fuente de luz natural y ventilación de una cantina que olía siempre a estofado. No se fiaban de nosotros. Las funcionarias tenían la sensación de que, en su eterna versión de la guerra de los colores del campamento de verano de Milford Basin, nosotros estábamos con el bando de las amarillas —las reclusas— y no con el de las marrones. Lo cual, en mi caso, era bastante injusto: a pesar de que mis sesiones con las clientas solían estar dominadas por las críticas de las mujeres contra las carceleras, mis simpatías seguían decantándose por el funcionariado. ¡Para trabajo complicado, ese! No es de extrañar que prácticamente todas padezcan problemas de peso. Imagino que los trastornos alimentarios están generalizados entre ellas; de hecho, una simple mirada a sus bandejas de comida servía para confirmarlo.

En cualquier caso, sé que Suze Feeney tenía una mala actitud hacia las funcionarias. Cuando hablaba de ellas, las calificaba de «cerdas», cuidando de no levantar la voz.

—Esa, Villanovo… esa es un pequeño Hitler —murmuró cuando una de las funcionarias pasó bamboleándose a nuestro lado cargada con una porción de lasaña del tamaño de un listín telefónico.

Suze llevaba el pelo al uno y teñido de blanco, vestía chales con flecos, faldas acampanadas y botas de *cowboy*, estaba especializada en drogodependencias y era la fundadora de la revista del centro, *The Person-Centered Review*. Tenía una sintonía con las reclusas que yo jamás podría soñar con lograr alcanzar.

—Y bien, Frank —dijo Suze—. ¿Qué opinas del caso que te he mandado?

—Un perfil complejo —respondí tartamudeando.

A mi lado, Corinne Masterson, inclinada sobre un cuenco de judías estofadas, rio para sus adentros. Era una mujer de una serenidad delicada, con una cabeza regia coronada por un intrincado mapa de trenzas africanas; estaba estudiando medicina a tiempo parcial y tenía entre ceja y ceja hacerse con el puesto de Charlie. Dejó la cuchara en el plato.

—Me la asignaron a mí, Frank, pero pensamos que te gustaría y por eso te la enviamos. —Me miró enarcando una ceja—. Supusimos que, desde un punto de vista terapéutico, encajaría mejor contigo. Que era del estilo de la gente que veías en tu consulta en Central Park West.

Corinne rio entre dientes y Suze la imitó. Intercambiaron una mirada desconcertante. Esas dos siempre tenían sus chistecillos privados.

Charlie Polkinghorne, nuestro jefe, el único médico del centro, levantó la vista de su sopa.

—¿De quién habláis?

—De la de la receta del Zoloft de cincuenta miligramos que te he enviado esta mañana —respondí.

—Sí, sí.

Charlie movió la cabeza en un gesto afirmativo con autoridad. Yo sabía de sobra que estaba permitiendo de nuevo que su secretaria firmase en su nombre las recetas. Que ni siquiera había visto la receta que le había hecho llegar para su autorización. Pero, a pesar de todo, seguía sintiendo empatía hacia él. Los diplomas que tenía colgados en las paredes de bloques de cemento sin pintar de su despacho eran de lo mejor, todos de primera categoría, y de no haber sido un alcohólico consagrado, probablemente estaría dirigiendo una lujosa clínica para tratamientos de corta estancia en el condado de Berkshire y nadando en la abundancia. Pero, por un cúmulo de errores, había acabado aquí, un lugar donde pagar por los errores cometidos. Llevaba ya tiempo instalado en la vida del médico de institución, reducido a funcionario civil. Vivía en un destartalado apartamento en la zona más estilosa del condado, con un balcón que daba sobre las traqueteantes vías del Metro North, y allí se emborrachaba hasta quedarse catatónico, junto con Sheila, su esposa, también alcohólica.

Considerándolo en retrospectiva, creo que Charlie solo intuía vagamente que su tiempo en el departamento de prisiones había entrado en su ocaso. Yo le tenía un cariño especial; me había contratado cuando nadie quería hacerlo. Pero Corinne no sentía ningún cariño especial hacia Charlie. Tampoco Suze. Y con razón. Entre las aspiraciones de Charlie nunca había estado trabajar en un penal de mujeres. Al contrario de Suze y Corinne. Charlie había acabado allí por casualidad, igual que yo, y eso nadie podía negarlo, el miembro más nuevo del equipo. Pero mientras que yo intentaba comportarme con humildad en compañía de mis colegas —y a menudo intuía que ellas valoraban mis esfuerzos—, Charlie era peligrosamente incapaz de hacerlo.

—Dime otra vez por qué puto cargo está aquí encerrada.

—Asesinato en segundo grado. Y la sentencia también es dura —dije—. Cincuenta y dos años. Sin posibilidad de libertad condicional.

—Es esa chica blanca que tuvo un mal abogado —dijo Suze.

—O un juez que aspiraba a ser reelegido —añadió Corinne.

—Una lástima —comentó Charlie, pescando el último guisante de su sopa de verduras.

—Y su padre era congresista, lo cual lo hace todo aún más extraño —dijo Corinne.

—Solo por una legislatura —dije yo—. Nunca ganó más elecciones. —A lo mejor lo comenté haciendo gala de un exceso de conocimientos, puesto que Suze levantó rápidamente la vista y se me quedó mirando—. Es lo que entendí —añadí encogiéndome de hombros.

Desconocían, por supuesto, la relación que M y yo habíamos tenido antaño. No sabían en qué instituto había estudiado yo ni siquiera dónde me había criado. De hecho, no sabían prácticamente nada sobre mí, excepto que había tenido una confortable consulta en Manhattan y que me habían echado como consecuencia de una demanda. Todo el mundo cometía errores, y ahora me encontraba aquí, en un lugar donde pagar por los errores cometidos. En el medio año que llevaba trabajando en Milford Basin, no había hablado muy a menudo sobre mí mismo. Lo cual es típico, imagino. No tengo la costumbre de hablar mucho sobre mí. Soy más de escuchar. Es mi trabajo.

Aquella noche, llegué a casa y me recibieron Truffle, el gato —había sido de mi exesposa, Winnie, y yo había acabado heredándolo; vivíamos juntos y éramos como compañeros de piso incompatibles—, y el sonido del teléfono. Mi hermano pequeño, Clyde. Me explicó que un tipo llamado Grigori había prometido darle una paliza hasta dejarlo desfigurado si a media noche no le entregaba trescientos dólares. «Estoy haciendo negocios, Frank. Dame solo doscientos y yo ya conseguiré el resto».

Suspiré y busqué por el salón las llaves del coche. Me acerqué a la sórdida esquina de Ámsterdam con la calle 108, con el fajo de billetes de veinte dólares que acababa de sacar del cajero automático sujeto en la mano del cambio de marchas. Instalado detrás de una caja de una secadora Whirlpool colocada a modo de mesa y cubierta con una lona plastificada de color azul turquesa, mi hermano sonreía a los transeúntes y les mostraba amorosamente sus mercancías, como el orgulloso quesero que vi un día vendiendo sus quesos de cabra en un mercado callejero de París. Los urbanitas, con cara de agotamiento o de preocupación, volvían deprisa a sus casas. Verlos pasar de largo por delante de

Clyde y su oferta, sin ni siquiera mirarlo, me tocó el corazón de mala manera.

Mi hermano malvendía calcetines deportivos. Trabajaba para un hombre, al que me referiré como Jimmy, que comandaba un ejército de vendedores ambulantes de calcetines, peluches a cuerda, sombreros, pasadores para el pelo y globos. Cedía el ochenta y cinco por ciento de los ingresos que obtenía a cambio de un camastro en una de las casas adosadas infestadas de ratones que Jimmy poseía en Sunset Park, el transporte de ida y vuelta a Manhattan, y medio gramo de heroína al día. «Es una forma de ver la vida», solía decir Clyde.

Aquella noche estaba lejos de su mejor versión: su cabello castaño caía en mechones lacios alrededor de su cara y tenía un violento sarpullido de herpes labial en el labio inferior. Clyde llevaba ya un año como yonqui y su declive había sido tan calamitoso y rápido que temía que pronto sería incapaz de recordarlo de otro modo que no fuera ese. Nos llevábamos una gran diferencia de edad; Clyde tenía solo diecinueve años. Mi hermano había pasado por completo de la educación superior; a diferencia de mí —siempre el incómodo alumno de bajo rendimiento que no entregaba los deberes y luego se veía obligado a hacer trabajos adicionales para superar las asignaturas—, Clyde había sido un estudiante tranquilo que había ido sacándose los cursos con «suficientes». Soñaba con ser jefe de pastelería en algún restaurante refinado de Nueva York, pero, evidentemente, habían sucedido otras cosas.

En cuanto vio mi coche, se acercó sigilosamente al bordillo, ligeramente encorvado; su aspecto era una inquietante combinación de adolescente anoréxico y anciano decrépito. Pero su mirada seguía siendo dolorosamente transparente y me saludó agradecido, abriendo los brazos de par en par para abrazarme en cuanto salí del coche. Vestido con una sudadera mugrienta de Princeton, parecía un universitario enloquecido después de haberse pasado una semana entera muerto de hambre y agotado.

—No te iría mal meterte de vez en cuando en la ducha, colega —dije abrazándolo con cautela.

—¡A mí me lo vas a decir, amigo! Pero, gracias a Dios, al menos no tengo piojos.

Estaba empezando a hablar como Jimmy, que era macedonio. Me cogió el dinero de la mano y se lo metió en el bolsillo del pantalón, que era de un color verde sucio y con un estampado de minúsculos ánades reales, a buen seguro unos pantalones viejos de golf.

Una mujer que tiraba de un niño pequeño que no paraba de llorar, se detuvo a mirar el expositor de Clyde.

—Son calcetines de marca —le comentó Clyde.

La mujer reemprendió la marcha, arrastrando con ella al niño.

El olor a frito y el humo del puesto de churros que había en la esquina de delante empezaron a envolvernos, una neblina grasienta.

—Estoy reventado del trabajo y no he entendido quién es ese tal Grigori —dije.

—Te daré la versión resumida —dijo Clyde—. La semana pasada, unos niños me robaron los calcetines. Tuve que pedir dinero prestado para pagarle a Jimmy todo el inventario que había perdido. Grigori es ruso, los rusos son el banco, y con el banco no hay que tener deudas.

—¿Que te robaron los calcetines?

Bajó la vista.

—Me quedé dormido mientras trabajaba.

Dormido, sin duda alguna, significaba echando una cabezada, significaba que estaría colocado, apoyado en cualquier muro lleno de meados o tumbado en el umbral de alguna puerta. Otra vez esa desesperación mareante, el sentimiento de culpa emergiendo de nuevo, revolviéndome el estómago. ¿Cómo pude permitir que le pasara eso a este niño? De mi misma sangre, mi único hermano, la alegría de los últimos tiempos de mi fallecida madre.

—Grigori tiene una de esas cruces raras rusas tatuada en la cabeza. La lleva siempre afeitada. —Hizo una mueca de asco—. Incluso Jimmy se ve un poco acojonado cuando habla con esos tipos de Sheepshead Bay.

—¿Y qué me dices de lo de volver a entrar en Llewellyn? He estado preguntando. Creo que podría conseguirte una plaza…

—Cuando esté preparado, Frank. Todavía no lo estoy. —Volvió a sacar el dinero del bolsillo. Frotó entre el pulgar y el índice la esquina de los billetes, como si quisiera asegurarse de que la tinta no se corría o comprobara la textura de la trama del papel—. Te lo prometo.

Le había dado quinientos.

—Cómprate algo de comer —le supliqué—. Estás flaco como un palillo.

—Y aún así, no consigo quitarme a las chicas de encima.

Con el calor de las lágrimas abrasándome los ojos, regresé al coche. Bajé la ventanilla del lado del acompañante.

—¿Y cuándo estarás preparado, si es que algún día lo estás?

—Estaré preparado cuando esté preparado —dijo mientras contaba de nuevo los billetes.

Di la vuelta a la manzana y puse rumbo a casa. El sol estaba ya bajo y extendía sus reflejos dorados sobre el río. El momento de la llegada de Clyde a la ciudad, hacía ya un año, no podía haber sido peor. Mi carrera se había derrumbado hacía tan solo unos meses y cuando se presentó en nuestro apartamento, para establecer su residencia en nuestro sofá, Winnie y yo ya habíamos sucumbido a una especie de intercambio entre francotiradores en el que nos disparábamos mutuamente con una frecuencia y una precisión sorprendentes. Después de unos cuantos días en zona de guerra, Clyde decidió proceder a su evacuación. Se enamoró de una chica que había conocido en Washington Square. Flor, se llamaba. Era una yonqui. Y mientras yo caía en picado, me quedaba sin trabajo y mi matrimonio se iba al traste, él acabó adentrándose en un mundo mucho más oscuro.

Un año más tarde, yo seguía avanzando aún a paso vacilante. Afectado todavía por el estrés postraumático de su implosión. Y de la mía.

Con todo y con eso, Clyde afirmaba estar disfrutando con aquella nueva vida libre de restricciones. «Es como vivir al filo de absolutamente todo y, la verdad, es que no se está tan mal».

Entré en el garaje del sótano de mi edificio, una construcción de estilo neogótico en Riverside Drive, y me pregunté por qué el destino empujaría a tanta gente hacia esos límites.

Mira M. Era una persona al borde del precipicio.

Mientras subía la resonante escalera del garaje, caí en la cuenta de que, tal vez, estuviera algo decepcionado por el hecho de que ella no me recordara. Porque habíamos hablado en alguna ocasión... durante el reparto del material de clase de trigonometría, durante un simulacro de incendio. Que yo recordara. Y creía recordar también todas y cada una de las palabras que intercambié con ella a lo largo de aquellos años en el instituto. Y que rio, un par de veces.

Ya en el apartamento, me detuve delante del espejo de cuerpo entero que Winnie había colgado junto al armario del dormitorio. En muchos sentidos, me sentía increíblemente igual que aquel inseguro chaval de noveno curso que se aturullaba con facilidad, que dudaba constantemente de sí mismo y que no era capaz, de forma consistente, de atenerse a los estándares de ética y honestidad por los que juzgaba a todo aquel que le rodeaba. Una verdad difícil para un profesional colegiado cuya tarea consiste en ayudar a evolucionar a los demás. Pero, en ese momento, en aquel lóbrego cuarto cuya única vista daba al patio de luces, con el gato mirándome desde la almohada de mi exmujer, lo vi muy claro: si fuera más delgado aún que ahora y estuviera todavía conduciendo aquel Buick Ventura de mi madre que parecía un barco, sería el mismo chico. El mismo chico al que echaron del Burger Palace por freír la gorra de su compañero de trabajo, que llamaba a casa de las chicas —M incluida, varias veces— y colgaba rápidamente el auricular en cuanto una voz respondía diciendo «Diga». El mismo payaso ansioso siempre por gustar, el que había tenido que esforzarse de forma crónica, el que jamás había alcanzado las cumbres que tantas pruebas de nivel habían predicho para él. Pruebas realizadas por un tal Erskine Lundquist. Sí, ese Erskine Lundquist, el de la Curva de Lundquist. Mi padre. Y también el padre de Clyde. Clyde no había obtenido tan buenos resultados como yo. Mi padre se quedó muy afectado cuando vio sus puntuaciones.

Pero no. Nada de reconsiderar todo eso ahora. Había dejado de ser aquel estudiante de primer año que daba vergüenza ajena. Deposité en mi regazo al viejo Truffle y lo rasqué detrás de las orejas, la zona que tenía pelada. El gato lo toleró y seguí contemplando mi reflejo en el espejo de la pared opuesta de la habitación, subiendo y bajando la barbilla. Tampoco podía decirse que, con treinta y dos años de edad, hubiera perdido mi atractivo. A veces, por la calle, las mujeres me lanzaban miradas. Me daba cuenta de ello y seguía andando.

4

JUNIO DE 1999

El linóleo de color verde lima del suelo de la sala de juegos brillaba como un lago de líquido anticongelante. Alguien había conseguido prender fuego a un tablero de Scrabble y el humo había activado los rociadores del techo. Miranda y Lu estaban limpiando y hacían una pausa de vez en cuando para liberar las piezas de madera de entre los hilos empapados de las fregonas. Habían apilado un alfabeto mojado en el alféizar de la ventana.

—He encontrado la zeta —dijo Lu.

Miranda levantó la vista, sorprendida por el sonido de la voz. Estaba concentrada mirando cómo los hilos de la fregona se deslizaban por el suelo encharcado y provocaban formas en el agua. Sumergida de nuevo en sus planes para acabar con su vida. ¿Cómo sería ahogarse? Deliciosamente silencioso, se imaginaba. Una idea atractiva esa de, después del incesante alboroto de la Unidad 109C Edificio 2A&B, quedarse eternamente suspendida en una fría y transparente gelatina de silencio. El problema era que la cárcel no ofrecía un abanico muy amplio de lugares donde poder ahogarse. Podía probar en el inodoro —atascarlo, llenarlo e introducir la cabeza—, pero aún le quedaba algo de orgullo. ¿Y quedarse bajo la alcachofa de la ducha con la boca abierta, como un ganso bajo la lluvia? ¿Dejar que tus entrañas se llenasen del agua con sabor terroso de la ducha hasta acabar derrumbándote en el suelo, muerta?

Anhelaba acabar con los sentimientos. Con los sentimientos cansados y en carne viva, con el dolor, la vergüenza y el remordimiento. Y con el ruido, el ruido. El agua le aportaría el silencio eterno. Sí, sería una forma atractiva de hacerlo.

Miranda se enderezó y se apoyó en la pared, dejó descansar el palo de la fregona sobre su clavícula.

—¿Crees que es posible ahogarse en la ducha? —preguntó.

—Primero tendrías que tapar el desagüe. Y luego necesitarías que te dieran un golpe en la cabeza —respondió Lu. Paró de trabajar y se recolocó el uniforme amarillo, que había alterado con la ayuda de una aguja de contrabando y las habilidades de modista que llevaba incrustadas en sus huesos rusos, para que se ajustara perfectamente a su cuerpo largo y delgado—. Alguien podría dejarte grogui. Y luego te ahogarías como un bebé en un poco de agua. —Frunció unos labios perfectamente pintados de rojo («ponte pintalabios para no parecer un ratoncillo triste», le decía a menudo a Miranda regañándola). Volvió a inclinarse sobre la fregona y dijo resueltamente—: Sola es imposible hacerlo. Necesitarías ayuda. ¿Y a quién se lo pedirías? A mí no, desde luego, porque no lo haría.

—A April.

—April tampoco lo haría. De ninguna manera. —Con manos fuertes, estrujó la fregona en un cubo de plástico de color azul claro. Meneó a continuación la cabeza y soltó una risotada—. ¿Que April te diera un golpe en la cabeza? Anda ya, Mimi.

Jamás en la vida había habido nadie que llamara Mimi a Miranda, pero Lu sí lo hacía. Decía que en ruso, Mimi significa «pequeño cuervo». «Y cuando te sientas en tu camastro y te pones triste, con los hombros caídos, pareces justo eso», decía Lu.

Jerrold Liverwell, el funcionario jefe del segundo turno, apareció en aquel momento en la puerta.

—Muy buenas, señor —dijo Lu.

—Buenas tardes, chicas. Mejor id tirando ya, pasarán lista en diez minutos. —Lanzó una mirada furibunda a la fila de sillas de plástico, con los asientos llenos de agua, como una hilera de bebederos de pájaro—. Me encantaría saber quién ha sido la autora de toda esta mierda.

Se pasó una mano por la cabeza con el pelo al uno. Era un hombre atractivo, con una barriga un poco prominente y piel oscura y moteada, como la plata cuando pierde su lustre.

—¿Qué tal lo llevamos, señor? —preguntó Lu, mirándolo a través de su flequillo amarillo mientras escurría otra vez la fregona.

Miranda vio que el hombre se quedaba mirándola.

—No del todo mal —respondió—. Pero mejor me lo preguntas más tarde.

Empezaron a oírse gritos por el pasillo y Liverwell soltó una palabrota y se marchó para solucionar la pelea. Miranda y Lu siguieron trabajando un rato más sin decir nada. Lu tenía una forma especial de desaparecer para sus adentros, de adoptar un modo impenetrable, de transformarse en una fuerza opuesta a la de la gravedad capaz de repeler a todo aquel que se le acercase. Cuando Ludmilla entraba en ese estado, Miranda caía presa del pánico. Sin ella, sin April, dudaba poder seguir adelante. Jamás en su vida había dependido de nadie. Ninguno de sus novios había sido tan esencial para su bienestar.

Tal vez Duncan McCray. Pero, evidentemente, ninguno de los demás.

Aunque la verdad es que nunca había sido una persona que se sintiera cómoda sola. Por eso los días que pasó en la caja de zapatos fueron una agonía tan especial. Cuando pasaba demasiado tiempo sin compañía, su mente empezaba a tomar derroteros problemáticos. La soledad nunca había sido su punto fuerte.

Miranda sabía cuándo empezó todo. Un día, cuando tenía once años, volvió a casa al salir del colegio y se encontró con la puerta de la entrada abierta. No había nadie. Su padre estaba en Pittsburgh, haciendo campaña para la reelección. A veces lo acompañaban todos, en las ocasiones en las que su hermana, su madre y ella tenían que salir a escena con él, pero aquel día había ido solo. Su padre estaba de mal humor. Se acercaba noviembre y las encuestas auguraban malos resultados; lo había oído incluso gritar al teléfono. Supuso que Amy estaría en casa de alguna amiga, ¿pero se habría marchado su madre sin el bolso? Su coche no estaba. (Hasta varios años después no se enteró de que Karsten Brunner, el amante de su madre, tuvo un infarto aquel día). Encontró el fregadero lleno de platos en remojo en agua jabonosa y el anillo de prometida de su madre, con su enorme diamante con talla esmeralda y su alianza, con motivos de viñas entrelazadas, en el habitual platillo azul que siempre había en el alfeizar de la ventana, el lugar donde solía dejarlos cuando había que lavar los platos. Miranda se subió a un taburete y miró los anillos. Se los puso —en el cuarto dedo de la mano izquierda, ese era su lugar— y recorrió todas las habitaciones de la casa, la imponente casa con muros de ladrillo con su olor a madera vieja, mucho más grande que la casita de una sola planta que tenían en Pittsburgh. En la antigua casa oías a todo el mundo cuando hablaba; decía su padre que las paredes estaban hechas de escupitajos y Kleenex. Pero en esta casa solo se oían crujidos y ecos, como si hubiera fantasmas por todos sitios.

Miranda subió a la planta de arriba prestando atención a aquellos crujidos. Se detuvo delante del florido dormitorio de sus padres. Olores a crema de afeitar y a aquellos perfumes oscuros e interesantes, olores adultos, intensos y casi mareantes. El tocador lleno a rebosar de cosas, la cama gigantesca con su colcha con volantes. El armario donde, si sabías encaramarte a la estantería de los jerséis, podías encontrar *El placer del sexo* debajo de unos viejos pantalones de esquí. De fácil alcance, si eras buena escaladora como Miranda. Pero aquel día no se paró a mirar los dibujos de mujeres con axilas peludas y hombres barbudos uniéndose de diversas maneras, desnudos por completo y luciendo dichosas sonrisas. Salió de nuevo al pasillo y continuó hacia la caótica guarida de Amy, con sus montañas de álbumes y de cuadernos secretos donde escribía poemas que Miranda leía a escondidas y que le parecían muy buenos. Se cepilló el pelo, mirándose en el espejo de Amy, cuyo cristal estaba medio cubierto con pegatinas de *Greene para el Congreso*.

Entró finalmente en su cuarto, la mejor habitación de todas, con vistas al jardín de atrás y con aquella alfombra azul peluda que ella misma había escogido. Se acercó a la ventana y contempló el jardín. Se acercaba el otoño, la mayoría de las hojas estaban ya amarillentas y algunas habían empezado a caer. Más allá del bosque, se veía el gris mortecino de la autopista y, más lejos aún, el río.

¿Fue entonces cuando empezó a cogerle el gusto a lo prohibido? Ni siquiera se le había pasado nunca por la cabeza la posibilidad de ir sola al río. El suelo del bosque estaba mojado y cubierto de musgo, las hojas caídas se habían vuelto negras y la humedad las hacía pegajosas. Se deslizó por el canalón hasta la tubería de hormigón que pasaba por debajo de la autopista, que era lo bastante alta como para poder caminar por ella sin necesidad de agachar la cabeza. Había latas aplastadas, trozos de neumático y ramas secas enredadas con basura de todo tipo que no apetecía en absoluto mirar. Allí podía haber desde fragmentos de dedos de alguna víctima de un asesino en serie hasta un pájaro muerto. Por encima se oía el clamor de los coches, un rugido amedrentador que resonaba por la tubería y penetraba en su cabeza como si alguien estuviera gritándole al oído. Corrió por la tubería, con el hormigón vibrando a su alrededor.

Emergió rápidamente a un silencio misterioso, en el otro lado. Un pájaro, llamando una y otra vez, no obtenía respuesta. Un sonido solitario. Aquí el bosque era más grande y estaba más limpio. Bajó por un sendero embarrado —había huellas, ¿de quién serían?— hasta la orilla arenosa, donde había estado en una ocasión con su padre y Amy, un domingo, poco después de que llegaran a Washington y se instalaran en la casa. Su padre les había dado permiso a Amy y a ella para que llevaran consigo las cañas de pescar que utilizaban cuando iban al lago en Pennsylvania, y se sentaron allí, a lanzar la caña y rebobinar el carrete mientras su padre fumaba un pitillo y contemplaba el río. Había empezado a fumar otra vez y Miranda estaba enfadada con él por ese motivo. Su padre le había dicho que le dejara un tiempo. Que tenía mucho estrés, porque ser representante era un trabajo de difícil equilibrio. No pescaron nada y, al cabo de un rato, les entró hambre y se fueron a comer.

Miranda se sentó en la roca donde su padre se había sentado aquel día. Había colillas tiradas en la arena y se preguntó si alguna sería de él. Se inclinó y cogió una de Winston, que era la marca que fumaba su padre. Pero decidió que no podía ser, que habían pasado casi dos años desde el día que fueron allí a pescar. La tiró al río y se quedó viéndola flotar, alejándose rápidamente.

A unos diez metros de distancia, dentro del agua, había una roca grande y partida con un árbol que crecía justo en su parte central. Miranda pensó que la roca y el árbol parecían un huevo gigante con la cabeza de un pollito asomando en medio. La roca estaba llena de mensajes pintados con espray en color rojo, naranja, blanco y plateado, obra, imaginó, de adolescentes. Habían escrito nombres y dibujado corazones, y la palabra «follar», la peor de las palabrotas, estaba escrita por todas partes. Miranda entendía que hubieran querido plasmarla allí, en un lugar donde sus padres a buen seguro no lo verían.

Sentada en aquella roca en la orilla, hundiendo la punta de la zapatilla deportiva en la arena, se preguntó qué sería de ella si nadie volvía a casa. ¿Cuánto tiempo podría permanecer en la casa, cocinando y limpiando, recogiendo el correo? ¿Sería capaz de poner en marcha el cortacésped? Eso sería clave, porque la hierba sin cortar era la señal reveladora; así fue como el vecindario descubrió que el señor Semsker, que vivía en su misma calle, había estirado la pata. Se quedó en su casa, muerto, hasta que el césped creció tanto que la gente se dio cuenta de que allí pasaba algo raro. Si no conseguía tirar de aquel cable con la fuerza suficiente para poner en marcha el cortacésped, se la llevarían a un orfanato. Y por sus lecturas —*Papaíto Piernas Largas*, solo por poner un ejemplo—, sabía que los orfanatos eran espantosos.

Miranda vio que un árbol había caído al río y que sus ramas se extendían hasta alcanzar casi la roca partida. Se acercó a investigarlo y se dio cuenta de que el tronco era lo bastante ancho como para caminar por encima de él y que, si conseguía llegar al otro extremo, era fácil dar un salto y alcanzar la roca. Amy le habría dado órdenes, le habría dicho que no lo hiciera, pero Amy no estaba, de modo que Miranda subió al tronco y, sujetándose a las ramas que sobresalían por ambos lados, empezó a caminar sobre el agua. Fue fácil, de hecho. Llegó al punto donde el árbol se sumergía y se detuvo. Desde allí, bastaba con dar un paso de gigante para llegar a la roca y vio, además, que podía agarrarse al tronco del arbolito que crecía en la grieta de la piedra e impulsarse. Cogió aire, lo retuvo en los pulmones y saltó.

La roca era más resbaladiza de lo que parecía, pero consiguió agarrarse al árbol y estabilizarse. Se quedó sentada, con el corazón latiéndole con fuerza, con un calor provocado por la sensación de estar satisfecha consigo misma. Era evidente que no era casualidad que fuera la única chica de la clase capaz de hacer saltos mortales desde la espaldera horizontal. Era evidente que tenía talento.

En el corazón de la roca partida había un pequeño espacio con arena sucia y allí era donde el árbol había echado raíces. En su base había dos botellas vacías, botellas de Jack Daniel's, cuya etiqueta reconoció porque era la que llevaba estampada una camiseta que Benjamin LeHargue había vestido prácticamente casi cada día desde que empezaron el curso, hasta que la señorita Yee le dijo que no era correcta y le pidió que no se la pusiese más.

En las paredes internas había pintados muchísimos más nombres y mensajes. Miranda se apoyó en la roca y buscó en el bolsillo de la chaqueta. Extrajo el trocito de tiza que siempre llevaba encima, por si acaso a alguien se le ocurría jugar a la rayuela. Se puso en cuclillas y localizó un pequeño espacio de piedra limpia, cerca de donde estaba la grieta. Escribió su nombre. Si la llevaban a un orfanato, al menos quedaría constancia de que un día había vivido allí, de que había tenido un hogar y una familia.

Se incorporó y se acercó al lado opuesto del pequeño espacio, el que daba a la parte más ancha del río. El sonido del tráfico de la autopista, que quedaba ahora a sus espaldas, era más apagado que el del río que tenía delante. El agua era negra en ciertos puntos, marrón en otros, y desprendía un olor a madera podrida y musgo. Apestaba a humedad y suciedad, un hedor similar al que emitía la pecera de aguas turbias del aula de ciencias pero multiplicado por mil. Sin embargo, el viento que soplaba desde el río era limpio y fresco, pensó Miranda. Se notaba que bajaba de las montañas, como el río, a tenor de lo que contaba su padre. Su padre le había explicado que el río brotaba de un agujero en el suelo, en las montañas de Virginia Occidental.

Miranda se planteó por un momento pasar la noche en la roca. ¿Acaso no conseguiría con ello que se preocupasen y la mimasen durante una semana seguida, arrepentidos por haberla dejado sola? Pero cuando pensó en cómo sería quedarse allí a oscuras, empezó a asustarse. Se encaminó de nuevo al lado de la orilla y, algo presa del pánico, saltó hacia el tronco del árbol. Aterrizó correctamente y, por un instante, volvió a felicitarse. Pero entonces la suela de la zapatilla, gastada de tanto pisar asfalto, resbaló en la corteza del tronco. Cayó hacia atrás. Al agua.

El río era más hondo de lo que cabía imaginar. Se sumergió entera y aun así, no llegó a tocar el fondo. Ascendió hacia la superficie boqueando, sorprendida. La temperatura gélida del agua la golpeó de repente. Se agitó con violencia unos instantes, sabía que su cerebro estaba perdiendo los papeles y que su corazón latía con tanta fuerza que le entraron náuseas. Se agarró a una rama que sobresalía del tronco e intentó encaramarse a él, pero era imposible, sus brazos estaban debilitados. Se quedó colgada de la rama, pataleando y gimoteando, notando en la boca el sabor a podrido del agua, hasta que la madera acabó partiéndose y volvió a sumirse en la oscuridad.

Pero esta vez, cuando emergió de nuevo del agua, lo hizo con serenidad. Empezó a nadar como un perrito hacia la orilla, que en realidad estaba apenas a diez metros de distancia, aunque tuvo que llegar hasta ella desplazándose de lado para combatir la terquedad de la corriente. Cuando iba por la mitad del recorrido y notó que sus brazos empezaban a estar tremendamente pesados y agotados, estiró las piernas y rozó el terreno embarrado del lecho del río. Temblando, empezó a vadear y se abrió paso entre los cantos rodados hasta alcanzar la orilla.

Cuando llegó a casa, vio enseguida que estaba tal y como la había dejado: vacía, sin luces. Miró por la ventana de la sala de estar, y solo le devolvió la mirada el televisor, apagado y gris. Escondió los zapatos y los calcetines mojados en la caja del lechero, entró por la puerta lateral y subió directamente a su cuarto. Ya estaba en la ducha, con la ropa mojada escondida bajo la cama, cuando se acordó de los anillos de su madre. Habían desaparecido.

Pensó en volver a buscarlos, pero cuando se acercó a la ventana vio que casi había oscurecido. No podía exponerse a regresar al bosque. Pensó en la colilla que se había llevado la corriente y se imaginó que los anillos debían de estar ya rumbo al mar. Era imposible recuperarlos.

Consciente de la que le iba a caer encima, se vistió despacio y bajó a la cocina. Estaba hambrienta y, como estaba segura de que cuando alguien llegara a casa la mandarían a la cama sin cenar, sacó de la nevera una lata de pudin de chocolate y bajó, como un condenado a muerte, los tres peldaños que daban acceso al salón. Encendió la tele, sintonizó Channel 20 y se sentó a comer pudin mientras veía el que sin duda sería su último episodio de *Scooby-Doo* en muchos meses. ¿Cuál sería el castigo por perder en el río los diamantes de tu madre? Un largo exilio del país de la tele, eso sin duda, además de otros castigos que podían ser aún peores.

Un rato después, se despertó sobresaltada. El salón estaba a oscuras, el televisor apagado. Se frotó los ojos, malhumorada, y escuchó entonces la voz de su padre. Solo se acordó de los anillos cuando entró en la cocina iluminada y vio su cuerpo tendido sobre las baldosas a cuadros del suelo. Tenía la cabeza metida debajo del armario del fregadero. Amy estaba arrodillada, inclinada sobre la caja de herramientas.

—Esto son los alicates, Amy. Lo que necesito es la llave inglesa.

—¿Qué pasa?

—Que a mama se le han ido los anillos por el desagüe —respondió Amy—. ¿No te parece una tragedia?

—¿Dónde está mamá?

—Arriba.

La voz de su padre resonó bajo el armario del fregadero.

—No la molestes, Miranda.

—Está destrozada —susurró dramáticamente Amy.

Vaciaron los conductos y llenaron un cubo con un asqueroso líquido viscoso de color verde negruzco. Examinaron las cañerías. Y no encontraron las joyas. Su padre frunció el entrecejo y meneó la cabeza.

—Tienen que haberse ido por el conducto general.

Comieron los tres un plato precocinado en la mesa de la cocina.

—¿Cuánto valen esos anillos, papá? —preguntó Amy.

Muy serio, su padre cortó un trozo de pavo.

—Una puta pasta —respondió.

Amy y Miranda intercambiaron una mirada de perplejidad. Era la primera vez que le oían pronunciar la palabra «puta», aunque no sería ni mucho menos la última.

Después de comer, su padre se retiró al despacho para hablar por teléfono. Amy se marchó al salón a ver la tele. Miranda se quedó sentada en la cocina, mirando el fregadero, intentando entender qué estaba pasando. Y mientras estaba allí sentada, llegó su madre, con los ojos enrojecidos y vestida con batín y zapatillas. Fue directa a abrir el armario más alto, cogió un bote de aspirinas y se sirvió una cerveza. Miró a Miranda.

—¿Cuándo has llegado? —preguntó.

—No sé —dijo encogiéndose de hombros.

Su madre siguió mirándola unos instantes y luego le dio la espalda para salir, llevándose con ella la aspirina y la cerveza. Miranda escuchó sus pasos subiendo trabajosamente las escaleras y de pronto lo entendió todo. Su madre pensaba que habían entrado en casa y le habían robado los anillos porque la puerta se había quedado abierta de par en par. Su madre no quería que su padre supiera que había salido de casa dejando la puerta abierta, ofreciendo una invitación a cualquier ladrón que pasara casualmente por allí. Su madre no quería tener problemas y por eso había mentido. Miranda empezaba a entenderlo.

Nunca más hubo mención alguna a aquellas joyas. Dos meses después, su padre perdió las elecciones y su escaño en el Senado. Tres años más tarde, Amy moría y, dos años después de eso, el matrimonio de sus padres quedaba legalmente disuelto. Miranda sabía cuándo habían empezado sus problemas. El día que dejó que los diamantes de su madre se fueran por el fregadero.

—¿No crees que es un poco egocéntrico lo de asumir que eres la culpable de las desgracias de los demás?

Frank Lundquist podía llegar a ser un auténtico coñazo.

Pero le gustaba. Tenía gestos curiosamente adolescentes. Por ejemplo, su forma de mover la cabeza cuando el pelo le caía sobre los ojos. La costumbre de ir rompiendo a pedacitos el borde de su taza de té vacía. Se mostraba siempre dispuesto a ayudar, a diferencia del resto del personal de Milford Basin, que parecía estar eternamente adormilado y reticente. Resultaba conmovedor, casi. Y también, tristemente irrelevante. Aquel hombre no era más que un medio para obtener los medicamentos que necesitaba. Pero aun así, en las semanas que llevaba viéndolo, cuando estaba con él se sentía a veces obligada a reflexionar. Su manera de comportarse —ese tono de preocupación estimulante que envolvía sus preguntas— tenía algo que iluminaba los polvorientos pasillos de sus recuerdos de un modo que jamás se habría imaginado.

Pero el problema estaba en que no le apetecía ponerse ahora a revivir toda su vida. Ahora que estaba dispuesta a acabar con ella.

—Supongo que todos acabamos recorriendo el camino que nos merecemos —se aventuró a decir.

—Anda ya. —Apoyó los antebrazos en la mesa y la miró fijamente. Miranda se dio cuenta de que su interlocutor pensaba que estaban avanzando a grandes pasos—. Eras una niña. Y una niña no se merece eso.

Miranda se encogió de hombros.

—Y el pecado original, ¿qué?

—¿Eres católica?

—Siempre me ha intrigado la idea de confesarme.

Frank se recostó en su asiento y la silla emitió un crujido.

—¿Hay alguna cosa que quisieras confesar? —dijo sin levantar mucho la voz—. De ser así, nunca saldría de estas cuatro paredes.

A Miranda no le gustó nada que se le acelerase el corazón ante aquella pregunta. Se levantó.

—Lo hice yo, ¿recuerdas? Lo de los anillos de mi madre. La culpable fui yo.

—Creo que estamos avanzando —dijo él.

—Creo que ya ha se ha agotado el tiempo de la visita, ¿no? —dijo ella.

Luego se enteró de que el Zoloft era demasiado flojo para lo que pretendía hacer. En la cola de la ventanilla de la farmacia, mientras esperaba a que le proporcionaran su dosis diaria, conoció a Delina, una autoridad farmacéutica que tenía tres dientes de oro que llamaban mucho la atención.

—Sé que te estás guardando el material —le dijo Delina un día, volviendo a la unidad. Los rayos del sol del verano entraban como lanzas a través de los ventanucos del largo pasillo y hacían brillar sus dientes postizos mientras iban andando—. Buscas una sobredosis, imagino. Yo haría lo mismo, de estar en tu lugar. Me sería imposible enfrentarme a una cantidad tan grande de tiempo encerrada aquí dentro.

Llevaba el pelo peinado con trenzas pegadas a la cabeza, hileras de calabazas negras y minúsculas.

—Necesitas Elavil o algo de una potencia similar, cincuenta o sesenta pastillas. Si me das el dinero por adelantado, a lo mejor podría conseguírtelo.

Habían llegado a la unidad. Miranda asintió pero no dijo nada. Cruzaron la puerta.

—Ya me dirás —dijo Delina alejándose con sus brillos.

April, que esperaba a Miranda en la zona común, observó el intercambio con mala cara.

—Esa es de lo peor que corre por aquí. ¿Qué quería de ti?

A pesar de su apenas metro y medio, April solía salir siempre en defensa de Miranda, y las mujeres habían tomado debida nota al respecto; sabían que era veterana de guerra. El ejército le había concedido permiso para alistarse a pesar de su escasa altura porque tenía un coeficiente intelectual elevadísimo y una puntería perfecta. «Era un lince con vista de lince —le había explicado a Miranda un día al poco de conocerse, mientras recorrían a paso ligero el camino de tierra y malas hierbas que seguía la valla perimetral—. En la milicia, era el conjunto perfecto».

Miranda posó la mano en el hombro de April y la guio hacia un rincón tranquilo.

—Me ha dicho Delina que podría conseguirme unas pastillas. —April le lanzó una mirada de desaprobación—. Solo para dormir —continuó Miranda mintiendo.

No, a April no le había contado que pensaba salir de la cárcel por la vía fácil. Por supuesto que no. Miranda comprendía que ella era la única persona que le quedaba a April en este mundo. El padre de April, suboficial jefe en una base aeronaval de Pensacola, había cortado toda relación con ella cuando fue condenada y había prohibido a su madre visitarla, e incluso escribirle. «Antes de cagarla —le había contado a Miranda—, era la niña de sus ojos». En una ocasión, le enseñó a Miranda una pulsera de oro que su padre le había regalado cuando fue ascendida a sargento primero, confeccionada con delicados eslabones y con un pequeño colgante en forma de corazón. No se la había quitado nunca hasta que entró en la cárcel, donde la guardaba escondida en el fondo de un bote de polvos de talco. Para enseñársela a Miranda, vació el contenido del bote sobre una hoja de papel y extrajo del interior la cadenita, que limpió con cuidado para que el oro brillara. Su padre se la había comprado en el barrio de los joyeros de Manila, le explicó. Y había hecho grabar el corazón con las palabras «Para A de papá». «Me llega muy al fondo —le había dicho a Miranda en un susurro cuando se lo había enseñado—. Cada vez que leo esto, tengo la sensación de que Dios me ama».

Sus padres ni siquiera le enviaban una felicitación por Navidad. «Dice mi padre que he traído la vergüenza a su casa. No quieren saber nada de mí», le había explicado April. Seguía llorando por ello al menos una vez por semana, y a menudo incluso a diario.

—No te fíes del material que circula por aquí —dijo ahora—. Es casi venenoso. Las chicas lo mezclan con Ajax y vete tú a saber qué más cosas, Mimi.

April la llamaba también como Lu. Pero con su deje del norte de Florida, sonaba más dulce.

—Lo que necesitas son somníferos, intenta conseguirlos del médico.

Miranda confiaba en seguir reuniendo un arsenal de Zoloft hasta tener la cantidad suficiente para hacer el trabajo. Necesitaría como mínimo un equivalente a seis semanas de medicación, u ocho, quizás. ¿Conseguiría soportar la inquietante presencia de Frank Lundquist tanto tiempo? ¿Sus fastidiosos intentos de desenterrar fragmentos del pasado que con tanto esmero había procurado poner a buen recaudo? ¿Y si al final resultaba que esas pastillas no funcionaban? Lo último que quería era matarse y luego despertarse viva.

Y por lo que a April se refería, Miranda intentó no pensar en lo que su muerte significaría para ella. Un abandono más.

* * *

Pasó lentamente una semana, que se le hizo interminable. Recorrió los pasillos desnudos que olían a cal, como si el cemento estuviera todavía endureciéndose, por mucho que los muros llevaran años construidos. El último pasillo terminaba en una puerta negra de acero con una ventanilla con cristal de seguridad. Al otro lado, la lluvia caía en cascada desde los aleros, una pared vidriosa. El vigilante que montaba guardia en el puesto de seguridad, un hombre mayor al que Miranda no conocía, la miró cuando ella pasó por su lado.

—Aún quedan unos minutos. Espera aquí a ver si afloja la lluvia.

Su amabilidad la pilló por sorpresa. Rebuscó en su cabeza una respuesta adecuada.

—Gracias —dijo por fin.

El vigilante volvió a concentrar su atención en su *Daily Racing Form* y ella se quedó junto a la puerta, observando a través del cristal rayado las gotas que golpeaban el fango del jardín de Onida, que obligaban a las begonias a ladear la cabeza de un lado a otro y a los tallos amarillentos de los tulipanes, desnudos ya de su flor, a agitarse e inclinarse hacia delante. Intentó pensar en qué le diría a Frank Lundquist.

Se sentía como si quisiera contárselo todo.

—Tendrás que ir tirando, llueva o no —dijo el vigilante moviendo la cabeza en dirección al reloj de la pared.

El timbre sonó con estridencia, justo al lado de su oído. Se apoyó en la puerta, que se abrió y la arrojó directa a la fría lluvia. Caminó rápido, levantando la cara para recibir su bombardeo.

Lo decidió entonces: no se lo contaría todo. No le contaría nada.

De hecho, le diría que no necesitaba verlo más.

El mensaje de Delina le había calado: el Zoloft no era la estrategia de salida adecuada, la herramienta infalible que ansiaba tener. Volvería a hablar con ese genio de las pastillas con dientes de oro o encontraría otra manera de conseguir lo que necesitaba. En términos generales, siempre había logrado lo que se había propuesto, y quería ser libre. Terminar con esa desgracia conocida también como su vida. Y hablando de perder el tiempo: Frank Lundquist estaba haciéndole desperdiciar el poco tiempo que le quedaba.

5

EL PSICÓLOGO DEBERÁ DAR POR FINALIZADA LA TERAPIA CUANDO EL PACIENTE NO PRESENTE PROBABILIDADES DE BENEFICIARSE DE LA CONTINUACIÓN DE SUS SERVICIOS
(Estándar 10.10.a)

—Madre mía, la que está cayendo —dije. Tenía pegados en las mejillas varios mechones de pelo que se habían liberado de su sujeción—. ¿Tienes frío?

Descolgué mi chaqueta del perchero que había junto a la puerta y se la ofrecí. La rechazó.

—Cuéntame. ¿Qué tal estás? Además de empapada, evidentemente.

Miró fijamente el suelo, como si pretendiera entender el significado del dibujo formado por las rayaduras y las manchas de barro típicas de un día lluvioso, y a continuación se quedó mirándome.

—La verdad es que no creo que estas visitas estén ayudándome. No considero que sean lo mejor para mí en este momento.

La corriente actual de la literatura especializada en cuidados para los profesionales de la salud aconseja no caer presa del pánico ante cualquier terminación prematura de un tratamiento. La decisión del paciente de dar por finalizada la terapia podría tener su origen en la propia resistencia del paciente y no en algo que nosotros pudiéramos haber hecho o dejado de hacer, dicen los expertos, y es muy importante no experimentar este final como un rechazo personal.

Pero aun así… Una oleada de oscuridad. Un aluvión de consternación. Me recosté en mi asiento y observé su expresión serena, su mirada baja. Y lo entendí: no podía dejarla marchar. Había demasiado en juego. Estaba ante un caso que me guiaría para salir de aquel desierto, que acabaría con la depresión que llevaba acechándome desde hacía un año, desde el caso de Zach Fehler, desde el declive de Clyde. La mejoría de ella conllevaría la mía.

—Escúchame bien —dije—. Sería un gran error dejar ahora estas visitas.

Su mirada, repentinamente cauta, se cruzó con la mía.

—¿Por qué?

—Estás oponiendo cierta resistencia. Y creo que estamos llegando a algún lado.

—No estoy llegando a ningún lado —me espetó—. Nunca llegaré a ningún lado. ¿Cómo crees que puedes solucionar eso? ¿Cómo crees que puedes ayudarme?

Me lanzó una mirada penetrante. La lluvia chocaba con más fuerza contra el ventanuco. Una descarga de ruido blanco.

Me levanté y rodeé la mesa. Me apoyé en ella para que estuviéramos frente a frente, a escasa distancia. Decidí correr un riesgo bien calculado.

—En realidad, somos muy parecidos —dije—. Te entiendo mucho mejor de lo que te imaginas.

Inclinó la cabeza y escondió la cara entre las manos. Le temblaban los hombros. Fijé la vista en la raya que separaba su pelo en dos mitades. La piel era muy blanca, tenía esa palidez de los lugares que no solemos ver. El espacio entre los dedos de los pies, la parte interior del brazo. Una parte demasiado íntima para mirarla. Me giré para coger unos cuantos pañuelos de papel de la caja que tenía sobre la mesa.

Cuánto deseaba decirle: «Sé dónde estaba tu taquilla, justo al lado de la sala de mecanografía. Durante años, siempre que oía el sonido de una máquina de escribir manual, pensaba en ti. Me importa de verdad lo que te pasa. Ayudarte está llenando mi vida de significado. Te has convertido en mi motivo principal para salir cada día de la cama».

Pero no podía decírselo. Ahora no. No era el momento.

—¿Un pañuelo? —dije.

Decidí hacer uso de mi sensatez y sincerarme algo con ella. Anna Freud era de la opinión de que compartir un poco de humanidad podía ser beneficioso para la relación entre terapeuta y paciente.

—Mira, yo antiguamente tenía una consulta privada —dije—. No siempre he trabajado en cárceles. La cagué y acabé aquí. Un poco como tú.

Me miró llorosa.

—Es imposible que comprendas lo que estoy pasando aquí.

—¿Y por qué no me pones a prueba?

Movió la cabeza de un lado a otro y volvió a esconder la cara entre las manos. Me agaché delante de ella y le ofrecí los pañuelos. Cogió uno, se secó los ojos. Me incorporé y volví a quedarme apoyado en la mesa.

—¿Tienes una vida? —Se quedó mirándome—. Me refiero a si estás casado, tienes hijos y esas cosas.

—Acabo de divorciarme —dije a regañadientes—. Sin hijos.

—Pero tienes un trabajo —replicó ella.

—Sí, cierto. Aunque no es precisamente el trabajo que me imaginé que tendría a estas alturas de mi carrera.

—¿Es un mal trabajo? —Sorbió los mocos—. Apuesto a que sí. Un montón de gente estúpida y un montón de quejas.

Me encogí de hombros.

—Sirve para pagar las facturas.

Continuó secándose los ojos con los pañuelos de papel.

—Pienso a menudo en todo lo que he tirado por la borda.

—¿Qué has tirado por la borda? —pregunté con delicadeza.

—Todo —susurró. Rompió otra vez a llorar—. Una vida. Posibilidades. Hijos. —Se sonó la nariz—. Creo que tendría que irme. No me apetece seguir hablando.

Cuando se levantó, los pañuelos de papel arrugados cayeron de su regazo al suelo. Observé desde arriba, con una extraña sensación de vuelo incorpóreo, cómo se agachaba debajo de mí para recogerlos de uno en uno. Se enderezó, los tiró en la papelera y se dirigió a la puerta. Y entonces, la agarré por la muñeca.

—M —dije—. Dame una oportunidad.

No fue tanto el contacto físico, creo, como mi forma de pronunciar su nombre lo que la detuvo y la llevó a girarse hacia mí. De pronto, me dio la sensación de que tenía un momento de lucidez. A lo mejor vio alguna cosa en aquel momento. Alguna pista en mi expresión. Una mínima grieta.

—Sigue con esto —dije—. Ten fe.

—Pues recétame algo más fuerte —dijo—. Quiero Elavil.

Hay pacientes que ondulan la superficie de tu estanque psíquico. Zachary Fehler lo hizo, con su mirada furiosa, con aquellos ojos pequeños y brillantes que parecían chocolatinas, con la arruga profunda de su entrecejo, con aquellos padres terriblemente egoístas e incompetentes. Durante el tiempo que estuvo el niño en tratamiento, no podía dejar de pensar en él. Me tenía deambulando de un lado a otro del salón de mi casa hasta altas horas de la noche. Winnie se quejaba. Los vecinos de abajo se quejaban.

Durante mi formación, me asignaron el caso de un reverendo presbiteriano enfermo de cáncer que le tenía un miedo terrible a la muerte porque estaba seguro de que iría directo al infierno por haber pegado a sus hijos. Se había imaginado el inframundo hasta el más mínimo detalle y me contaba que el demonio le arrancaría la piel de las plantas de los pies y lo haría bailar sobre un suelo de metal al rojo vivo.

Tuve pesadillas durante años, después incluso de que muriera aquel hombre, pesadillas de esas en las que te despiertas gritando y tirando de las sábanas.

Pero mis pacientes jamás supieron que me marcaban de un modo tan indeleble. Por eso los psicólogos acaban quemándose. Hay determinadas historias que se te graban en la cabeza. Escuchas el relato de Zach y lo único que quieres es cogerlo entre tus brazos y presionar su angustiada carita contra tu pecho, ir con él a comprarle un helado decorado con bolitas de azúcar y acunarlo cantándole una nana relajante, pero no puedes. Te quedas ahí, sentado, intentando hablar con él durante cuarenta y cinco minutos, dos veces por semana. Aplicas la terapia de juego, le formulas preguntas capciosas. Se acaba el tiempo y lo vuelves a mandar con los lobos.

Pero este caso, el caso de M, sería distinto. Lo tenía decidido. Por ella, lo gestionaría todo de tal forma que obtuviera un resultado positivo inequívoco, un cambio significativo en su vida para mejor. En su demanda, los padres de Zach Fehler declararon que yo había hecho justo lo contrario con su hijo. Que yo… y mis métodos, mis juegos de rol de mierda, mis muñequitos de mierda, y sí, esa única infracción, esos segundos irrecuperables durante los cuales había cometido un error. Ese desliz. Que de un modo u otro aquello, mi alejamiento del desapego terapéutico, había encendido su furia convirtiéndola en mortal. Que su crisis nerviosa, todo aquel horror, había sido por mi culpa. Estoy un noventa por ciento seguro de que no es verdad, pero la duda, la duda implícita en ese diez por ciento restante, destruyó mi consulta, mi matrimonio. Fue, naturalmente, como una bomba de precisión contra la confianza que tenía en mí mismo. Era de esperar.

Pero con M todo iría bien. Ahora que llevaba varias semanas tratándola, veía que esa persona, esa memorable compañera de clase, había vuelto a entrar en mi vida como un regalo, como una oportunidad de hacer algo auténtico y bueno de verdad.

Y por eso estaba ahora en la noble sala de lectura de la delegación principal de la biblioteca pública, donde, en las hileras de mesas de madera oscura, la población subempleada sesteaba discretamente o disfrutaba de los polvorientos rayos de luz de sol. Un funcionario me acompañó hasta uno de los lectores de microfilmes y mis ojos empezaron acto seguido a visionar un desfile de ejemplares atrasados de la prensa de Nueva York. Paré cuando llegué al mes de junio de hacía tres años: *LA HIJA DE UN EXCONGRESISTA HA SIDO ARRESTADA.*

Acusada de asesinato en segundo grado en un intento frustrado de robo en Candora, una ciudad del estado de Nueva York...

La policía informó de que la sospechosa reconoció haber lanzado el arma de fuego al río Oshandanga...

... dos hombres con heridas de bala mortales, uno de ellos identificado como el capitán del escuadrón de bomberos voluntarios de Candora...

... el otro fallecido, a quien la policía ha identificado provisionalmente como el cómplice de la acusada, era copropietario de dos bares en la ciudad de Nueva York, uno de ellos clausurado el año pasado por problemas con drogas...

... el padre de la sospechosa fue congresista durante una legislatura, representando al distrito veintiocho de Pensilvania desde 1976 hasta 1978, y estuvo posteriormente citado en una investigación por tráfico de influencias, aunque nunca se presentaron cargos contra él.

AMIGOS Y FAMILIARES SE PREGUNTAN CON PERPLEJIDAD POR QUÉ UNA VIDA PROMETEDORA HA PODIDO ACABAR TAN MAL. Un artículo muy largo.

Su jefe en la compañía de *marketing* donde trabajaba M: *Era una empleada de ensueño. Estábamos formándola. Estamos tremendamente confusos con todo este tema.*

La prima de M: *Si se ha visto implicada en este terrible episodio, no ha sido por voluntad propia.*

La amiga íntima de M desde tiempos de la universidad: *A veces, sus relaciones eran preocupantes. M sufría mucho. Pero es una persona increíblemente leal, nunca pierde la esperanza en la gente.*

El abogado del estado en Utica: *Queremos demostrar que participó conscientemente en el crimen.*

El abogado de M: *Mi cliente es inocente de los cargos que se le imputan. Fue en defensa propia, contra un hombre al que creía conocer. No tenía ni idea de en qué se había metido.*

Sumido en el aturdimiento, cogí el autobús para volver a mi apartamento que, imperturbable ante la luminosidad veraniega del exterior, me recibió con su habitual penumbra y oscuridad. Busqué en las cajas de discos que guardaba en el armario de los abrigos y encontré el álbum de Leonard Cohen favorito de mi madre. Llevaba años sin pensar en él, pero ahora, por alguna razón desconocida, no paraban de reproducirse en mi cabeza distintos fragmentos de sus canciones. Me tumbé en el rasposo sofá, una áspera barcaza de color verde oliva. Y mientras escuchaba aquellas melodías, que no eran de mi agrado pero que resultaban intensamente familiares, me pregunté dónde me habría metido.

A lo largo de mi carrera, siempre había intentado evitar la fusión entre distintos papeles. Había tratado de construir un muro elevado entre mi vida personal y mi vida profesional. Pero, para ser sincero, había fracasado a menudo en mi intento. Eso que dicen de que cuando el psicólogo desempeña su papel es capaz de escuchar con un desapego escrupuloso, es un mito grandioso. Los psicólogos, e incluso los psiquiatras, somos humanos. Y como todo el mundo, entramos en nuestro despacho cargando con nuestra propia vida y, por la noche, cuando volvemos a casa, lo hacemos cargados con todo lo que hemos visto en la consulta.

Había llegado a Milford Basin con mi vida hecha jirones. Había perdido mi consulta. Winnie y yo estábamos hablando ya con abogados. Digamos, pues, que durante la temporada que estuve allí tenía mis propios demonios. Los combatía cada mañana durante el trayecto hasta el trabajo, y muchos días se negaban a quedarse en el coche, al otro lado de la alambrada electrificada. Me seguían y me atormentaban mientras trabajaba. Si Lana se ponía a hablar sobre su madre, que siempre había sido de la opinión de que tendría que haberse hecho cargo de la peluquería de su tía Fay, pero que no lo hizo porque acabó enganchándose al *crack*, mis demonios asomaban la cabeza y empezaban a dar vueltas a mi alrededor, como chimpancés del zoológico a la hora de la comida. Si Pet se ponía a llorar por el bebé que había abandonado a su suerte en un parque una noche de lluvia, mis demonios se ponían en fila a bailar la conga y brincaban exultantes por mi cerebro.

Y ahora, el caso de M me seguía hasta casa por las noches, manteniéndome en vela, empujándome hasta la biblioteca un sábado de verano cuando debería estar sudando la camiseta en el parque, lanzando tiros libres con mis vecinos adolescentes. Pero esta mujer… La conocía, o la había conocido. Esta paciente evocaba el pretérito perfecto, venía con una historia incorporada. Esta paciente lo cambiaba todo. No podía dedicarme a jugar a lo que habría jugado un fin de semana de verano sin una nube sabiendo que ella permanecía sentada en el interior de una caja de cemento, encerrada, sola, necesitada de mi ayuda. No podía poner en un compartimento aparte su dura situación.

Tal vez lo mejor que pueda hacer sea citar a Bugental, ese brillante loquero de loqueros, porque llegado este punto, da perfectamente en el clavo. *El concepto del desapego terapéutico* —dice—, *es un oxímoron, una mentira piadosa que uno se cuenta a sí mismo. La idea de que el terapeuta puede mantenerse desapegado de su paciente* —escribe, y es la pura verdad— *resulta seductora para el cobarde.*

«Tal vez tenga las ideas equivocadas —me dije—, pero cobarde no soy».

Recosté la cabeza en el sofá y escuché al cantante hablar con voz nasal sobre su famoso impermeable. Pensé en mi madre, Colleen, pensé en ella agitando un muestrario de colores de pintura, embarazada de Clyde, vestida con una blusa de algodón con estampado floral y con una diadema en el pelo. La explosión estelar de color entre nosotros sobre la cama del cuarto de invitados. Dijo que la habitación del bebé tenía que ser de color verde melón o amarillo botón de oro, pero que no sabía por cuál decidirse.

—¿Y si lo hacemos a rayas? —sugerí—. Así podrías utilizar los dos tonos. Podría pintarlas yo mismo —añadí con el atolondramiento de los trece años de edad, sin intención de mostrar un entusiasmo exagerado.

—¿Lo harías? —Me sonrió. Su cabello castaño ondulado, aquel pequeño hueco entre los dos dientes centrales—. Me parece una idea estupenda.

Colleen solía señalar aquellas rayas cuando las visitas se acercaban con cautela a conocer al nuevo bebé, después de que llegara. «Frank hizo una buenísima obra», les decía. Era natural que quisiera que el mundo viera lo mejor de mí, era mi madre. Pero con todo y con eso, cuando las visitas elogiaban con entusiasmo mi trabajo como pintor, le estaba muy agradecido a Colleen. Nunca mencionó en qué había empleado yo las sobras del amarillo botón de oro. Ni que descubrí un nido de ratones en el rincón del armario de la habitación del bebé. Y que cuando ella fue a recoger la cubeta del rodillo, vio los cuerpos rígidos amarillos dispuestos perfectamente en fila, impregnados, ahogados en una pintura que empezaba a endurecerse. Que soltó la cubeta allí mismo, sobre la alfombra nueva, y vomitó con violencia y repetidamente, que se quedó a cuatro patas en el suelo, con su vientre embarazado sobresaliendo debajo de ella. Aquella imagen de mi madre con la espalda arqueándose y doblándose mientras vomitaba, no me abandonará jamás. Aún le estoy agradecido de que nunca dijera una palabra sobre aquello, ni a mi padre, ni a Clyde ni a nadie.

Yo pensaba que en la habitación del bebé no podía haber una plaga de ratas.

Hace ya tres años que se fue. Un ictus cerebral agudo: la atacó en el salón, con mi padre y mi hermano en el sofá, una *pizza* en la mesita de centro y *60 Minutes* en la tele. Yo seguía sin asimilar del todo que nunca jamás volvería a hablar con ella. Aún pensaba que un día me tropezaría con ella entre la muchedumbre de Times Square, donde habría ido a ver los espectáculos, o en un avión, que tal vez la encontraría ocupando un asiento de ventanilla, con un libro de bolsillo de Le Carré abierto sobre el regazo. Que podría hacerle confidencias. Contarle lo del declive de Clyde.

Lo del litigio con los Fehler, aquellos días insoportables de discusiones sobre las raíces de la psicosis infantil y los galardones por negligencia profesional y el equivalente en dólares de la vida de un niño. Podría contarle lo de mi divorcio —dado su instinto sobre Winnie, no le sorprendería—, o lo de mi reencuentro con M, que era el tipo de historia que le gustaría. «Eso sí que es un buen giro del destino», diría dándome su aprobación.

Tenía suerte de contar con una figura fundamental como ella, me decía intentando ayudarme. De hecho, tanto mi padre como mi madre eran ejemplares. M había pasado años sin hablar con su padre, me había comentado en nuestra última sesión.

—¿Por qué?

—Hizo algo que considero imperdonable —respondió.

—¿A ti?

—No, a mí no.

—¿Te apetece explicarte un poco más?

—En este momento no.

—Pero ¿ahora le hablas?

—Sí.

—¿Le has perdonado?

—La verdad es que no.

—¿Y cuándo empezaste a hablarle de nuevo?

—Cuando yo hice algo imperdonable.

Leonard estaba cantando algo relacionado con un pájaro posado en un cable y un borracho en un coro a medianoche cuando caí tranquilamente dormido.

El domingo, busqué a Clyde. Los fines de semana solía trabajar al turista en Battery Park, de modo que puse rumbo sur hacia aquella atracción local. El día estaba encapotado y un manto de nubes cubría la ciudad suavizando las sombras. En el parque había algún tipo de encuentro rastafari y estaba abarrotado de gente. Los vendedores de granizados hawaianos habían salido en tropel y se movían de un lado a otro con sus grandes bloques de hielo y sus tintineantes botellas de sirope. Una banda de *reggae* desafinada inundaba con su estruendosa música el parque y, por todos lados, la gente bailaba siguiendo el ritmo entrecortado. Localicé a Clyde cerca del monumento a los veteranos de Vietnam, ganduleando en un banco detrás de su montaña de calcetines, inmerso en una conversación con un hombre barbudo que estaba sentado en una silla de ruedas a su lado y sujetaba un puñado de globos brillantes en forma de zepelín. Los globos se balanceaban por encima de sus cabezas igual que los pensamientos psicodélicos que debían de tener.

Clyde sonrió cuando vio que me acercaba.

—Mira quién está aquí, Jackson —dijo, volviéndose hacia su compañero—. Ese de ahí es mi hermano, Frank.

—Hola —dijo Jackson intentando congeniar enseguida—. ¿Eres el loquero?

—Sí —respondí.

—Pues mira, tengo siempre el mismo sueño, tío. Resulta que voy montado a lomos de una puta ballena. Jamás he visto una ballena, pero en ese puto sueño estoy montado encima de una ballena. ¿Qué opinas, Frank?

—Bueno, ya sabes que la interpretación de los sueños es un hueso duro de roer. No hay respuestas fáciles…

Me encogí de hombros.

—Así que un hueso duro de roer. Sin respuestas fáciles. Ahí está el puto problema. Una vez visité a un loquero en Bellevue. Y me dijo exactamente las mismas palabras, joder. Que no hay respuestas fáciles. —Jackson me sonrió y meneó la cabeza—. Lo reconozco, Frank. Eres un puto genio. —De pronto, hizo girar la silla de ruedas y los globos se agitaron por encima de su cabeza—. No hay respuestas fáciles —murmuró sonriendo—. Sí, sí. —Miró a Clyde—. Me largo a Seaport, tío. La semana pasada hice unas ventas allí de puta madre. Tendrías que recoger toda esta mierda y plantarte en Seaport.

—Jimmy vendrá a recogerme aquí. Me quedo.

—Luego, pues. —Jackson volvió a mirarme de arriba abajo y empezó a impulsar la silla para marcharse—. Llevas unos zapatos guapos, Frank. —Rio—. No hay respuestas fáciles. Sí, sí. —Se paró de repente y se giró de nuevo hacia nosotros—. ¿Quieres un globo para los niños, Frank? —dijo.

—No tengo niños —dije, como queriendo disculparme.

—Pero tendrás una mujer —dijo Jackson. Se acercó con la silla unos metros—. Vamos, cómprame uno para tu mujer. Se lo merece, ¿no?

—Bueno, es que… —Miré a Clyde, que movió afirmativamente la cabeza y me lanzó una mirada que decía «Adelante»—. De acuerdo.

Le di un billete de diez a Jackson. Y él a cambio me entregó un par de Hindenburgs de color rosa.

—Te hará bien el amor cuando los vea, tío. Me lo agradecerás.

Hizo una pequeña reverencia doblándose por la cintura, sonrió y se marchó riendo con satisfacción.

—Has hecho una buena obra —dijo Clyde—. Últimamente, la venta de globos está complicada, estaba contándome. Todo el mundo prefiere esos cerdos que van a cuerda.

Até las aeronaves al banco de Clyde y tomé asiento. Los niños se rociaban entre ellos con pistolas de agua de alta potencia y aullaban y chillaban como cachorros de algún depredador. Permanecí un rato observándolos. Sabía que tenía que soltarlo.

Clyde, en su fase de yonqui, se había convertido en una especie de confidente para mí. Los que nos dedicamos a la psicología solemos sufrir una sobrecarga de secretos: te eriges en el guardián de los secretos de los demás y no tienes sitio para los tuyos. Lo reconozco: había empezado a utilizar a mi hermano menor como válvula de escape. Hablar con él era como hablarle a la boca de un pozo.

—Una de mis clientas estudió en Lincoln High —dije.

Se quedó mirándome con los ojos abiertos de par en par.

—Imposible.

—La recuerdo perfectamente.

—¿Qué alguien de Lincoln está entre rejas?

—En la cárcel, sí. Ella no me recuerda. No se lo he dicho.

—¿Y por qué está encerrada?

—Y debería de habérselo dicho de entrada, probablemente.

Asesinato en segundo grado, un atraco a mano armada que salió mal. Un caso grave. Con una sentencia muy larga.

—Pero ¿qué demonios…?

—No fue premeditado, por lo que sé. Hubo un novio implicado, evidentemente. Y la cosa salió mal, muy mal.

—Vaya mierda.

Suspiré.

—En el colegio salía con Brian Fuller, que era un cabrón. Andaba siempre fanfarroneando de que tenía que depilarse a la cera el vello del pecho para estar en el equipo de natación.

Clyde me miró fijamente unos instantes.

—¿Y no te ha reconocido? —dijo.

—Qué va. —Me levanté y me acerqué a la barandilla para contemplar la bahía veteada por la espuma. Staten Island permanecía agazapada, al acecho, un perro a la espera de recibir un puntapié—. Tendría que haberle dicho algo de entrada. Pero supongo que sentía curiosidad, lástima por ella, que pensé que la avergonzaría o la pondría en una situación incómoda. Es evidente que está pasando un infierno.

—¿Y quieres seguir viéndola?

—Para tratarla. Es muy amable, ¿sabes? Tengo la sensación de que puedo ayudarla de verdad.

—Por supuesto —dijo Clyde—. ¿Es guapa?

Me giré y lo miré con exasperación.

—A ver si creces.

Sonrió.

—Lo es —dijo.

—He estado ayudándola —dije—. Creo. Lo está pasando muy mal.

—Es lo que tiene, eso de cometer un asesinato —dijo con una risilla escéptica.

—Oye —le espeté—, todo el mundo puede cagarla, ¿no, colega?

Me miró frunciendo el entrecejo.

—Es verdad —dijo.

Se giró para empezar a arreglar la exposición que tenía montada en la caja de la secadora Whirpool, sacando más calcetines de una andrajosa bolsa de tela.

—Deja que te invite a cenar —dije—. En Katz's. *Pastrami.*

Me dijo que Jimmy llegaría en media hora, que era imposible, que tenía que quedarse allí esperándolo.

—Ven a dormir a mi casa —le supliqué.

—No —dijo Clyde—. Volvería a robarte la cartera.

Eché la cabeza hacia atrás buscando un poco de simplicidad en el cielo de verano, pero en aquel rincón estaba fragmentado, lleno de cables, edificios y estelas de aviones, garabatos de líneas entrecruzadas por encima de nuestras cabezas.

No lograba imaginarme por qué lo hizo. Cómo llegó al lugar donde estaba ahora.

—No es una asesina a sangre fría —dije.

—Lo que tú digas.

Se encogió de hombros.

—Simplemente intento marcar una pequeña diferencia en la vida de una persona. Lucho contra la futilidad, Clyde.

—Te escucho, eh. —Estaba disponiendo concienzudamente sus calcetines en alternancia de filas, rayas rojas, rayas azules y después otra vez rayas rojas—. La futilidad jode.

6

JULIO DE 1999

La funcionaria hizo añicos su bote de Nivea. Volcaron la caja donde guardaba las postales con motivos florales de Georgia O'Keeffe, esparciendo su contenido por el suelo. Rompieron los lomos de los libros de tapa dura y sin portada de la biblioteca del centro penitenciario que tenía en la celda —*Cien años de soledad, Ve y dilo en la montaña, La pequeña Dorrit*— y los sacudieron con tanta fuerza que las nubes de polvo de papel mohoso cambiaron el olor del ambiente.

Una mujer (a la que solo conocían como Bean) había aparecido muerta como consecuencia de una sobredosis de *crack*. Habían desenterrado una pelota de plástico con cuatro piedras más en el interior de un paquete de margarina que habían encontrado en una nevera de la Unidad D. Deportada al pasillo, Miranda escuchaba a las funcionarias registrar todas las habitaciones y se fijó entonces en que las rejillas de plástico de los fluorescentes del techo —¿deflectores los llamaban, quizás?— se parecían a las bandejas con compartimentos de la vieja caja de aparejos de pesca de su abuelo, con sus distintos cuadraditos ocupados por una anzuelo de corcho pintado de rojo, un pececillo de goma o un amasijo de anzuelos pequeños. Sabía que no encontrarían las dos docenas de Elaviles. Delina le había enseñado que las pastillas encajaban a la perfección en la estructura de tubo hueco de la percha de plástico que les proporcionaba la institución.

Cuando el equipo de búsqueda se marchó, Miranda se puso a limpiar. Secó el líquido que se había derramado de su jarra de plástico. Las cartas que había recibido estaban tiradas por el suelo, empapadas, la caligrafía y la tinta emborronadas. Habían vaciado su caja de cereales Life. Por suerte, habían pasado por alto su Cup-a-Soup.

Beryl Carmona asomó la cabeza en la habitación.

—Yo no hago las reglas, simplemente me limito a hacer que se cumplan —dijo.

La bolsa con el cuerpo desfiló en una camilla por delante de Miranda mientras estaba sentada en la cocina con April, a la espera de que rompiera a hervir el agua de los fideos. Las ruedecillas chirriaban salvajemente; le recordaron que Bean medía metro ochenta de alto y estaba fuerte. Los ojos de color marrón dorado de April se volvieron vidriosos. Se los secó con el dorso de la mano, un gesto que llevó a Miranda a pensar en su infancia, en Amy, en sus turbulentos juegos de niñas y en cómo una hermana se ponía solemne cuando la otra acababa llorando.

—Me da tanto miedo esa mierda, Miranda. Tanto miedo —dijo April.

Miranda la entendía. Había escuchado su difícil historia; no, la había absorbido en su cuerpo como una dosis de radiación, cada vez que se la había contado y cada vez que la había revivido, hasta que la había cambiado a nivel celular, del mismo modo que April había absorbido la de Miranda.

Después de la primera guerra del Golfo, April había vuelto a alistarse y había aterrizado en Berlín durante el repliegue de tropas. Estaba al frente de un servicio de guardia en los cuarteles generales de las Fuerzas de los Estados Unidos y se enamoró por primera vez en su vida, se enamoró perdidamente, de una especialista en logística llamada Karlee. Karlee trabajaba en el desmantelamiento de la base y se encargaba de devolver a destino las cortadoras de fiambres del economato, las máquinas de millón del centro recreativo, los servidores de datos del puesto de escuchas secretas donde los operadores de los servicios de inteligencia se habían dedicado a espiar a los soviéticos. Karlee desmanteló también el corazón de April. Un día, le dijo a April que se había liado con una alemana del servicio postal que había conocido en el trabajo.

—Martina. Era guapa, mucho más guapa que yo. Pero yo pensaba que Karlee era el amor de mi vida. Y aposté fuerte por ella.

—Acababa de estar en casa de permiso, una semana antes de que sucediera aquello, y les había dado la noticia de su amor, de ella, a sus padres—. Mi padre me arreó una torta que me mando al otro lado de la cocina. ¡Bum! —Subrayó sus palabras golpeando el aire con el dorso de la mano.

April aceptó su finiquito y un licenciamiento honorable y se mudó a Nueva York para trabajar en Apple Bank.

—Tienen unas tarifas horrorosas, no hagas nunca negocios con ese banco —le dijo a Miranda.

Un día salió de su trabajo con catorce mil dólares en el bolsillo.

—Estaba enganchada al *crack*, Miranda. Rezo para no volver a ver nunca más esa mierda. —Meneó de un lado a otro una cabeza de forma perfecta coronada con suaves rizos—. No pienso volver a caer tan bajo.

—Por supuesto que no —decía siempre Miranda.

—Tú eres mi hermana —decía siempre April.

Y, dependiendo del estado de ánimo de Miranda, eso le satisfacía intensamente o le provocaba temblor en las manos.

Lo peor que pasó durante aquel registro de celdas fue que las funcionarias de prisiones dejaron empapado el bolsito que Miranda había tejido a ganchillo para su madre, y justo el día en que pensaba regalárselo. El bolsito era de pena, la verdad, tejido con lana de color amarillo dorado, del tamaño de una rebanada de pan de sándwich, con una correa larga y una borla. Remojado, parecía un estropajo para fregar la bañera. Pero Miranda se sentía orgullosa de él. Una rea colombiana, una mujer mayor llamada María Juana, le había enseñado a tejer ganchillo. No conocía ninguna mujer de la familia Greene que supiera hacerlo, al menos desde que la bisabuela Schmidt, por parte de madre, vino desde Graz.

—¡Qué preciosidad! Es una monada —murmuró Barb Green, colgándose la correa al hombro.

No mencionó nada sobre el olor a moho del bolsito y era posible que, de algún modo, el aroma general de la sala de visitas lo superara; aquel espacio apestaba a Cheetos de la máquina expendedora, a Cheetos y a pañales sucios de los bebés que traían hermanas y abuelas para que visitaran a las mujeres que los habían parido. Era un día entre semana por la tarde, razón por la cual tanto Miranda como su madre pudieron tomar asiento detrás de una de las maltrechas mesas; los fines de semana no tenían más remedio que quedarse de pie.

—¿Duermes?

—Algo.

—Alan quiere verte, Miranda. Lo quiere de verdad.

—Pues no me verá. Mamá. Lo siento.

La madre de Miranda retiró la mano y fijó la vista en el suelo mugriento. Durante las visitas, siempre daba la impresión de que iba a romper a llorar en cualquier momento. Apretujaba un pañuelo de papel entre sus manos y Miranda sabía que guardaba pañuelos de repuesto en el bolsillo de su americana de pelo de camello.

Cuando arrestaron a Miranda, su padre convenció a Alan Bloomfield de que llevara el caso. Miranda poco había podido decir al respecto; en aquel momento estaba encerrada en la cárcel del condado de Oneanta, familiarizándose con las realidades de su nueva vida. Cuando llevaba veintidós horas retenida, apareció Alan con una muda de ropa que le enviaba su madre y una cestita envuelta para regalo con jabones y champús caros de parte de su padre, acompañada con una nota: *Miranda: dicen que nos dejarán verte*

cuando te hayan leído los cargos. Nos morimos de ganas. Pienso en ti.
Con cariño, Edward.

Miranda se quedó mirando la cesta, envuelta en una nube de celofán.

—¿Dónde se cree que estoy? ¿En el Hilton?

Alan rio entre dientes. Era un hombre barrigudo, con el pelo canoso cortado a capas y una frente carnosa que parecía caer bajo el peso de pensamientos no revelados.

—Mira, encanto, teniendo en cuenta la situación, creo que tus padres lo están llevando bien. Lo último que podían esperarse era recibir un golpe como este.

—¿Podrá sacarme de aquí? —preguntó Miranda.

—Cueste lo que cueste. Saldrás de aquí enseguida. —La estudió con una mirada intensa y oscura—. Debía de ser un novato, ese tal McCray. Espero que, por lo demás, fuera la hostia, cariño.

Miranda tendría que haberse esforzado más en intentar convencer a sus padres de que contrataran otro abogado. Jamás confió en Alan Bloomfield. Pero había que tener en cuenta en lo que estaba metida. Andaba metida en cosas que hacía tan solo un mes, o tan solo una semana, habrían sido inimaginables para todos ellos, Miranda incluida. Sabía que se merecía lo que le estaba pasando.

Y Bloomfield tenía razón: al día siguiente estaba en libertad condicional gracias a los ahorros de toda la vida de la abuela Rosalie Greene, que su padre había heredado hacía tan solo unos meses cuando la abuela se liberó por fin de su Alzheimer para ganarse el descanso eterno, una semana después de las Navidades del año anterior.

Nadie culpó a Alan Bloomfield del veredicto de culpabilidad. Había aconsejado hábilmente a Miranda y había convencido a la acusación de que retirara los cargos de robo a mano armada y rebajara a segundo grado los cargos de asesinato. ¿Y la razón de ser de una sentencia de tantos años? La justicia del condado de Oneanta, decía todo el mundo. Un lugar duro. Después de que Miranda quedara clasificada en una custodia mínima de nivel III y fuera destinada a Milford Basin, Barb dejó Washington y se instaló en un rascacielos de Riverdale para estar cerca de ella. Se apuntó a un pequeño grupo de una agencia de viajes en New Rochelle. Estaba sola, a no ser por Alan Bloomfield, que vivía en la ciudad. Alan estaba divorciado y ella estaba divorciada.

«Alan colecciona jade chino, a Alan le gusta mi pollo Marbella, Alan ha conseguido entradas preferentes en Broadway porque es el abogado de los Shubert —decía—. Alan y yo tenemos una relación».

Miranda tampoco le echaba la culpa a Bloomfield, pero no era persona de su agrado. Sin embargo, era una mejora con respecto a Karsten Brunner.

—Tu padre me condujo hacia él —le había dicho Barb en una ocasión, cuando Miranda le preguntó qué había visto en aquel funcionario de la embajada austriaca que no sonreía jamás.

Había abordado a Barb en la sección de carnicería de Safeway, paquete de carne de ternera en mano, preguntándole:

—Por favor, querida, ¿podría decirme qué es «culata»?

Posteriormente, Barb siempre se estremecía al recordar aquel encuentro.

—Su concepto de pasárselo bien consistía en sentarse en el suelo y escuchar *jazz* de vanguardia. Sin hablar, simplemente escuchando —decía con un suspiro—. Pero tu padre nunca estaba disponible. Se pasaba la vida en la carretera con sus campañas.

Miranda albergaba sus dudas con respecto a Alan Bloomfield, pero al menos su madre no estaba sola. Alan la había acompañado al cementerio el día del cumpleaños de Amy, le contó Barb, secándose una vez más los ojos con un pañuelo de papel.

—Vino con un rosal en flor y lo plantó personalmente.

En la mesa de al lado, un pequeño regordete vestido con chándal de color rojo se agitaba y gritaba en brazos de su madre.

—No me conoce —decía la mujer indignada—. No sabe quién soy.

Barb observó la escena unos instantes y volcó de nuevo su atención en Miranda.

—Lyn Sherrill ha tenido un bebé —dijo.

—Eso está bien.

—Un niño. Le ha puesto Justin, un nombre que nunca me ha gustado.

Miranda miró de reojo al nervioso niño.

—Me habría gustado poder acompañarte el día del cumpleaños de Amy —dijo al cabo de un rato.

Su madre le cogió la mano.

—Y a mí.

—Mamá —dijo—. Lo siento.

—No es necesario que lo repitas cada vez que vengo a verte.

—Lo siento, lo siento muchísimo.

No sabía qué más decir.

Barb le pasó un papel con una lista escrita con ordenador.

—He apuntado en una lista todo lo que hay en la caja. Asegúrate de que esta vez te lo den todo. —El pasado mes, las funcionarias que controlaban el servicio de paquetería habían abierto su paquete y le habían robado el queso Havarti, la mermelada de moras, un ejemplar de la revista *People* y un par de calcetines altos—. La he escrito con el ordenador nuevo —dijo Barb—. ¿Te conté que Alan me había regalado un ordenador?

—No —dijo Miranda, taciturna.

—Estás pálida. ¿Ya te dejan salir suficiente tiempo para que te dé el aire? Estar al aire libre te sienta bien, Miranda. Te gustaba montar tu campamento en el jardín, ¿recuerdas?

Miranda miró el reloj, instalado en el otro extremo de la larga hilera de mesas, con sus grupos de llorones y agónicos, los bebés en sus cochecitos exhibidos como centros decorativos y algún que otro anciano empujado en su silla de ruedas. La hora de visita se estaba acabando.

—Mira, mamá, no me hagas recordar nada en estos momentos. Intento concentrarme en el aquí y ahora.

—Estoy preocupada por ti.

Se sonó la nariz con el máximo de educación posible.

—Estoy pasando un mal trago. Pronto se arreglará todo.

Miranda había intentado imaginarse cómo reaccionaría su madre a la noticia de su fallecimiento. A corto plazo, el dolor sería inmenso. No habría nada más devastador para ella. Pero a largo plazo, sería mejor. Punto y final. Nada de años de visitas en aquella sala caótica, donde parecía una especie de broma kármica con sus americanas a medida y sus pendientes de oro. Era evidente que cada vez que entraba allí su organismo sufría un *shock* y envejecía un poco más. Aquello era un peaje a pagar mucho más riguroso que cualquier muerte. Miranda estaba convencida de ello.

Sabía que se había convertido en el proyecto favorito de Frank Lundquist. Quedaba claro por el modo en que se levantaba de un salto de su asiento cuando ella entraba en el despacho para su visita semanal; temía casi que se abalanzara sobre ella y la tirara al suelo. Lucía una sonrisa alentadora y una camisa pulcramente planchada.

De haber podido, le habría contado la verdad. No es que le gustara engañarlo. «Llega tarde —le diría—. Yo ya me he ido y usted lo único que está haciendo es acelerar mi marcha».

Cada semana se hacía con una nueva dosis de Elavil, depositaba otra capa de sedimento químico, un alijo con potencial en forma de polvo blanco.

Pero no le contó la verdad. Le contaba cosas sobre sus recuerdos, sus sueños, sus remordimientos, y él le daba pastillas. Era como un intercambio, entendía ella. Y como cualquier intercambio relacionado con la revelación de detalles íntimos, resultaba un poco sórdido.

Un día, después de una sesión con él, Miranda, inquieta, fue a preguntarle a Lu al respecto. La encontró en la habitación del microondas, donde acababa de depilarse las piernas con cera caliente. El penetrante aroma a pino impregnaba todavía el ambiente.

—¿Venderías tu alma si tuvieras que hacerlo? —le preguntó.

Lu se pasó la mano por unas pantorrillas resplandecientes.

—Vendí mi cuerpo una vez. A Visha. Él me quería y yo dije: sí, puedes tenerme, pero a cambio me darás una casa en Long Island, un coche europeo, una American Express de crédito y también unas botas y un abrigo, que elija yo, de Barneys. Y dijo que vale. Y me tuvo... —Empezó a contar con leves movimientos de cabeza—. Cuatro de las cinco cosas. Y también una temporada en la cárcel, que no estaba en el trato, pero así es la vida, dicen.

—Pero tú amas a Visha.

—Sí. No vendería mi cuerpo a un hombre que no amara, Mimi. Ni mi alma. Eso sí que no lo haría.

Miranda se quedó desinflada.

Pero aun así, aislada allí con Frank Lundquist, arrullada por las infusiones de té caliente y su mirada compasiva, se sintió empujada a revelar varias cosas. Lo estaba utilizando despiadadamente, tenía la impresión, y no se sentía bien por ello. De hecho, se sentía fatal, y eso la llevó a revelar en sus sesiones bastante más de lo que tenía pensado. Razón por la cual, sin darse ni cuenta, se encontró contándole lo del coche azul.

Era un Pontiac LeMans de 1969, y tenía un morro, un morro largo e insinuante, que acababa con dos focos que parecían orificios nasales. El parabrisas se inclinaba hacia atrás, como un tupé con gomina, y el techo descapotable se abría pulsando un botón y emitía un lamento festivo mientras se retiraba lentamente para luego doblarse sobre sí mismo y esconderse en un hueco escondido detrás de los asientos traseros. Estaba pintado de azul celeste. Los asientos eran de vinilo de color crema.

La primera vez que Miranda vio el coche fue cuando Neil Potocki, el principal patrocinador financiero de su padre, lo estacionó delante de su casa en Pittsburgh pocas semanas después de que Edward Green consiguiera su escaño en el Congreso, cuando las cajas de la mudanza empezaban ya a llenar pasillos y rincones. Los hombres se reunían en asamblea alrededor de la mesa de la cocina y su madre echaba de allí a Miranda y a Amy. Y allí estaba su descapotable en el camino de acceso a la casa. Miranda se sentaba al volante y fingía que conducía, Amy se acicalaba mirándose en el espejito de la visera del lado del acompañante. Miranda tenía nueve años, Amy doce.

Por aquel entonces, Neil Potocki tenía más barriga. Era el propietario del canal de televisión de Pittsburgh donde se emitían en borroso directo las reuniones del Ayuntamiento y del Canal 23, de programación infantil. Trajes marrones, corbatas marrones, bigote castaño, ojillos castaños, puritos marrones. Y el coche azul.

Debía de adorar aquel coche. Pasaron los años y, en 1981, cuando Miranda tenía trece años, Neil Potocki volvió a aparecer, esta vez en Washington, el domingo de la Super Bowl. El descapotable era lo único que no había cambiado en él. Ahora vivía en el norte de Virginia, en una finca en las montañas, en lo que sus padres, con una emoción acallada en la voz, calificaban de «terreno de caza». En lo alto de una loma, dominando una granja donde caballos destinados a saltos de obstáculos cubiertos con mantas pacían tranquilamente de carros de heno, era un caserón enorme. «No es una casa, es una mansión», había dicho su madre mientras ascendían las nevadas montañas por una carretera llena de curvas. Parecía antigua, con madera blanca, ladrillo y barandillas de piedra, pero todo olía a nuevo. Neil Potocki ya no iba vestido en gama de marrones. Sino con un jersey de color granate y pantalón beis, tenía ahora el cabello canoso y el bigote había desaparecido. Estaba más delgado y fumaba cigarrillos de mentol y a veces en pipa. El coche azul estaba aparcado delante, junto a un Mercedes Benz blanco inmaculado. La madre de Miranda le explicó que había vendido el canal de Pittsburgh, había invertido en la televisión por cable, hecho otra vez una fortuna y adquirido un montón de propiedades inmobiliarias en la costa Este.

—¿Es millonario? —le preguntó Miranda a su madre.

—Sí —le respondió ella.

—¿Y le dio dinero a papá?

—Dio dinero para la campaña, cariño, no a papá. Para las dos campañas.

—¿Y se enfadó cuando papá perdió?

—No lo sé —respondió su madre—. Y por lo que más quieras, no se lo preguntes.

Presenciaron la Super Bowl en el televisor más grande que habían visto todos en su vida, tan grande que tenía un proyector propio instalado al otro lado del salón que plasmaba la imagen sobre la enorme pantalla curva. Apoltronados en los sofás, los hombres con mocasines náuticos y las mujeres con pantalones de lana y joyas de oro, bebieron *bloody marys* y comieron galletas saladas untadas con crema de salmón. La bebida debía de ser potente, puesto que hablaban todos muy fuerte y apenas prestaban atención al partido ni a la pandilla de niños que se pegaban y discutían por la partida de parchís que estaban jugando en la habitación contigua. Miranda se sentó en el brazo de un sofá, al lado de su padre, mientras él hablaba sobre las operaciones de los grupos de presión para hacerse con una compañía maderera. Pensó que tenía que hacer algo para escapar de aquel aburrimiento. La falda, de lana de cuadros escoceses, le picaba. Mientras se rascaba, pasando los dedos por debajo de la cinturilla, observó al hombre que estaba sentado junto a su padre, con cabello fino y rubio y ojos grandes y desabridos. Movía la cabeza en gestos de asentimiento ante todo lo que su padre decía, aunque miraba constantemente de reojo el encuentro de la tele. Sus ojos iban sin cesar de un lado a otro. «Los adultos son de lo más falso», se dijo Miranda. Y se juró no ponerse nunca jamás aquella falda horrorosa.

Finalmente, decidió ir en busca de Amy. Inspeccionó diversas estancias, todas ellas con una decoración ligeramente distinta pero siempre a base de sofás y sillones perfectamente dispuestos y mesas de madera relucientes. En una librería, vio una fotografía enmarcada del señor Potocki estrechándole la mano al presidente. El presidente sonreía; al señor Potocki lo habían pillado hablando, con la boca abierta. Parecía un sapo intentando cazar una mosca.

Encontró a Amy en la inmensa cocina, hablando en español con el camarero que habían contratado para la ocasión. Amy estaba en tercer año de español y estaba intentando convencer a sus padres para que le dejaran pasar el verano siguiente en Sudamérica. Estaba sentada encima de la isla con encimera de madera maciza, balanceando sus largas piernas envueltas en medias de lana y sus mocasines.

—Miranda, te presento a Joaquín. —Amy señaló un hombre bajito y fornido, con chaleco de color morado y pajarita, que estaba ocupado cortando en rodajas limones y limas—. Joaquín, *mi hermana* —le dijo al hombre.

—Sí, disculpen —dijo Joaquín con una leve reverencia—. Tengo que ir a ver al señor P. Necesito más tónicas.

Dio la impresión de que se sentía aliviado por poder encontrar una excusa para largarse de allí.

—¿Podrías llevarme a casa? —preguntó Miranda cuando él hombre se hubo marchado—. Me aburro como una ostra.

Amy saltó de la isla y, con despreocupación, se puso a practicar unos pasos de su rutina de animadora.

—No sé. ¿Crees que papá me dejaría?

Hacía tres semanas que se había sacado el carné, a la segunda («La verdad es que no alcanzo a comprender por qué los intermitentes son tan importantes», había dicho, encogiéndose de hombros con indiferencia).

Miranda se dejó caer en una silla junto a la gigantesca mesa de la cocina, que estaba llena de bandejas de comida a la espera de ser servidas, lonchas de rosbif poco hecho formando olas de color rosa, la ensalada de patatas formando montañitas amarillas. Amy, sin dejar de mover los pies al son de un ritmo insonoro, cogió un pepinillo de un cuenco.

Se abrió la puerta batiente y el señor Potocki hizo su entrada.

—Maldita sea, Rosie, necesitamos tónicas y…

Se paró en seco al ver a Miranda y a Amy.

—Estoy buscando a mi ama de llaves.

—Rosie tiene *dolor de cabeza* —dijo Amy—. Ha tenido que ir a acostarse un momento.

—Miedo. —Frunció el entrecejo y bajó la vista. La levantó enseguida, como si de pronto recordara que estábamos allí—. No habéis oído esto, ¿eh, chicas?

Les guiñó el ojo. Tenía aún un poco de barriga y el cuello grueso, pero, por lo demás, podía considerarse un hombre gallardo, como habría dicho la madre de Miranda.

El señor Potocki se volvió hacia Amy y dijo:

—¿Sabes conducir, cariño?

—Claro —respondió Amy sonriendo.

—Acaba de sacarse el carné —dijo Miranda.

—En ese caso, eres una conductora perfectamente legal —dijo el señor Potocki—. Seguramente te vendría bien practicar un poco más. —Sacó un llavero voluminoso del bolsillo del pantalón, con una docena de llaves junto a una gruesa letra P esculpida en metal brillante—. No puedo dejar solos a mis invitados. ¿Por qué no coges mi Mercedes y me traes unas tónicas? Siguiendo la carretera, un poco más abajo, hay un C-Mart.

—No sé —dijo Amy, como si ver aquel llavero tan grande le hubiera hecho reconsiderarlo.

—No, mejor otra cosa. —Guardó de nuevo en el bolsillo todas las llaves y, de un cajoncito que había justo debajo del teléfono, extrajo un llavero del que colgaba una única llave—. ¿Te gustaría conducir un descapotable de época? Es un coche muy deportivo.

—¿El azul? —dijo Miranda.

—El mismo.

Amy aceptó la llave.

—De acuerdo.

El señor Potocki la miró con aprobación.

—Dispuesta a hacer buenos tratos. Digna hija de tu padre. —Le guiñó el ojo—. Incluso podrás bajar la capota, corazón. Aún funciona.

Amy asintió aturdida.

—¡Si hace un frío que pela!

El señor Potocki rio.

—Luce el sol. Un tiempo perfecto para un descapotable.

—¿Se lo digo a mi padre? —preguntó Amy.

—Ya se lo diré yo —replicó el señor Potocki cogiendo la bandeja de rosbif.

—Creo que no tendría que conducir —dijo Miranda.

—¡Tú calla! —le espetó Amy.

—Señoritas —dijo Potocki—. Portaos bien. —Dobló una loncha de rosbif y se la llevó a la boca, buscó en el bolsillo trasero del pantalón, sacó una cartera negra de piel y extrajo de su interior un billete de cincuenta. Se lo entregó a Amy y le apretó la mano—. Gracias. Y que sea tónica *light*, por favor. Media docena de tónicas *light*.

—Espérate a que me haya marchado para decírselo —le susurró Amy a Miranda.

Miranda accedió. Al final, casi siempre hacía lo que Amy le decía.

Se quedó observando desde el ventanal que se abría en el rincón del desayuno. Amy tardó un rato en poner el coche en marcha y bajar la capota. Llevaba los guantes que le había comprado la abuela Rosalie en Garfinckel's. De cachemira de color beis. Dio marcha atrás en la zona de aparcamiento agarrando el volante con fuerza. Y, acto seguido, el coche enfiló el tortuoso camino de acceso a la casa y desapareció entre las colinas nevadas de color violáceo. El sol invernal se cernía por encima de las montañas, un medallón de plata vieja posado sobre la piel clarísima del cielo.

El coche llevaba prácticamente un año sin moverse y los cables de freno habían empezado a pudrirse. Y entonces, una placa de hielo, o tal vez un ciervo, aunque jamás se encontraron huellas de animal. Solo el rastro cimbreante de los neumáticos, el coche con el morro azul humeante enterrado en la nieve y una chica de dieciséis años, lejos, en el ventisquero.

La mujer menuda y enjuta que vivía en la celda de enfrente a la de Miranda había trabajado las calles del Tenderloin District de Siracusa durante más de veinte años. Por la unidad corría el rumor de que le había cortado el cuello a un tipo que había intentado largarse sin pagar y que había evitado la silla eléctrica solo porque el hombre en cuestión era un convicto fugado, y afroamericano, además. Se llamaba Weavy Moore. Se pasaba el día sentada delante del pequeño escritorio que se había construido con un cartón grueso y varias cajas apiladas, escribiendo una carta al mundo aprovechando el lado liso de cuadraditos de papel de lija que birlaba de su trabajo en el taller de fabricación de sillas de mimbre.

Aquella mañana, Weavy levantó la vista cuando Miranda salió de su celda para ir a la cocina.

—Hablas toda la noche —dijo.

Miranda se paró. Era una voz profunda y sinuosa. Weavy no le había hablado nunca. Dudó unos instantes delante de la puerta abierta de la celda. Al lado del escritorio de Weavy había una montaña de papel de lija que le llegaba más o menos hasta la altura de las rodillas. Las paredes estaban desnudas, con la excepción de una página arrancada de una revista pegada justo encima del escritorio, la foto de un joven y guapo Jesse Jackson.

Weavy no levantó los ojos de su escrito. Estaba sentada con la espalda muy erguida, presionando con fuerza un rotulador grueso. Llevaba la cabeza cubierta con un pañuelo blanco y negro, ceñido a su alrededor, como si su cerebro fuera una herida necesitada de un vendaje.

—Hablas en sueños. Dices tonterías.

—No lo sabía.

—Pues me molesta. Tú me molestas.

—No te preocupes —dijo Miranda—. Me iré pronto.

Weavy levantó la vista y volvió lentamente su cara arrugada hacia la puerta hasta quedarse mirándola con una indiferencia inmensa, un vacío que Miranda pensó que duraría toda la eternidad.

—Te irás. Sí —dijo Weavy—. Te irás directa al infierno.

Miranda dio un paso atrás. Y siguió retrocediendo hasta entrar de nuevo en su habitación. Sin voluntad propia, un muñeco tirado por una cuerda. Cerró la puerta, se apoyó en el acero y presionó la frente contra aquella frialdad.

La frente contra la frialdad.

Vio una chica volando. Una conductora novata.

La chica volaba por encima de la nieve, directa hacia el centro de su visión, justo al otro lado de sus ojos firmemente cerrados.

Y detrás de la chica que volaba, otra visión: una imagen en movimiento, refulgente de rojo y azul. Presionó la frente contra la frialdad, con solo trece años de edad, aceptando el frescor del cristal de la ventana mientras veía los puntos correr en la noche, rojos y azules, rojos y azules, en la oscuridad, justo al otro lado del rincón del desayuno de aquella mansión que era como un pabellón de caza que olía a nuevo pero parecía antiguo. Puntitos borrosos de rojo y azul sobrevolando a toda velocidad la carretera oscura. Círculos de luz, montones de seres refulgentes, persiguiéndose entre ellos en la noche. Y su frente contra la frialdad.

Detrás de ella, en la estancia, una maraña de sonidos. Respiraciones agitadas, dificultosas, gritos ahogados de su madre, como si alguien estuviera sumergiéndola repetidamente en aguas profundas.

—¡Era una conductora novata! —chillaba.

Voces masculinas, la voz de su padre entremezclada con ellas. Murmullos. Luego el tintineo de las pulseras, fuerte, acercándose al oído de Miranda. Unas manos desconocidas posándose en sus hombros, un aroma a perfume cayendo sobre ella como una bruma asfixiante, el impacto de un beso en su coronilla.

—Pobrecilla. —Una voz que ni siquiera conocía—. Pobrecilla mía.

A lo lejos, el parloteo del partido de fútbol, aún en juego, vítores en la tele, la vibración de la música.

—Ha volado a treinta metros de la carretera —dijo una voz.

Lo pensó. Le dio vueltas a la idea en la cabeza. Y seguía aún dándole vueltas.

¿Qué se sentirá planeando sobre la nieve?

Apoyó la frente contra el acero de la puerta de la celda, un elemento refrescante para la piel que envolvía su cerebro.

Debías de volar tan rápido, tan ligero. Tan libre.

7

CUANDO SEA PREDECIBLE, DA LOS PASOS NECESARIOS PARA MINIMIZAR LOS DAÑOS

(Estándar 3.04.a)

El Elavil —cuyo nombre genérico es amitriptilina clorhidrato— es un antidepresivo tricíclico. Y no especialmente potente. Hay médicos que utilizan el Elavil para tratar la bulimia, para aliviar el dolor crónico, para prevenir la migraña o para mitigar un síndrome que produce risa y llanto patológicos y que se asocia con la esclerosis múltiple. La dosis estándar de Elavil es de setenta y cinco miligramos diarios. No se considera un fármaco peligroso, pero una sobredosis de Elavil podría tener consecuencias mortales.

No tenía motivos para pensar que fuera a tomarse una sobredosis. De hecho, creía que estaba mejorando. Tenía la sensación de que estaba abriéndose. La historia que me había contado sobre su hermana parecía un gran avance. Clarificaba, además, los orígenes de aquel carácter taciturno y confuso que la diferenciaba cuando estudiábamos en Lincoln. Tampoco es que pareciera estar eternamente preocupada. La verdad es que era una chica popular, que solía rodearse de las compañeras más guapas y frívolas y los chicos más chulillos. Pero se intuía en ella una sabiduría interior fruto de la dura experiencia. O, al menos, yo la intuía. Bajo mi mirada adolescente, eso la diferenciaba de las vociferantes masas de nuestros compañeros de Lincoln. Ese algo que tenía la expresión de su cara cuando nos cruzábamos por el pasillo, caminando solos los dos. Siempre me daba cuenta de ello. A veces, después de que ella pasara, había llegado a dar media vuelta y la había seguido. Me parecía

95

una chica profunda, asombrosamente profunda; incluso su forma de ladear la cabeza cuando la miraba desde atrás, su manera de andar, hablaba a voces de una intensidad de las emociones. Naturalmente, yo también me tenía por una persona profunda, con dimensiones ocultas que nadie había explorado y que permanecían escondidas detrás del exterior nada memorable de un chico de crecimiento tardío.

Un día de invierno, en el que me sentía especialmente atrevido, aburrido o malvado, la seguí dos tramos de escaleras hasta llegar a un pasillo del sótano que conducía al taller de cerámica, un reino subterráneo remoto envuelto en oscuridad y arcilla pulverizada, escondido cerca de las cavernas de los almacenes. Un murmullo de llamas de gas procedente del horno de cerámica de la escuela llenaba el ambiente. La seguí hasta que de pronto se paró en seco, justo enfrente de la puerta del taller. Dudó, como si estuviera estudiando la hoja de inscripción para utilizar el horno que había colgada en la puerta. Me quedé paralizado, intentando fundirme entre los palos de las fregonas que sobresalían de una hilera de carros de limpieza.

¿Miró hacia donde yo estaba? ¿Vio que estaba allí, con ella?

Tal vez. Nunca lo supe. Sigo sin saberlo.

Allá abajo, en aquel subnivel de polvo de tierra y fuego, yo era un quinceañero que estaba seguro de que los años que tenía por delante me conducirían hacia un resultado satisfactorio. Es posible que no vislumbrara un futuro de grandeza —no confiaba en llegar a las alturas que mi padre había alcanzado—, pero sí daba por supuesto que, como mínimo, mis actos tendrían algún impacto. Que influiría de un modo u otro en el curso de alguna vida, y en la dirección adecuada. Y, por lo tanto, tal vez —tal vez— sea razonable reflexionar lo siguiente: en aquel momento de silencio, por debajo del caos reinante en el instituto, habiéndome acercado tanto a las llamas del horno, al núcleo del planeta, ¿intuí, tal vez, que mi destino acabaría unido al de M? ¿Es posible, tal vez, que ella también lo intuyera?

Tal vez. Sigo sin saberlo.

Ella entró en el taller de cerámica. Y a mí me pusieron falta por llegar tarde a clase de Química.

Después de que sacáramos a la luz la historia de su hermana, pensé que nuestra relación como terapeuta y paciente había cogido por fin su ritmo. Pero, a la semana siguiente, se presentó en la consulta pesimista y distante. En cuanto la vi supe que habíamos dado un paso atrás. Lo cual no deja de ser normal: después de un avance terapéutico es frecuente observar un retroceso.

Lo que no sabía entonces es que tenía planeado estar muerta antes del fin de semana.

—¿Qué tal vamos? —le pregunté.

—Oh, bien —respondió.

—Lo que hablamos la semana pasada. Lo del fallecimiento de Amy... —Dudé unos instantes—. Debió de ser terrible para ti y tus padres. Solo quería decirte de nuevo lo mucho que lo siento. Fue un suceso gravemente traumático y tú, con trece años, estabas en una edad muy vulnerable.

—Aprecio mucho tus condolencias —dijo sin alterarse.

—Recuperarse de un golpe así es un proyecto que puede durar toda la vida.

Se quedó mirándome con expresión sombría.

—¿Tienes tu balanza de principios éticos bien calibrada? —dijo—. Siento curiosidad.

—No estamos aquí para hablar de mí —le recordé.

—Porque la mía debió de desajustarse en algún momento. Lo cual me preocupa.

—Entiendo.

—Aunque creo que la gente que comprende de verdad la distinción entre el bien y el mal, y que no solo la comprende sino que además se guía según esos principios, es más excepcional de lo que pensamos. ¿No te parece?

—Es posible.

Frunció el entrecejo ante mi respuesta evasiva. Ante mi manera de escurrir el bulto.

—Simplemente saco esto a relucir porque me da la impresión de que eres una persona que confía demasiado en los demás. Y me gustas, por eso…

Se interrumpió.

—Gracias —dije tranquilamente—. Tú también me gustas. Supongo que estoy obligado a creer en la ética innata de las personas.

Se encogió de hombros.

—Imagino que estás en tu derecho.

—¿Qué te lleva a pensar que… que tu balanza de principios éticos no está bien equilibrada, como dices?

—No me vengas con eso —dijo con una pequeña carcajada de impaciencia—. He acabado aquí. He hecho un montón de estupideces. Es evidente que me desvié de mi camino muy pronto.

—De acuerdo, ¿pero cuándo? —Me adelanté en mi asiento y noté que el pulso se me aceleraba un poco. Estaba quizás ante la posibilidad de colocarla otra vez en la senda terapéutica—. ¿Cuándo empezaste a desviarte de tu camino?

—Quién sabe. —Suspiró—. En algún momento después de lo de Amy. Cuando Neil Potocki empezó a decir que Amy le robó las llaves que tenía en la cocina.

—Pero tú estabas allí…

—Era su palabra contra la mía.

Empezó a frotarse la parte superior de los muslos, como si intentara limpiar migas de energía nerviosa.

—Demasiadas cosas para que una niña pudiera gestionarlas debidamente.

—Mi padre decía que lo importante era que en el fondo de nuestro corazón supiéramos que Amy no había cogido las llaves. Y yo le creía, supongo. Hasta un par de años después, claro.

—¿Y entonces? ¿Qué pasó?

Se quedó un largo momento en silencio, mirándome a los ojos. Y al final dijo algo que casi me hace caer de la silla.

—Me suenas de algo.

Noté una tensión en el pecho.

—¿Sí?

—Me pregunto si nuestros caminos no se habrán cruzado algún día. Ambos estuvimos viviendo en Nueva York por la misma época. Dijiste que estuviste viviendo allí un tiempo, ¿no?

Asentí. Incómodo. Apoyé la barbilla en la mano.

Me miró entrecerrando los ojos.

—¿Corrías, quizás, por la zona del estanque?

—Jamás, tengo las rodillas fastidiadas.

Lo cual era cierto.

Suspiró.

—A mí me encantaba correr por allí. Pensaba que a lo mejor nos habíamos cruzado.

De pronto se encabritó en mi interior un impulso turbulento. Deseaba rodear corriendo la mesa, agarrarla por los hombros y contárselo. Todo. No solo que la conocía, que la seguía por el instituto. No, quería contarle todo sobre mí. Mi cadena de romances fallidos, el fracaso de mi carrera profesional. Hablarle sobre Winnie. Sobre Zachary Fehler. ¡Escúchame! Conozco bastante bien el dolor, el sentimiento de pérdida, los errores. Si pudiéramos charlar tomando tranquilamente un café, creo que conectaríamos...

«¡Para! —me dije—. Te equivocas. Esto es totalmente inapropiado».

Necesitaba desviarme de esta línea de pensamiento, y hacerlo de inmediato. ¿Tenía yo una balanza de principios éticos? Por supuesto. Sí.

—Creo que quiero que te vea una de mis colegas —dije obligando a mis cuerdas vocales a contener el temblor—. No me parece que estemos haciendo el tipo de avances que necesitas; no veo muy inteligente continuar con...

—Yo he sacado muchas cosas de estas reuniones —dijo ella interrumpiéndome.

—Lo digo en serio.

Se levantó. Y me clavó en mi asiento con la mirada. Sus ojos, que lentamente empezaban a llenarse de lágrimas, parpadeaban con los matices de las hojas de otoño, un bosque repleto de colores intensos. No quería renunciar a aquellos ojos. Pero lo haría, por el bien de todos.

Los lagrimones empezaron a resbalarle por la mejilla.

—Tienes razón —dijo secándoselos—. Dejaré de venir por aquí.

—¿Por qué no lo consideramos como una pausa? —Me recompuse y me levanté también; mi corazón se reinició. Y entonces noté que me animaba un poco: estaba haciendo lo correcto. Lo ético—. Tómate un tiempo para replantearte la situación. Si decides que quieres continuar, te remitiré encantado a otro profesional. A la doctora Masterson, quizás.

—No —dijo con un tono de voz apenas audible—. Ya he llegado hasta donde quería llegar. —Se dirigió hacia la puerta y me lanzó una sonrisa que me partió el corazón—. De verdad —insistió—. Ya está.

Aquel fin de semana, mi padre viajó a la ciudad para ser agasajado por su incorporación a la Legión de Honor de la Asociación Norteamericana de Psicología. Le habían reservado alojamiento en el Warfield, un edificio de ladrillo de escasa altura cerca de Columbus Circle. Me aposté en la escalera de entrada del hotel, a la espera de su llegada. Era un viernes por la tarde, mediados de julio, Broadway. Las turistas japonesas se protegían del sol con paraguas de golf y los niños excitados se apiñaban alrededor de los vendedores de helados. Las mujeres andaban sin sujetador por el calor.

Llegó una limusina blanca, estacionó junto a la puerta y mi padre se apeó, abochornado.

—Este coche es ridículo. Pienso hablar con el comité de presupuestos al respecto —murmuró mientras yo lo abrazaba.

Me devolvió el abrazo con fuerza solo un segundo y me soltó enseguida. Estudié sus facciones. Tenía los ojos rojos.

—¿Has llorado?

—No —refunfuñó—. ¿Dónde están mis maletas? ¿Se las ha llevado el botones?

—¿Qué sucede, papá?

—A tu madre le encantaría. El cuero blanco. La tele. Reaccionaría bien.

—Sí.

Nos quedamos los dos mirando el coche. Y fue como si la sonrisa de Colleen brillara allí mismo, en el reflejo del sol en el cristal.

Si la heroína era el vicio de Clyde y el mío era…, bueno, el que fuera, la negación de la realidad era el vicio de mi padre. Colleen llevaba tres años muerta y él seguía empleando casi siempre el tiempo presente para hablar de ella.

—Oye, tienes que estar feliz —dije recuperándome rápidamente—. Van a darte un premio.

—Chorradas, y por lo único que he venido es por el billete de avión gratis. ¿Vas haciéndole el seguimiento a ese hermano tuyo? ¿Qué tal está, hijo?

La verdad era que Clyde había desaparecido temporalmente. Me había desplazado hasta casa de Jimmy, pero nadie me había abierto la puerta a pesar de que sabía que aquella vivienda adosada, edificada casi debajo de las ennegrecidas entrañas de la Gowanus Parkway, estaba ocupada por un montón de gente. Las ventanas estaban cubiertas con colchas manchadas y plásticos, y el óxido de los bajantes rezumaba por el enlucido como si fueran llagas. Cuando llegué llamé al timbre, que sonó como un carrillón desafinado, con una melodía que me recordó el *Himno a la alegría* de Beethoven. La autopista se arqueaba por encima de mi cabeza, una superestructura que desde allí parecía la caja torácica de un gigantesco animal muerto. El viento abrasador se filtraba por ella como por el tiro de una chimenea. Pasaron los minutos. Pulsé de nuevo el timbre y luego aporreé la verja de hierro forjado que protegía la puerta de entrada. Al final, alguien gritó por la ventana:

—¡Si no tienes una orden de judicial, no entrarás!

—No soy ningún poli. Soy el hermano de Clyde. Estoy buscando a Clyde.

—No conozco a Clyde. Nadie de aquí conoce a Clyde.

La otra vez que había ido hasta allí en busca de mi hermano me habían dicho exactamente lo mismo. Jimmy gestionaba así sus negocios. Si se acerca un desconocido, niégalo todo. Sumérgete en un agujero negro. Toda aquella estructura estaba basada en el concepto del agujero negro.

Sabía que a veces Clyde se escabullía y se acogía a lo que él denominaba una «excedencia». Lo cual implicaba encontrar una mujer con dinero en efectivo y reservas de droga, refugiarse en cualquier apartamento con olor a rata de un complejo residencial abandonado y quedarse allí hasta que los recursos se agotaran y la relación perdiese su esplendor. Las chicas caían fácilmente bajo el encanto de la mirada azul y soñolienta de Clyde. Había heredado el atractivo de Colleen.

Mi padre insistía en que la adicción de Clyde era simplemente un pasaje, una adolescencia prolongada, una negativa a entrar en la edad adulta.

—Aún podría enviarlo a esa granja escuela de Vermont —dijo suspirando—. Creo que todavía lo aceptarían por edad.

Se imaginaba que la vida en el campo lo empujaría de nuevo hacia el buen camino.

Negación de la realidad, la especialidad de mi padre. Creo que todavía se imaginaba a su hijo menor —su querido y mimado hijo, nacido ya en sus años de madurez— instalado en la versión más actualizada de su habitación de adolescente, repantingado en un puf de cuero falso, fumando porros y mirando la MTV.

—He intentado dejarle un mensaje en el lugar donde vive —dije—. He intentado comunicarle que estás en la ciudad.

Sacó un palillo del bolsillo y empezó a mordisquearlo, uniendo sus tupidas cejas grises, arrugado aunque elegantemente vestido con una americana de tela *seersucker*, pantalones de algodón de color beis y sombrero de paja ligeramente aplastado.

—Si necesita dinero, aparecerá, ¿qué te apuestas?

—Sufro por él, papá.

Puso mala cara.

—Una fase, no es más que una fase. Relacionado todo con el desarrollo, ya lo verás.

Subimos al ascensor del hotel y accedimos a una *suite* de la última planta, con el aire acondicionado a tope y olor a pulimento de madera, que dominaba un paisaje de tejados alquitranados y copas de árboles con las hojas mustias por el calor. Mi padre entró en el baño para verificar su catéter. Encima del escritorio, una cesta de fruta del tamaño de un pastor alemán. Eché un vistazo a la nota que tenía, donde podía leerse: *Felicidades, doctor Lundquist, por sus treinta años de excelencia en los test.*

Creo que ya he mencionado que mi padre es famoso en su campo. Si trabajas en educación o psicología infantil, habrás oído hablar de Erskine Lundquist. Es el autor del test de predicción de éxito más empleado en los Estados Unidos. Generaciones enteras han quedado catalogadas mediante su ingeniosa combinación de ejercicios y sencillos juegos cognitivos.

Y, sí, yo fui el primer individuo sometido a sus test, a la tierna edad de cinco meses. De hecho, podría decirse que el test soy yo y que yo soy el test. Lleva mi nombre, y también el de él. Me puso como ejemplo del niño arquetípico, el extremo superior de la curva. Todos los chavales de América, *grosso modo*, se calibran respecto a mí. ¿Tendrán éxito y vivirán una vida de productividad y prosperidad? ¿O fracasarán? Depende de dónde se sitúen en comparación conmigo.

Pero ahí está el problema. Por lo que se ve, el niño arquetípico no

103

acabó convirtiéndose en el hombre arquetípico. Tampoco es que quiera ser excesivamente duro conmigo mismo. Me considero un psicólogo bastante bueno. Sí, con los años, es posible que haya ido perdiendo el ritmo, que haya ido cayendo hacia el lado oscuro de la curva.

Pero hay que aceptarse. Amarse. Perdonarse.

Me tumbé en una *chaise longue* tapizada a rayas doradas que había junto a la ventana. Contemplé las paredes de la habitación, desenfrenadas con su papel pintado floreado en tonos esmeralda y rojo, encantador o espeluznante, no podría decirlo. Una gigantesca cama con dosel rozaba el techo pintado de rosa.

Pensé en M, inquieto por cómo había ido la última sesión. Terminar el trabajo que habíamos realizado de aquella manera… Tomar una decisión ética era bueno, aunque difícil. Me pregunté qué estaría haciendo en aquel momento. Confiaba en que se sintiera positiva.

Me volví para observar a través de la neblina las mesas apiñadas en la acera de un restaurante italiano, al otro lado de Broadway. M me había mencionado que había comido allí cuando vivía en Nueva York. Yo también, muchas veces. Tal vez M tuviera razón, tal vez nuestros caminos se habían cruzado en la ciudad. Me pregunté si ella y yo habríamos cenado al mismo tiempo en aquel local alguna noche, si habríamos comido los mismos raviolis del chef, bebido una copa de la misma botella de vino.

Mi padre salió del baño.

—Salgamos a comer un perrito caliente —dijo subiéndose la cremallera del pantalón con un delicado contoneo—. Me gustan los perritos calientes de la Gran Manzana.

Mi esmoquin, aun limpio de la tintorería y guardado en una bolsa al vacío en el fondo del armario del recibidor, seguía oliendo al día de mi boda. Arranqué la funda de plástico y de entre los pliegues de la prenda emergió una nube, una compleja explosión de humo de puro, *prosecco* y, subyacente a todo ello, un tufillo a sudor frío. Acercándome una manga a la nariz, me pregunté a qué tintorería lo habría llevado. Evidentemente, a un establecimiento al que jamás volvería a acudir.

Me duché y me afeité. Intenté concentrarme en el discurso. Me habían pedido que realizara un brindis por mi padre durante el banquete. En este momento concreto de mi carrera —después de la última sesión con M, que era claramente una ruptura— y transcurrido justo un año desde la debacle de Zach Fehler—, no me atraía mucho la idea de dirigirme a las principales mentes pensantes de la psicología actual.

El gato me observaba desde encima de la tele mientras me vestía con los distintos componentes del esmoquin. Me coloqué delante de él y levanté una copa imaginaria de champán.

—Brindo por Erskine Lundquist, a quien probablemente sobreviviré pero a quien nunca eclipsaré.

No sonaba muy bien.

—Brindo por Erskine Lundquist, que ha sido todo lo que tendría que ser un padre y mucho más. Tuve el honor de que me eligieras como el primer caso de tu test y siento mucho no haber sustentado tus teorías de un modo más convincente.

—Mierda —musité dejando caer la mano hacia el costado.

¿Cómo podía yo brindar por mi padre? El amor y la admiración que sentía por él estaban demasiado mezclados con mis desengaños. Vástago de uno de los grandes de la psicología clínica, ¿y qué tenía yo qué demostrar? Había caído, literal y figurativamente, hasta el nivel más bajo de la profesión y ahora ejercía en el purgatorio de un centro de terapia carcelario. Y allí había permitido que una situación éticamente arriesgada se prolongara demasiado tiempo. Y con una paciente a la que apreciaba más que a cualquier otra que hubiera tratado.

Pero no había nada que hacer. Ahora no, de todos modos. Excepto abrocharme el fajín y encontrar los gemelos. Esta noche era para Erskine. Mañana ya pensaría otra vez en ella.

* * *

Quince lámparas de araña impresionantes se cernían como naves alienígenas por encima de los reunidos en el salón de banquetes. Desde un balcón, se filtraba la música de un piano; el aire acondicionado estaba muy bajo y todo el mundo sudaba: caras relucientes, manos y bigotes húmedos. La gente se besaba sin entrar del todo en contacto, reacia a acabar pegándose. Los congregados engullían vino blanco frío como si fuese Gatorade.

La muchedumbre estaba plagada de grandes nombres, un tributo a la categoría de mi padre, pero también porque a los loqueros les encanta la fiesta. Estaba presente Harvey Privett, el gurú del movimiento de la autodinamización, con una pajarita de color rosa salmón y chaleco, rodeado de acólitos que reían sus chistes con canosas carcajadas. Bella Olivera Azevedo, la gran teórica brasileña, con su corte congregada en una mesa situada en el centro, llevaba el pelo recogido en lo alto de la cabeza, una corona oscura de diseño propio. La mitad del comité editorial del DSM-V estaba apiñado junto al bufet de aperitivos, palillos en ristre, pinchando cubitos de queso Jarlsberg y pescando las gambas peladas que se mecían en una piscina de hielo fundido.

Me sentía, como sospechaba que sucedería, extremadamente incómodo. Intenté mostrarme ocupado huyendo hacia los márgenes del salón, estudiando los cuadros colgados en la entrada —vistas del Hudson, no muy lejos, de hecho, de Milford Basin—, pasando el rato en la barra, charlando con el camarero que se veía obligado a entretener a un millón de feos del baile como yo en los banquetes que se celebraban en aquel salón. Me contó, con voz de aburrimiento, que sufría ataques de pánico y que probablemente tendría que ir a visitar a un loquero, pero que su seguro de salud no se lo cubría y que no podía entender eso de tener que soltar pasta a cambio simplemente de contarle sus problemas a un desconocido.

—Sin ánimo de ofender —dijo—. Pero en mi trabajo hago un montón de psicoanálisis. Como camarero de barra. De modo que pienso que me basta con hablar conmigo mismo.

—Seguramente sea el proceder más inteligente.

Noté una mano cayendo con fuerza sobre mi espalda. Me giré y de entrada solo vi un bigote, grueso como una brocha y canoso. Y detrás del mismo descubrí la cara de Gary Grover.

—No me has llamado para ir a comer hamburguesas —dijo sin separar la mano de mi espalda y frotándola con energía—. Se suponía que teníamos que ir a comer unas hamburguesas.

—Ahora soy vegetariano —repliqué mintiéndole.

—¿Y? Pues hamburguesas de tofu. Existen, creo. —Se apartó un poco y se quedó mirándome—. Debes de estar comiendo sano. Me parece que te has quitado algún kilo de encima.

Me moví con nerviosismo bajo el escrutinio de su mirada. Se me había quedado la boca seca. Intenté entablar un rápido diálogo interno, como suelo aconsejar a mis pacientes: ¿qué tengo realmente que perder en esta situación?

La respuesta, por lo que a Gary Grover se refería, estaba clara. Mi exsocio había sido testigo y cómplice de mi ruina profesional. Se había liado con mi exmujer. No me quedaba nada que perder.

—Pues a mí me parece que tú has ganado unos cuantos —dije. Tenía aún la lengua pegajosa—. ¿Qué tal está Winnie?

—Ahora anda por Perú, por un brote de encefalitis que ha habido en un pueblo de la Amazonia. Ya conoces a Winnie. Consagrada a su trabajo. Es toda una inspiración, la verdad.

—Lo es, sí.

—¿Y qué tal las cosas por la cárcel? —dijo bajando la voz—. Me han comentado que estás haciendo un trabajo espléndido.

—Es fascinante. Una clientela fascinante. Me encanta.

—Es una cárcel de mujeres, ¿verdad? Sí, me imagino que tendrás trastornos disociativos delirantes. Divertido, ¿eh? ¿Un buen cambio?

—Es gente diferente.

—Seguro. —Bebió un trago de cerveza directamente de la botella, apoyó un codo en la barra y examinó a la muchedumbre con la mirada—. En Park West no hay esta variedad, no. Pero la consulta se ha recuperado. Los urbanitas angustiados de siempre, nada emocionante. —Rio entre dientes—. Lo cual nos viene bien.

—Bien, bien, me alegro —conseguí decir.

—Tengo ahora un caso que me ha hecho pensar en ese niño Fehler.

Me miró fijamente. Pero ni me encogí.

—¿Ah, sí?

—Los padres son unos plastas de primera categoría. Tengo al niño medicado, pero sigue machacando a todo el mundo, pegando a la niñera. Y no para de gritar. Dios, tengo los oídos hechos polvo. Qué te voy a contar.

Estaba estudiándome.

—Humm…

Asentí y cogí una copa de vino de la bandeja de un camarero que me la ofrecía.

—Pero la experiencia nos ha enseñado. Hemos hecho firmar documentos de descarga de responsabilidad a mamá y papá de aquí a la eternidad. —Meneó la cabeza con un gesto de preocupación—. Tenemos aún encima de nuestras cabezas la etiqueta de mala praxis. Por mucho que partiéramos peras contigo. —Añadió rápidamente—: Hicimos justo lo que esos condenados aseguradores exigían y siguen aún exprimiéndonos con los recibos. Te echamos de menos, colega.

Mantuve la frialdad.

—¿Cuántos años tiene el niño?

—Siete. La misma edad que el chico Fehler cuando… entró en crisis.

Me moría de ganas de mirar el reloj. ¿No había terminado aún la hora del cóctel? Justo en aquel momento, vi a mi padre cerca de donde yo estaba, rodeado por una multitud de aduladores.

—¿Verdad que nunca tuviste oportunidad de conocer a mi padre, Gary?

—No —replicó—. Sería un honor.

Me abrí paso con él entre el grupo de gente que rodeaba a mi padre e hice las presentaciones.

—Nos encantaba trabajar en la consulta con Frank. Lo echamos de menos, de verdad que lo echamos de menos, doctor —oí que decía Grover cuando me alejé—. Esos malditos bandidos de la aseguradora —estaba diciendo—. Los condenados abogados.

Encontré un sillón orejero en el vestíbulo, a donde había ido simplemente para poner en orden mis ideas, para tomar un poco el aire. Los grupos de turistas pululaban por todos lados, mujeres con piel blanca como la leche, bolsos abultados y traseros bajos, a la espera de ser guiadas en manada por Midtown para visitar diversos teatros. Sus rostros eran insulsos y bondadosos. Muchas tenían pecho generoso y brazos robustos, y deseé que alguna de ellas me abrazara, me diera unos golpecitos cariñosos en la cabeza y me dijera que todo el mundo da algún que otro paso en falso, que todo el mundo la fastidia un par de veces en la vida, que todo el mundo llega a un momento en el que sabe que se está yendo a la mierda.

Hijo de la furia. Un término que escuché por primera vez en un curso de formación sobre la terapia de juegos. Desconfiado, impulsivo, fácilmente irritable. Con estos niños, es habitual la conducta violenta, incluso sádica, en las sesiones con muñecos y marionetas, dijo la profesora. «Un procesamiento constructivo de la ira», dijo sobre este tipo de actuaciones extremas. Los profesionales que utilizan el juego como terapia necesitan estar preparados, necesitan mantener la calma durante la tempestad.

En nuestra primera sesión, Zachary Fehler cogió una baqueta de juguete y pegó a la marioneta que representaba a una rana que yo estaba manipulando, y la apaleó con tanta fuerza que acabé con una contusión amarillenta y morada en la mano con la que la manejaba. Empezamos así.

En la segunda semana, rompió el cristal de la ventana de mi despacho lanzándole un sofá de madera de la casita de muñecas. Pero mantuvimos un diálogo que fue trascendental. Cogí la cabeza de rana (propuesta, por mí, como una representación de los adultos que lo habían traicionado, de un padre casi siempre ausente y una madre alcohólica que a duras penas era operativa). Le pedí que le contara a Rana por qué estaba tan enfadado.

—Te odio. Hueles mal, me haces pensar en caca de perro. Cuando te mueras me alegraré.

«Procesamiento constructivo de la ira», escribí posteriormente en mis notas.

Y entonces, nuestra última sesión. Semana tres. Saqué la rana, le pregunté qué tal estaba y le dio un mordisco a la marioneta. Fuerte. Con sus dientes afilados de niño. Me pilló un nervio del dedo pulgar. Puro reflejo: le di un bofetón con la mano que tenía descubierta. En plena coronilla. Cayó al suelo y se quedó mirándome durante un instante largo y atroz. Una marca allí donde el cuero cabelludo se encuentra con la frente, una franja cada vez más roja. Soltó un alarido penetrante y aterrador. Temía que su madre empezara a aporrear la puerta. Pero nos recuperamos, pude detener sus gritos, dejé la marioneta de la rana en el suelo y permití que la pisoteara un buen rato. Que se cansara. Luego le pedí disculpas y le explique que los psicólogos también se enfadaban, que perdían los nervios, igual que hacían sus padres. «Cometo errores, igual que tú, Zach. Y lo siento muchísimo».

No dijo nada. Siguió llorando. Sin mirarme.

Pero el llanto fue transformándose lentamente en mocos y me dio la impresión de que se sosegaba. Pensé que quizás ya se le había pasado. Al cabo de poco rato, empezó a arrancar brazos y piernas a una familia multicultural de muñecos. Aunque sin mirarme.

No le comenté nada a su madre sobre la marca que le había dejado en la cabeza. Estaba borracha y no pensé que se diera cuenta.

Aquella misma noche, Zachary tuvo la crisis.

Y ahora, justo esta noche de julio, con los mejores loqueros del mundo reunidos en Nueva York, la pequeña Emily Fehler habría cumplido cinco años y medio. Estaría durmiendo a estas horas, soñando, viva. Si aquel instante de la terapia de juegos se hubiera desarrollado de forma distinta.

Cuando la noticia de la muerte de la niña llegó a la consulta, le confesé todo el incidente a Gary Grover. Naturalmente, no le culpo de haber cortado su relación profesional conmigo. Creo que intentó, a su manera, que todo fuera lo más rápido e indoloro posible.

No sé cuánto rato llevaba sentado en aquel sillón orejero cuando levanté la vista y encontré el bigote de Grover cerniéndose sobre mí.

—Me han mandado a buscarte, Frank, por el amor de Dios. Están empezando los discursos —dijo. Tuve el impulso de salir huyendo. Como si lo hubiera intuido, Grover me cubrió el brazo con una mano ajamonada—. Es un gran momento para ti, colega —dijo—. Di la verdad, ¿cuántas ocasiones has tenido de que tu padre se sienta orgulloso de ti?

Y tomé asiento en la presidencia al lado de mi padre. Frente a nosotros, un mar de psicólogos, mil caras formadas para diseccionar los entresijos de la personalidad.

—¿Estás bien? —preguntó mi padre—. No sabía dónde estabas. ¿Pasa algo?

—No, nada —dije pasándome la mano por la cara—. Es que aquí hace mucho calor.

—Parece que estemos en Finlandia —dijo la mujer sentada a mi lado. Una rubia diminuta, con un vestido con los hombros al aire. Sus pendientes de esmeraldas tenían el mismo color que sus grandes ojos verdes—. No nos han presentado —dijo extendiendo una mano frágil y con la manicura perfecta—. Soy Lydia Buchanan. El mes pasado fui elegida miembro de la junta directiva.

—Frank Lundquist. —Le estreché la mano—. Hijo —dije moviendo la cabeza en dirección a mi padre.

—Por supuesto. Lo sé. Dediqué mi tesis doctoral a los Lundquist. Así que ya puede imaginarse, es como si estuviera en el cielo.

Mi padre se inclinó por delante de mí y dijo con una sonrisa resplandeciente:

—Me encantaría poder leer su documento algún día.

Lydia Buchanan se ruborizó.

—Sería un honor para mí, doctor—. Se quedó mirándome—. Y tengo entendido que usted también se dedica al negocio familiar.

Moví la cabeza en un gesto afirmativo.

—Trabajo en Westchester.

Lejos, muy lejos. Detrás de alambradas electrificadas.

—Yo estoy en Nueva Jersey. En Summit. Trastornos alimentarios, principalmente.

Se sacó una espina de entre los labios con finura y comentó alguna cosa sobre la disforia, pero apenas la oí. Tenía la extraña sensación de que alguien estaba observándome. Me volví y descubrí la mirada de un par de ojos vacíos. Sobre una plataforma cubierta de fieltro, justo detrás de mí, estaba la cabeza de cristal transparente, de tamaño natural, que era el trofeo de la Legión de Honor de la Asociación Norteamericana de Psicología, con el nombre de mi padre grabado en la base. Sus ojos sin pupilas me miraban con desprecio. Volví a girarme rápidamente, con la cara ardiendo.

Me merecía ese desprecio. Lo sabía, lo sabía en el fondo de mi corazón, lo sabía en todos y cada uno de los glóbulos rojos que circulaban por la sangre que ese corazón bombeaba.

Con movimientos sinuosos, los silenciosos camareros uniformados con esmóquines de color granate retiraron los platos de la cena. El piano que había estado tintineando de forma continua desde algún lugar por encima de nosotros, dejó de sonar de repente. Jerry Stidwell, el presidente de la APA, un hombre bajito y con calvicie incipiente, subió al estrado. Habló, no sé por cuánto tiempo. El tiempo es perverso. Ocasionalmente, hacía un gesto en dirección a mi padre. Erskine asentía y reía con ganas y, de vez en cuando, se secaba a golpecitos la frente con la servilleta doblada.

La gente que ocupaba el estrado, la gente que llenaba la sala, era alegre, cariñosa, preocupada por el prójimo, gente que ayudaba a los demás a mejorar y a mejorar su vida. ¿Y yo? ¿Qué había hecho yo?

Había hecho una mala gestión de un paciente de siete años de edad. El paciente había matado a su hermana. Le había retorcido el cuello. Y la niña no se había recuperado del ataque, como sí

112

hacían aquellos muñequitos multiculturales. Con una mala técnica terapéutica y un momento de descuido, un fallo terrible en mi desapego clínico, una traición a la confianza terapéutica, había empujado al furioso Zach hacia el abismo, hacia la perdición.

Y ahora M. La encantadora M. La dulce e inteligente sonrisa. Los melancólicos ojos otoñales. Mi compañera de clase. Mi amor platónico. No había conseguido animarla con nuestras sesiones semanales de conversación. No había conseguido ayudarla en absoluto. De hecho, pensándolo bien, daba la impresión de que estaba cayendo. Había terminado con ella, había abandonado a mi paciente más preciada.

Me picaba la espalda, notaba la mirada de la cabeza transparente. «Pero existe una manera de corregir mis errores —pensé—. Todavía estoy a tiempo de ayudar a M —le expliqué a la cabeza». Y no estaba hablando del psicoanálisis. Hablar y hablar no tenía nada que ver con aquello.

A lo mejor podía liberarla. Ponerla en libertad.

Entonces, se volvieron hacia mí mil caras que parecían las motitas del reflejo del sol sobre la superficie de un estanque oscuro, que recordaban petunias blancas volviéndose hacia la luz. Jerry Stidwell acababa de mencionar mi nombre. Me puse en pie. Alguien me entregó el trofeo. Lo cogí con ambas manos, asiéndolo por ambas orejas. Qué frío y duro estaba. Cuánto pesaba.

Lo deposité con manos temblorosas sobre el estrado. Se quedó mirándome. El público me miraba también. Me incliné sobre el micrófono.

—Soy Frank Lundquist. —Mi voz retumbó en la sala, demasiado potente. Me retiré un poco—. Tuve el honor de ser el primer sujeto de prueba del test de Lundquist. Siempre me sentí orgulloso de ser el Bebé Cero. Más que eso, siempre me sentí orgulloso de ser el hijo de Erskine Lundquist.

Esa mirada ciega y vidriosa. Hice una pausa y moví el trofeo para que quedara de cara a la audiencia. Y volví a inclinarme sobre el micrófono.

113

—Mi madre trabajaba como secretaria en el Instituto Nacional de la Salud y siempre decía que se casó con mi padre porque, de todos los científicos brillantes que corrían por allí, era el único que era más bondadoso que inteligente. —El sudor me escocía en los ojos—. Mi padre obtuvo las subvenciones y las becas de investigación más prestigiosas del mundo, pero siempre dejó que mi hermano lo ganara al Monopoly. Y cuando vio que me rechazaban en prácticamente todos los programas de doctorado a los que optaba, todo lo que decía era: «Chico, no saben lo que se pierden». —Me vaciló la voz. Mi padre se quedó mirándome, parpadeando con fuerza. Respiré hondo una vez más—. El test de Lundquist me predijo como resultado un futuro de éxito, papá. Pero el único resultado que he deseado siempre ha sido parecerme un poco más a ti.

La verdad es que no fui consciente de los aplausos, solo del tornado de sonidos que giraba a nuestro alrededor cuando nos abrazamos.

—Maldita sea, Frank —dijo mi padre.

Y entonces cogió la cabeza de cristal, empezaron a destellar *flashes* y salté del estrado rápidamente para dirigirme hacia la puerta lateral, desesperado por beber un trago de agua fría y encontrar un lugar tranquilo donde pensar. Pensar sobre lo siguiente: sobre que a lo mejor me había concentrado en la cura equivocada para los males de M. Que tenía que olvidarme de las soluciones terapéuticas. Que necesitaba darle la libertad. Liberarla.

Acababa de llegar a las fuentes de agua cuando se abrió la puerta de los baños de las mujeres y emergió una reluciente Corinne Masterson, cubierta de lentejuelas de color azul noche, casi irreconocible como la Corinne que veía todo los días en el Centro de Terapia y el economato. Después de cerrar su bolsito de mano, levantó la vista, me vio:

—¡Frank! —exclamó con sorpresa—. ¡Estás estupendo! Qué lástima lo de la sobredosis, justo en la gran noche de tu padre.

—¿Qué? —repliqué aturdido—. ¿Qué sobredosis?

Frunció los labios, brillantes después de haberse aplicado una nueva capa de pintura.

—Esto es increíble. Es tu paciente. ¿No te han llamado?

La habían encontrado inconsciente, desplomada en el suelo como resultado de una combinación de Zoloft y Elavil. La habían llevado corriendo al Hudson Valley Med Center para practicarle un lavado de estómago, y todo eso había sucedido hacía aproximadamente una hora. El pronóstico estaba en un cincuenta-cincuenta. Acabé de darle las gracias a Corinne por haberme comunicado la noticia casi gritando, puesto que estaba corriendo ya entre las hectáreas de estampado de cachemira rojo que lo cubrían todo de pared a pared, siguiendo las señales de salida.

8

JULIO DE 1999

Planeando por encima de los ventisqueros.

Una chica volando.

Su ropa ondea como una bandera, los pies envueltos en medias blancas, los zapatos han desaparecido.

Mechones de pelo largo, como el de las sirenas, que se mueven y serpentean adoptando formas fascinantes.

Las extremidades se mueven también, a veces de manera extraña —¿torcidas?—, otras con una elegancia delicada, con los arcos y los giros del *ballet* acuático. Y su cara: con una suave sonrisa. ¿O sería eso pedir demasiado? De ser así, digamos que inexpresiva, adormilada.

Las almohadas del invierno, una montaña acolchada, esperan recibirla. Se hunde en ellas, creando con el impacto una cuna en forma de chica.

Una adolescente dormida, con la piel blanca como la leche y un cabello de seda extendido a su alrededor como rayos de sol o cubriéndole la cara como una cortina de algas.

Sí, hay detalles que se han tomado prestados de un libro de tapa blanda de cuentos de hadas, de esos que encuentras por un cuarto de dólar en un puesto de objetos de segunda mano en Pittsburgh.

Cuentos que pueden contarse y recontarse un millón de veces.

En este cuento en concreto, el cielo invernal ha perdido su sol, su abrazo se ha roto. La nieve fundida se ha endurecido sobre el frío lecho de la carretera. Una curva cerrada, un volantazo nervioso, tal vez para salvar la vida de algún animal que nadie, excepto ella, llega a ver jamás. Un volantazo nervioso realizado por una conductora novata al mando de un coche potente, sin frenos, montando a pelo una máquina que es como un potro salvaje.

Un coche lleno de peligros de una época más temeraria. Sin cinturón de seguridad superior que la sujete. Una simple correa a la altura de sus estrechas caderas. La chica sale disparada y vuela.

La vida después de la muerte tenía cierto olor, por lo visto. A polvos detergentes fuertes, con aroma floral. A alcohol medicinal. A friegasuelos cítrico.

Y era distinto a lo que Miranda esperaba. Oscuro con destellos de amarillo y cobalto que giraban lentamente delante de sus ojos. A veces, una mancha blanca borrosa, como una imagen vista a través de una docena de capas de cortinas, sombras moviéndose de un lado a otro.

Le sorprendió oír la tele, pero se escuchaba constantemente: concursos, telenovelas, los acordes ominosos que anunciaban las noticias de la noche. E incluso después de muerta, oía el gañido de los *walkie-talkies* y el hablar arrastrado de los funcionarios de prisiones quejándose de sus jefes y de sus amantes.

—¿Por qué tengo que ser yo siempre el malo? Ella tiene también boca y lengua, así que podría explicarse. ¿Por qué tengo que ser yo siempre el malo?

Y entonces, de repente, la neblina se levantó. Estaba despierta. Estaba viva. Rompió a llorar. Un funcionario de prisiones de brazos esqueléticos estaba repantingado en una silla junto a su cama.

—¡Se ha despertado! —gritó.

Apareció entonces, en el lado opuesto de la cama, una cara, con cabello rubio sujeto mediante horquillas negras.

—Pues se ve que sí —dijo la cara.

Miranda se enamoró de la mirada de color castaño oscuro de

aquella enfermera. Se enamoró de la risa aguda que se oía en la habitación contigua. De hecho, se enamoró al instante hasta del fragmento más minúsculo de materia del universo vivo. El aire, la luz, parecían envolverla en una sensación sedosa que era una auténtica bendición. «Estoy de vuelta, estoy de vuelta, nunca jamás volveré a marcharme», oyó que cantaba su cerebro. De modo que su cerebro seguía funcionando. ¡Qué alegría! Era maravilloso. Había intentado matarlo, pero no había muerto. Qué formidable y qué fuerte era su cerebro. Se felicitó por no haber muerto. «Eres estupenda —se dijo—. Eres la hostia».

Las lágrimas se deslizaban hasta su boca y le moqueaba la nariz. Levantó el brazo para secarse, pero su extremidad se detuvo emitiendo un «clanc».

¿Se habría convertido en metal como el Hombre de Hojalata? ¿Estaría oxidada? Lo intentó con el otro brazo. Se movió un par de centímetros y luego se quedó paralizado. Clanc. Lo intentó de nuevo con ambos brazos. Clanc. Clanc.

—No intentes moverte, cariño —dijo la enfermera. Tú descansa tranquila. —Tenía un rostro amable, maquillado en exceso, con unos pincelazos de colorete tan marcados que parecía que le hubieran dado un bofetón—. ¿Te apetece un poco de zumo de naranja?

Tenía en la mano un vaso de plástico con tapa. Y asomando por la tapa había una pajita larga y curvada. La enfermera le acercó la pajita a los labios. Miranda levantó la cabeza para beber. Y mientras lo hacía, se miró los brazos. Tenía las muñecas sujetas mediante unas esposas brillantes que la enlazaban a su vez a los barrotes que rodeaban los laterales de la cama.

—Deja que te suene la nariz —dijo la enfermera—. Deja que te limpie un poco.

Mientras la enfermera le secaba la nariz con un pañuelo de papel, Miranda agitó las piernas. Esas, al menos, sí que estaban libres.

—Sopla —dijo la enfermera.

Miranda sopló.

—No me queda otro remedio que decirlo. Eres afortunada, chica.

El funcionario huesudo hablaba con un acento caribeño encantador.

—¿Qué ha pasado?

Estaba ronca. Notó que tenía la garganta al rojo vivo. Pero era agradable, de todos modos. Le gustaba oír su propia voz. Dio otro sorbo a aquel elixir azucarado y acuoso.

—Casualmente, anoche pasaron lista a las diez —le explicó el funcionario—. Porque alguna había estado encendiendo cerillas en su celda. Una infracción de las normas de seguridad. De modo que despertaron a todo el mundo para pasar lista. Y tú no te levantaste de tu cama. Si hubieran pasado un par de horas más, te habrían encontrado muerta de sobra, chica. Eres afortunada.

Sí. Miranda sonrió a las placas del techo. «Soy afortunada».

El día siguiente lo pasó semiinconsciente, con lagunas de memoria. En un momento dado, tenía a Amy a su lado, canturreando una canción del Top 40 —*If you leave me now, you take away the very heart of me*—, cuya letra le daba vueltas sin cesar por la cabeza. Como hacían todos los domingos, habían estado escuchando en el coche la cuenta atrás de los grandes éxitos. Ahora, Amy estaba de pie a su lado, con un abrigo de lana azul marino rematado con puños y cuello de piel sintética de color azul eléctrico. Miranda llevaba medias de encaje y un abrigo rojo con botones grandes en tono morado. Le escocían las rodillas por el frío de noviembre. Miró el edificio de los grandes almacenes Sears, en el otro lado del aparcamiento, deseando estar allí dentro en vez de tiritando encima de aquel camión de plataforma, con su madre, su hermana y los altavoces. A sus pies, el aliento de los votantes flotaba como minúsculas nubes personales en el aire gélido de última hora de la tarde. Pancartas verdes con letras blancas se agitaban sobre un campo de gorras con borla y peinados de todo tipo.

Green para el Congreso, Greene por el congreso. El cielo de color cemento se endurecía por encima de los árboles sin hojas que flanqueaban la autopista.

La frialdad del acero de la plataforma del camión traspasaba la suela de los zapatos de charol de Miranda. A sus espaldas tenían una gasolinera; de vez en cuando, siempre que un coche pasaba por encima de los tubos negros que serpenteaban por la zona de los surtidores, sonaba una campanilla. El ambiente olía a gasolina y a la sidra caliente que repartían en termos las mujeres de la organización «Greene para el Congreso». Miranda escondió la barbilla en el cuello del abrigo y tiritó, a la espera de que llegara el momento de su intervención.

—¿Y qué implicaciones tiene la inflación actual para nuestros hijos?

Después de pronunciar aquella frase, su padre se giró hacia ella. No tendría que estar tocándose la nariz ni rascándose el culo enfundado en aquellas medias rasposas. Sino que debería estar con la espalda muy recta y con una expresión seria y pensativa que dijera: «Tengo nueve años y me preocupa mucho lo que la inflación pueda implicar para mi futuro».

Su padre se giró hacia ella; mejor dicho, la cara de su padre se giró hacia ella, porque su cuerpo seguía mirando a la audiencia. Las facciones de su padre se arrugaron para esbozar aquella sonrisilla graciosa, casi triste, y mirarla solo un instante. Entonces, el volumen de su voz descendió, como si estuviera hablándole únicamente a ella en el salón de su casa, aunque llegó igualmente hasta el micrófono y emergió estruendosa para resonar con fuerza en el aparcamiento de Sears.

—Pienso en una pobre niña llamada Miranda, que en el año 2000 cumplirá treinta y tres años. Quiere ser dentista.

Aquí, ella asintió con solemnidad y las risillas elogiosas recorrieron la muchedumbre.

—¿Y por qué no puede tener ella también su sueño americano? Lo único que deseo es poder garantizar que tanto mi hija como cualquier otra criatura con su buen carácter y su determinación, tenga la oportunidad de ver su sueño hecho realidad…

Y entonces su padre disparaba su aluvión de palabras, las mismas palabras cada vez, que se perdían en el aire. La débil luz blanqueaba el cielo. Notaba dolor en la punta de los dedos de las manos, protegidos por guantes blancos, y los de los pies le ardían cuando los movía. Empezó a saltar sobre una pierna, luego sobre la otra, hasta que una mano se posó con firme delicadeza en su hombro, instándola a quedarse quieta. La mano de su madre, fantasmagórica por culpa del frío, con los diamantes opacos bajo aquel cielo que parecía agua sucia.

Se esforzó por escuchar la parte de Amy —«Mi hija mayor, Amy, llegó un día a casa del colegio preguntándome si era cierto lo que había oído allí, que cada soviético podría matar si quisiera a veinte americanos. "¿Y por qué querrían hacerlo, papá?", me preguntó»—, porque cuando llegaba a esta parte, significaba que ya casi había terminado y que Amy y ella podían entrar en la ranchera y su madre las llevaría a aquella cafetería con tejado rojo que había cerca del centro comercial donde podías confeccionarte la copa de helado con los ingredientes que más te gustaran. Miranda abrió y cerró sus manos congeladas y fijó la vista en las caras rojas y borrosas de la muchedumbre, en los cuerpos que se movían con nerviosismo, en la gente situada en los extremos que empezaba ya a retirarse, sin interés, para volver a su coche. Le dolía ver que aquella gente desinteresada se largaba. Se sentía mal por su padre cuando le daban la espalda y se marchaban.

El discurso llegó a su fin, unos pocos aplausos serpentearon entre el campo de gente, como una ráfaga de viento perdida agitando la hierba, y la multitud empezó a dispersarse. Amy y ella saltaron del camión para ir a recoger las pancartas verdes repartidas por el asfalto y guardarlas en el maletero de la ranchera. Se le hacía la boca agua pensando en el caramelo caliente, en la sensación ardiente que se desharía pronto en su boca.

Había representado su papel en el escenario del camión de

plataforma, igual que las niñas actrices que salían en televisión fingían reír o llorar. La verdad era que el futuro le preocupaba muy poco. Que la inflación, fuera lo que fuera eso, no le preocupaba en absoluto, y tampoco que cada soviético pudiera matar si quisiera a veinte americanos.

De hecho, solo le preocupaba una cosa, y no pasó… o al menos no pasó entonces, en aquel gélido noviembre de 1976, la primera vez que su padre se presentó a las elecciones, cuando todos los niños del colegio llevaban adhesivos verdes y blancos con la palabra «Greene» pegados a los libros de texto forrados con papel de bolsas de la compra, cuando representaba su papel en el escenario del camión, cuando su madre aún parecía feliz cuando sonreía, estrechaba la mano a la gente y saludaba a todo el mundo, cuanto ella tenía nueve años y fue de la mano de su padre hasta el puesto de votación y su imagen apareció en portada al día siguiente y el titular hizo que su padre meneara la cabeza, maravillado. Ella solo tenía una preocupación en aquella época: le preocupaba que su padre, que se plantaba delante de toda aquella gente pidiendo ser de su agrado, pudiera acabar perdiendo. Y que todo el mundo, incluida ella, lo viera como un perdedor. Y que entonces las cosas nunca volvieran a ser como antes.

Un día, durmiendo, soñó con que Frank Lundquist se acercaba a su cama. Percibió un cambio en la luz cuando la sombra se proyectó sobre su cara. Notó el borde de su chaqueta rozándole el brazo. Todo parecía real. Le pareció oír que respiraba de forma entrecortada. Quería hablar con él, pero le resultaba imposible salir de la parálisis del sueño. «Lo siento mucho —ansiaba poder decirle—. Te he engañado. Sé que querías ayudarme. Te deseo lo mejor».

Su romance con la idea de estar viva no fue a menos cuando su sangre se limpió por completo de medicamentos. Al tercer día, la llevaron de vuelta a Milford Basin en una furgoneta Ford negra con cristales tintados y con la compañía de un vigilante de cabeza cuadrada con un rifle automático descansando sobre su regazo. Llevaba las manos sujetas con esposas de plástico y el funcionario de prisiones caribeño (el oficial Aaron Smythe, de la isla de Nevis, según se informó) la escoltó hasta su asiento con formal desdén. A ella le dio igual. Cuando descendió los pocos peldaños de la entrada del hospital y caminó hasta entrar en el vehículo, pensó que iba a desmayarse por el placer que le proporcionaba la caricia de los rayos del sol en la cara. El mes de julio otorgaba un aspecto descuidado a los árboles que flanqueaban las serpenteantes carreteras del valle del Hudson y las flores silvestres formaban un manto tupido e intrincado que envolvía los arcenes de la autopista. Cruzaron por el puente de Tappan Zee; el río, con el reflejo de las montañas de color verde oscuro, parecía té frío. Miranda se empapó de aquellas vistas con el sobrecogimiento que en su día había sentido al mirar la cara de un hombre durante un instante de dicha primigenio.

Sin embargo, los gruesos rollos de alambrada que resplandecían por encima de la barrera perimetral de malla le provocaron un leve vuelco en el corazón en cuanto la furgoneta inició el descenso hasta detenerse enfrente de la entrada con rejas de la cárcel. La torre cuadrada de vigilancia, con su cristal reforzado, los edificios bajos de ladrillo, la hierba mal cortada, aquel extraño silencio. Todo estaba igual que el día en que llegó por primera vez allí, hacía más o menos dos años. «Mi vida sigue presentando el mismo problema —pensó Miranda—. ¿Cómo sobrevivir a esto?».

La puerta del vehículo se deslizó para abrirse estruendosamente. Miranda no podía ni moverse.

—Vamos —dijo el funcionario de cabeza plana.

Le dio un pequeño empujón para que saliera de la furgoneta y, con las manos sujetas por las esposas, Miranda dio un traspié, después del cual recuperó el equilibrio. Notó el calor de las lágrimas acumulándose en sus ojos, pero no permitió que emergieran. Respiró hondo y se dejó guiar hacia dentro.

—La hostia, vaya susto que me diste. —Beryl Carmona estaba apoyada en el mostrador de recepción, comiendo una ciruela—.

¿Estás bien? —Parecía sinceramente preocupada—. Tenía que largarme a casa, pero cuando me enteré de que iban a traerte, decidí quedarme para verte—. Arrojó el hueso en una papelera y se limpió la mano en los pantalones—. No volverás a intentarlo, ¿verdad?

—No.

—Bien. Porque la verdad es que le das un toque positivo a este lugar.

Miranda no pudo evitar sonreír ante el comentario.

—Hago lo que puedo.

—Estarás un tiempo en observación. Pero volverás enseguida a la unidad. Aunque no a tu celda, Missy May. Ahora la ocupa tu amiga Watkins.

Dorcas Watkins en su celda. Lo más probable es que se hubiera quedado también su alfombrilla. Vaya. Aunque no tenía importancia. Lo importante era lo siguiente: Miranda estaba viva. Los demás temas acabarían solucionándose, algún día.

Un bosque de árboles envueltos con hiedra se apiña junto a la valla del lado norte de los terrenos de Milford Basin. Justo pegada a esa valla está la casa con tejado a dos aguas, de ladrillo con molduras blancas, que en su día fuera la residencia del encargado de la finca. Una mole de estilo Tudor que parece sacada de un relato de Beatrix Potter. En la actualidad alberga la Unidad Satélite de Psiquiatría.

La tarde de su regreso, Miranda se instaló detrás de la ventana con rejas de la planta baja, en la parte trasera de la unidad, para ver cómo iba oscureciéndose el bosque. A sus espaldas, seis camas cubiertas con sábanas y almohadas blancas puestas en fila, el dormitorio donde permanecería «en observación». El movimiento de la brisa entre los árboles la tenía maravillada. Era la unidad con mejor vista de toda la cárcel, sin duda alguna.

—En ese bosque hay muertos —le dijo la adolescente que ocupaba la cama de su lado—. No mires. —Llevaba unos aros finos de oro y su cabello los cubría con brillantes mechones. Estaba sentada en la cama mordisqueando una chocolatina Peppermint Pattie—. Allí fuera vi un puto muerto.

—¿En serio? —Miranda estudió la cara en forma de corazón de la chica, su piel morena suave como un pétalo y sus grandes ojos castaños—. ¿Cuántos años tienes?

—¿Y a ti qué te importa cuántos años tengo? —replicó la chica con un gesto de indiferencia, aunque sin poder evitar una pequeña sonrisa.

Miranda se dio cuenta de que se sentía adulada por recibir su atención. La chica siguió con su chocolatina, girándola hacia un lado y hacia otro, dándole mordisquitos por los bordes. Mirando todo el rato a Miranda, como si tuviera miedo de que pudiese robarle la golosina.

—Te llamas Miranda, ¿verdad?

Miranda asintió.

—¿Y tú cómo te llamas?

La chica siguió estudiándola.

—Sé por qué has ingresado en la Satélite —dijo al cabo de un rato—. Intentaste meterte una sobredosis.

Miranda se agachó para quitarse las zapatillas.

—¿A qué hora dan de cenar?

—Esa hija de puta de mi unidad se puso como una moto y me mordió y por eso estoy aquí. Y dijo que así me contagiaba el SIDA y que me moriría, ¿sabes? Y mi funcionario me dijo que yo le estaba mintiendo. —Sus ojos como granos de café brillaron al recordarlo—. Me asusté y le prendí fuego a la celda. —Suspiró, exhausta, y se tumbó en la cama—. La comida la traen hacia las cuatro y media. Y no te esperes Pepsi. Se piensan que las que estamos en la Satélite estamos demasiado locas como para beber Pepsi.

—Supongo que podré vivir sin Pepsi —dijo Miranda.

La chica se limpió con la lengua los restos de chocolate que tenía adheridos al pulgar. Se puso de lado y recostó la cabeza sobre el brazo.

—Dios no permite que la gente que se mete una sobredosis esté con él. ¿Lo sabías?

—No sé. Supongo que se me olvidó.

La chica puso cara de exasperación y resopló.

—¿Se te olvidó? —dijo—. Pues esas son precisamente el tipo de mierdas que nunca hay que olvidar. —Volvió a ponerse boca arriba, mirando al techo y con los brazos por debajo de la cabeza—. Esa hija de puta de mi unidad mentía. Me dijo la subdirectora que no tiene ni gota de SIDA.

Después de que pasaran lista a las cuatro, le pidió a la funcionaria de prisiones, una mujer patizamba que según su placa se llamaba Jessop, que la acompañara al teléfono, que estaba colgado en un hueco estrecho, cerca de la entrada original de la casa. La minúscula estancia no tenía puerta y del techo colgaba una simple bombilla. Miranda llamó a su madre a cobro revertido.

Una vez que Barb Green dio su autorización para recibir la llamada, rompió a llorar. Miranda notó que también ella tenía los ojos llenos de lágrimas, percibió esa pesadez tan especial en la base del cuello y en el pecho. Un minuto de llanto en el otro extremo de la línea. A través de la neblina ardiente de sus propios ojos, Miranda fijó entre tanto la vista en la pared, en su gruesa pintura verde, desconchada y rayada. ¿Por garras? ¿Por las uñas de las mujeres que intentaban salir de la Satélite a través de las líneas telefónicas, emerger de nuevo en el mundo de los vivos?

—Lo siento mucho, mamá.

Su madre habló por fin.

—Deja que te ponga también con tu padre —dijo—. Se lo he prometido.

La línea se quedó un momento en silencio. Después de que se escuchara un sonido metálico, su padre empezó a hablar directamente.

—¿Por qué lo hiciste, Miranda? Supongo que puedo entender

por qué, pero lo que quiero decir es que sabes que tenemos el recurso de apelación en marcha y…

—Dijo el abogado que tenía que ser realista con respecto a mis probabilidades en ese sentido.

—Por Dios, ese cabrón —dijo Edward Greene.

—Edward, por favor. Alan cree en la verdad —dijo Barb.

Se produjo un silencio. Los tres sabían que, de no haber sido por las circunstancias dramáticas y delicadas de la llamada, Barb habría añadido aquí una puntilla del estilo «Más de lo que puede decirse de ti», o cualquier otra frase afilada con el paso de los años.

—Miranda, por favor te lo pido, no vuelvas a ponerte en peligro de esta manera.

—Tu padre tiene razón. Por favor, por favor, no pierdas las esperanzas, cariño. Saldrás de esta de una manera u otra.

—Ojalá pudiera creer lo que me dices.

Miranda recorrió con la punta del dedo las marcas de arañazos.

—Nos habría matado… si no te hubiesen encontrado. Primero tu hermana…

—Lo sé. Estuvo mal. Estaba… desesperada.

Su madre estaba llorando otra vez.

—Necesito verte. ¿Cuánto falta para que te autoricen visitas, cariño? —preguntó.

—Nos han dicho que mientras estés en observación es imposible. ¿Cuánto tiempo será eso? ¿Tienes idea, pequeña?

—He oído decir que tal vez un mes. Depende, imagino.

Jessop aporreó con los nudillos el marco de la ausente puerta, justo por encima de la cabeza de Miranda.

—Tiempo —dijo.

—Tengo que irme —dijo Miranda.

—Tienes que prometernos… —A su padre se le quebró la voz—. Por favor, te lo ruego, nunca jamás vuelvas a hacer algo así.

Las lágrimas empezaron a derramarse por fin.

—Lo prometo. Creedme. Os lo prometo.

Se despidió de ellos y colgó. Se secó los ojos y entonces vio unas letras marcadas en la pared, justo por encima del teléfono. La esperanza estaba allí.

Y Miranda tenía esperanza. Le resultaba imposible explicar por qué, pero la tenía. Aquella noche, escuchando los ronquidos y los gemidos de sus compañeras de la Satélite y pensando en cómo podía ayudarlas, en las muchas cosas que tenía para ofrecer, le costó dormir. Hizo planes. Cuando volviese con las demás, se presentaría voluntaria para el programa de alfabetización. Se apuntaría también para hacer guardias de cuidados nocturnos en la enfermería.

En algún momento, en el intervalo más oscuro de la noche, se despertó. Se puso de lado y miró hacia el bosque, hacia la banda de sombras que se extendía más allá de las formas geométricas e iluminadas de la valla perimetral. Muertos entre los árboles.

«Lo siento mucho, Amy. Perdóname, por favor».

Con trece años de edad, la noche del vuelo de Amy, Miranda había recibido un regalo, el regalo de una vida extra. La vida que continuó después de que terminara la de su hermana. Pero entonces se volvió displicente, se despreocupó de la vida. ¿Cuándo y por qué? En un momento dado, empezó a tratarla como si fuera un objeto de segunda mano sin importancia que podía dejarse tirado en la calle, abandonado en un taxi, perderlo sin grandes consecuencias.

Bastaba con recordar el caso de Nicky, por ejemplo. Cuando ella intentó romper con él, a Nicky se le cruzaron los cables, la agarró por el cuello y estuvo a punto de matarla. Era increíble pensar que su vida pudiera acabar de aquella manera. De una forma tan vulgar, convirtiéndose en comidilla de los noticiarios locales. Al final, Nicky acabó soltándola, cogió la chaqueta y se marchó dando un portazo. Aún le escribía cartas de vez en cuando, misivas llenas de sentimiento y con una ortografía espantosa. ¿Por qué había permitido Miranda que aquello llegara tan lejos?

¿Por qué?

¿Por qué no?

Dominick Scorza representaba el punto culminante de los años del «por qué no». ¿Por qué no llevarse a la cama al turista argentino que había conocido en la discoteca? ¿Por qué no probar la droga que aquella chica tan sonriente le había pasado durante una fiesta? ¿Por qué no? Fue un periodo durante el cual no se le ocurrió nunca una buena respuesta a esa pregunta. Había roto, dolorosamente, con su novio eterno de la universidad, acababa de cumplir veinticuatro años, tenía una posición económica estable, estaba soltera y sana, y no se le ocurría por qué no podía hacer todo aquello que se le pasara por la cabeza.

¿Por qué no, al fin y al cabo? ¿Por qué no?

Los preparativos de la boda de su prima Gaby, la primera de la generación más joven de la familia que se casaba. Todo un acontecimiento. Un hito. Era febrero de 1992. Gaby y tía Ruth eligieron vestidos de seda de color marfil para las damas de honor: escote barco, manga japonesa y falda con vuelo por debajo de la rodilla. Encargaron los vestidos en una tienda orgullosamente respetable de Madison Avenue, donde los probadores estaban acolchados con terciopelo gris y las vendedoras, todas ellas altas y rubias, utilizaban bolígrafos con capuchón decorado con perlitas para apuntar en unas libretas con fundas de piel las medidas de las clientas. Una tarde, al salir del trabajo, Miranda se acercó a la tienda para probarse el vestido. El establecimiento estaba prácticamente vacío. La atendió una lánguida vendedora, con el cabello del color del vino blanco, que la ayudó a quitarse el abrigo para colgarlo a continuación con sumo cuidado. En la parte posterior de la tienda, un juego de espejos colocados en ángulo rodeaba tres plataformas elevadas de forma circular. Después de ponerse el vestido en un probador cerrado con cortinas, Miranda subió a la plataforma central. Una mujer con alfileres en la boca se arrodilló sobre un cojín a sus pies y marcó con tiza el dobladillo. La vendedora se acercó por detrás a Miranda y tiró del corpiño para cerrarlo.

—Un poco más ceñido y el pecho queda más prominente —murmuró—. ¿Lo ve?

Miranda lo vio. Perdonó a Gaby por haber pedido a sus damas de honor que apoquinaran doscientos dólares por cabeza. La modista sonrió a la imagen de Miranda en el espejo.

—El color es ideal para usted —dijo.

La vendedora soltó el corpiño y, al hacerlo, el sujetador negro de Miranda quedó prácticamente al descubierto.

—Plantéese la posibilidad de recogerse el pelo —dijo la diosa del vino blanco recogiendo hábilmente en un moño la melena ondulada de Miranda y sujetándola con un par de horquillas que sacó de un bolsillo.

A través del espejo, Miranda se percató en aquel momento de la presencia de un chico. Intentó subirse un poco el escote del vestido.

—No se mueva —rugió la modista.

El chico tendría veintiún o veintidós años. Llevaba una sudadera con capucha enorme de los Chicago Bulls, roja y negra, el pelo muy corto, con un poco de tupé en la parte superior de la cabeza. En el espejo, su reflejo miraba con ojos muy oscuros el de Miranda. Se alejó despacio del ángulo de alcance del espejo hasta desaparecer.

—¡Dominick! —gritó una voz femenina con acento marcado desde la trastienda—. ¿Ya has vuelto del descanso?

—Sí, señora B. ¿Qué tiene para mí?

—Baja al almacén. Acaban de llegar dos cajas del aeropuerto. Y, por favor, caballero, la próxima vez no estés tanto tiempo fuera.

Cuando la modista terminó su trabajo y Miranda volvió a vestirse, la puerta del establecimiento ya estaba cerrada y habían apagado las luces principales. La vendedora acompañó a Miranda hasta la salida.

—Le entregaremos el vestido en un plazo de entre cuatro y seis semanas —dijo.

La calle se había vaciado y un viento gélido la obligó a encerrarse en su abrigo. Caminó deprisa hacia la boca del metro. Cuando oyó que el tren estaba a punto de entrar en la estación, bajó corriendo las escaleras, con el bolso golpeándole la cadera, superó como un rayo el torniquete de acceso y entró en el vagón. Notó que otra persona entraba corriendo detrás de ella y se le echaba sin querer encima al cerrarse las puertas. Una voz masculina dijo:

—Perdón.

Se volvió y se quedó sorprendida al ver en primer plano al chico del almacén. Tenía los ojos de color marrón claro y perfilados en verde, la piel suave. Se cernía sobre ella. Miranda se volvió y eligió asiento en el vagón, que iba casi vacío. El chico se sentó delante de ella y se pasó la mano por una mandíbula cuadrada cubierta con barba de un par de días. Con sus largas piernas enfundadas en un vaquero extendidas hacia la parte central del vagón, le lanzó una mirada de evaluación. Calzaba unas botas de seguridad tremendas, con los cordones flojos. Intentó evitar su mirada. Deseó tener un libro para leer; casi siempre llevaba un libro de bolsillo en el bolso, pero aquella noche, claro está, no llevaba ninguno.

—Vives en el centro —dijo él.

Miranda levantó la vista. El pelo negro del chico brillaba bajo la intensa luz del fluorescente.

—Sí —dijo ella.

—Apuesto lo que quieras a que eres irlandesa —dijo él.

—No —replicó ella.

—¿No? Pues pareces irlandesa. Lo cual es bueno.

Miranda esbozó una leve sonrisa, siguiéndole el juego.

—Mi padre era medio irlandés, medio italiano. Mi padre es un P. R. de mierda. —Se inclinó hacia delante y apoyó los codos en las rodillas—. Sabrás que P. R. significa puertorriqueño, ¿no?

—Lo sé —dijo Miranda.

El chico se levantó del asiento con una elegancia destacable y se inclinó hacia ella con la mano extendida.

—Me llamo Nicky —dijo.

Miranda sacó lentamente la mano del bolsillo de su abrigo y se la estrechó. El chico tenía la mano caliente y encerró la de ella con una delicada presión.

—Hola.

Le soltó la mano y regresó a su asiento.

—Así que no me das tu nombre. —Le sonrió, una sonrisa astuta—. No pasa nada. De momento, puedes seguir sin nombre —dijo hundiendo las manos en los bolsillos de su chaqueta acolchada. Apoyó la cabeza en el cristal rayado de la ventana y cerró los ojos—. ¿Sabes qué, Sin Nombre? —dijo, en voz baja pero audible a pesar del ruido del tren—, te estoy viendo aún con ese vestido.

Se quedó un buen rato en silencio y entonces abrió los ojos, sorprendiendo a Miranda mirándolo fijamente, como si estuviera en trance. El tren rechinó y se paró en Union Square. Miranda se levantó de forma abrupta y se dirigió a la puerta. El chico se le plantó detrás. Se volvió hacia él.

—No pretenderás seguirme —dijo.

—A lo mejor es que he llegado también a mi parada —replicó él.

Le acercó la mano a la espalda y la empujó levemente para que cruzara las puertas abiertas y saltara al andén. Se apeó detrás de ella. El tren se puso en marcha, estrepitosamente, abandonándolos.

—Esta no es tu parada —dijo Miranda.

—Deja que te acompañe a casa.

Le sonrió, una sonrisa perezosa, ensayada, matadora.

¿Por qué no?

La adolescente con los pendientes de aro se despertó gritando en cuanto la primera luz del día se filtró en la Satélite. «¡Mentiroso, mentiroso!», chillaba una y otra vez. Las demás mujeres empezaron a abuchearla e insultarla desde sus camas. La chica se levantó, cogió una jarra metálica de agua que había en una repisa y la arrojó contra los barrotes de la ventana produciendo un estruendo atronador. El funcionario que cubría el turno de vigilancia de noche apareció corriendo, como salido de la nada, e intentó sujetar a la chica por los brazos. La chica se revolvió y le arañó la cara con sus uñas pintadas de rosa claro. Apuntó a los ojos. El funcionario chilló. Ella emitió un grito de triunfo y empezó a tirar de las sábanas de su cama. Apareció entonces otro funcionario pidiendo ayuda por la radio. En menos de un minuto, cuatro funcionarios habían inmovilizado contra el suelo a la chica, que seguía gritando, peleando y mordiendo cualquier parte corporal que quedara al alcance de sus dientes. «¡MENTIROSO!». Los funcionarios consiguieron por fin esposarla de manos y pies y la chica se quedó jadeando sobre el suelo de linóleo. Los funcionarios se secaron las heridas con servilletas de papel.

—¡Tengo SIDA, cabrones! —dijo la chica riendo.

—Más te vale que lo que dices sea mentira —dijo uno de los hombres.

—¡Qué te jodan! —rugió la chica, y siguió gritando la misma frase, con voz cada vez más ronca, hasta que se la llevaron a rastras.

Las demás mujeres de la Satélite estaban excitadas con la escena. Se oían comentarios burlones.

—Qué te lo pases bien en Marcy, pequeña —le dijo una—. ¡Allí tienen hombres!

—¡Y también piscina! —gritó otra—. ¡Es el manicomio más refinado de todos los Estados Unidos!

El alboroto general continuó hasta que reapareció uno de los funcionarios, mandó callar a todo el mundo y ordenó colocarse para el recuento rutinario de las siete de la mañana.

Después de pasar lista, un proceso acompañado por la interminable comunicación de radio entre los guardias y las constantes llamadas de atención de los funcionarios: «Nada de hablar mientras se pasa lista, señoras, nada de hablar» (que nunca conseguían que las señoras dejasen de hablar), llegaron los carritos del desayuno. Mientras Miranda recolocaba su manta debajo del fino colchón, oyó una voz a su lado que decía:

—Te lo dije.

Al girarse, vio a April empujando un carrito metálico lleno hasta arriba de cajitas individuales de cereales Special K que detuvo al llegar a los pies de su cama.

133

—Te dije que no saldrías de aquí antes que yo. ¿En serio pensabas dejarme sola con esas brujas de la 109C?

Miranda rodeó los hombros estrechos y fuertes de April y aspiró su olor a jabón de la ropa con aroma a limón. Se maldijo de nuevo para sus adentros y agradeció no haberla abandonado allí. La soltó y señaló el carrito.

—Tú no estabas en las cocinas.

April se encogió de hombros y le sonrió con timidez.

—He sobornado a Cherie para que diga que está enferma. Con una caja entera de Cup-a-Soup. —La miró entonces con expresión seria, con aquellos ojos con motitas de color ámbar tan bonitos—. Tenía que ver a mi hermana. Lu comentó que estabas planeando alguna cosa, pero yo le dije que era imposible. Que no lo harías.

De pronto era como si tuviera brasas calentándola desde dentro. Miranda se sentó en la cama. Se pasó las manos por la cara, intentando enfriarla. Levantó de nuevo la vista hacia April, fijándose una vez más en las líneas elegantes de su cabeza trenzada, en la inteligencia de su mirada, en su fuerza compacta. Habría sido vergonzoso desertar de aquel precioso ser humano, de aquella pequeña salvadora en la que confiaba más que en nadie en el mundo, dejarla sola en aquel lugar miserable.

—¿Y tu familia, Miranda? ¿No pensaste en tu madre?

Su voz sonó como una reprimenda, desgarradora a la vez.

—No sé en qué estaba pensando, April. Es que… es que, son cincuenta y dos años.

—¿Y qué? Recuerda que la flor crece siempre allí donde la plantan, mi niña.

Era la frase favorita de las presas, incluso estaba escrita a tamaño gigante en la pared del gimnasio. Miranda asintió.

—Estoy trabajando en ello.

—Por cierto, han puesto una chica nueva en la antigua habitación de Watkins. Nessa. Hemos estado caminando juntas a ratos. —Sonrió con timidez—. Sí, Nessa. Es lista. Con la cabeza bien ordenada.

Miranda sonrió.

—Entiendo.

Se sentía desmesuradamente satisfecha.

April negó con la cabeza, con timidez.

—No, no es eso. Simplemente es buena persona—. Le entregó dos cajas de Special K—. Lu te manda la de abajo. No sé qué hay dentro, pero no la abras hasta que hayan terminado con las rondas del desayuno. Podría meterme en un buen pollo por esto.

—Gracias.

Miranda posó la mano sobre la de April al coger las cajas y se la apretó.

April le devolvió el gesto con otro apretón.

—No sabes las ganas que tengo de que vuelvas a la unidad.

—¿De verdad piensas que volverán a mandarme a la 109? —preguntó Miranda.

April sonrió por encima del hombro cuando empezó a empujar el carrito.

—Beryl se muere de ganas de tenerte de nuevo por allí.

Cuando todos los carritos se alejaron de la Satélite y regresó por fin la paz y la tranquilidad, viendo que Jessop estaba leyendo el periódico en su puesto y la mayoría de las mujeres estaban jugando una partida de póquer en el otro extremo de la estancia, Miranda tiró del celo que cerraba la segunda caja de cereales. Sacó del interior un paquetito envuelto en un pañuelo de papel, lo abrió y descubrió una botellita de formato mini de Harveys Bristol Cream y un pintalabios Revlon en perfecto estado de un tono rojo intenso que llevaba por nombre Luminesque. También un papelito, doblado. Miranda lo abrió y vio que era una nota escrita con la curiosa letra mayúscula de Lu, una caligrafía que conservaba aún retazos de cirílico. *QUE TENGAS MEJOR SUERTE LA PRÓXIMA VEZ MIMI*, decía.

9

EL PSICÓLOGO DEBERÁ SER CONSCIENTE DE LOS POSIBLES EFECTOS QUE SU SALUD MENTAL PUEDA TENER SOBRE SU QUEHACER PROFESIONAL
(Principio A)

Siempre he sido un defensor apasionado de las soluciones no convencionales. De la solución creativa de los problemas, en todas sus formas. Animo a mis pacientes a pensar más allá de los parámetros habituales. A descartar los modelos antiguos y los círculos viciosos. A romper con la costumbre. A correr riesgos.

El riesgo al fracaso es inevitable para que la posibilidad de éxito tenga sentido. Hasenheide, mi mentor en la NYU, lo decía, y tras el intento de M de acabar con su vida, quería correrlo.

Paso 1: reestablecer contacto con M. Lo cual era complicado. La Unidad Satélite de Psiquiatría era territorio de Corinne Masterson, que se ponía de muy malhumor si encontraba a otros profesionales metiendo la nariz por allí, entrometiéndose en los casos que ella tenía en observación. Pero, a pesar de eso, conseguí acceder al pabellón a última hora del tercer día después de que M regresara a la cárcel. La había atendido en el hospital, por supuesto, la noche del banquete, y había vuelto a visitarla al día siguiente. Pero en aquel momento estaba grogui, bajo los efectos de la sedación; no creo que se enterara de nada.

Y ahora que M estaba de vuelta, no sabía muy bien cómo me recibiría. Cuando pasé por delante del mostrador del vigilante, en la entrada de la Satélite, murmurando que estaba allí porque la doctora Masterson había tenido que salir para ir a una reunión, debía de tener las pulsaciones por encima de doscientos. De hecho, sabía que Corinne había hecho novillos aquella tarde para llegar a tiempo a la primera sesión de un espectáculo de Broadway.

Inspeccioné la sala: techo cruzado por pesadas vigas de madera oscura, ventanas con paneles y camas dispuestas ordenadamente a lo largo de ambas paredes. Las viejas lámparas de techo con pantalla de cristal blanco proyectaban una luz pobre y polvorienta. Si se pudiera prescindir de las presas uniformadas y del personal de vigilancia, aquello parecería el dormitorio comunitario de una residencia universitaria femenina que había vivido tiempos mejores pero conservaba su refinamiento. Vi a M recostada en su cama, leyendo un libro sobre Eleanor Roosevelt.

—¿Buena lectura? —dije.

Dejó el libro. Me sentía como si alguien hubiese cogido un martillo de bola, me lo hubiese acercado al pecho y estuviera aporreándome la base de la garganta. Las demás mujeres me miraban con curiosa hostilidad. Era evidente que yo no era Corinne Masterson.

Su mirada se desvió un instante hacia mí y dejó enseguida de mirarme.

—Es mi nuevo modelo a imitar. Una mujer consagrada a las buenas obras.

—Sí, y una mujer fuerte. Por lo que sé. Una primera dama muy fuerte.

Una mujer del otro extremo del dormitorio se puso a gritar:

—¿Dónde está la doctora Corinne? ¡Necesito a la doctora Corinne!

Apareció corriendo un funcionario.

—Doctor, ¿le importaría ocuparse primero de Lena? Me parece que le está dando un ataque.

—Por supuesto, claro, enseguida voy. —El vigilante marchó a ver a Lena, que seguía chillando. Me volví hacia M y, sin levantar la voz, le dije—: Ven a verme cuando puedas, por favor.

Hizo un gesto de tensión. Fijó la mirada en Eleanor Roosevelt.

—Creo que no necesito más psicólogos —dijo en apenas un murmullo.

—Solo una vez —dije, y di media vuelta y me alejé.

Después de tranquilizar a Lena, crucé de nuevo la estancia y descubrí que no estaba. Le pregunté al funcionario si sabía dónde se había ido.

—Al lavabo, doctor —dijo—. Necesitaba ir al váter.

Me contaron que, después de marcharme corriendo del banquete, mi padre se acercó al micrófono y ofreció un discurso de aceptación del premio que fue elogiado por todo el mundo como uno de los mejores de la historia de la APA: brillante, elegante, ingenioso. Lo leí recientemente en un ejemplar del anuario de la asociación que llegó a mis manos por casualidad. El discurso era todo eso y más.

Los padres con éxito se ciernen permanentemente sobre tu vida, ¿verdad? Lo hacen mientras tú avanzas a trompicones por tu camino, siendo consciente en todo momento del que ellos han forjado y que discurre en paralelo al tuyo. Pero llega un punto en el que intuyes que ellos han atravesado lugares más exuberantes, paisajes más gratificantes, que han escalado montañas más altas y han conseguido disfrutar de vistas más majestuosas; un punto en el que comprendes que tú te has limitado a perder el tiempo y a dar vueltas en círculo por llanuras neblinosas. A lo mejor encuentras cierta satisfacción en imaginártelos en las alturas, aun sospechando, aun sabiendo que, en realidad, jamás lograrás situarte a su lado. Merodeas por ahí, viendo pasar los años, haciendo a veces una pausa en tus rondas diarias para levantar la vista, para contemplar su posición, tal vez para impregnarte por un instante de ese anhelo que sientes por ellos hasta que, gradualmente, al final, se pierden de vista.

Jerry Stidwell cogió luego por banda a mi padre y le preguntó si necesitaría yo un psicólogo.

—Me ha parecido que estaba un poco… agitado, eso es todo.

—Stidwell le confesó que su hija se dedicaba al espectáculo

alternativo. Que justo aquella noche actuaba en la ciudad, en un ejercicio escatológico titulado *Heces/Fetos*. Suspiró y dijo—: Supongo que eso que dicen es cierto, Erskine. Que en casa del herrero, cuchillo de palo. —Le dio una palmada en la espalda a mi padre—. Dile que tengo un hueco los martes por la tarde y que estaría encantado de que lo llenara él.

Cuando Corinne me dio la noticia, cogí el coche y conduje como un loco para llegar cuanto antes al Hudson Valley Med Center y poder despedirme de M. Y cuando llegué allí, me enteré de que seguía con vida. Pasé una larga noche sentado a su lado mientras ella dormía, con un flaco funcionario de prisiones dormitando en otra silla. Al amanecer, salí al aparcamiento para respirar un poco de aire fresco. Apoyado en mi coche, levanté la cabeza hacia la ventana de la tercera planta y la observé a través de una veladura de alivio y gratitud. Recé una breve oración para dar gracias a Dios. Y, para ser franco, en aquellos momentos no era un hombre religioso. Pienso que es posible que me convirtiera aquel templado amanecer. Intuí una presencia benigna en aquel aparcamiento urbano, cuando se desconectaron las luces de seguridad y el coro de pájaros empezó obedientemente a despertarse.

A media mañana me crucé con Charlie Polkinghorne en el pasillo del hospital; los intentos de suicidio eran un dolor de cabeza de papeleo para el viejo Charlie. Estaba a la espera de que una máquina expendedora expulsara una taza de chocolate con avellanas.

—No sé qué decir sobre el caso —le dije al acercarme—. Te juro que hice una valoración en profundidad y no detecté ningún tipo de pensamiento suicida.

—Nos las dan con queso, amigo mío —dijo Charlie comprensivo—. Y a veces ni siquiera las olemos.

—Obtuvo un dos en la escala de Hopkins, un resultado muy sólido. Solo tenía un poco de ansiedad. Me pareció una candidata excelente para el Elavil.

Estaba yo sin afeitar, despeinado. Charlie me puso una mano en el hombro.

—No le des más vueltas, Frank. Hemos depositado toda nuestra fe en ti. —Cogió su café y bebió un poco—. Esa señorita estará correteando por el patio en menos de lo que te imaginas.

Me acompañó a la habitación de M. Me incliné un instante sobre su cama. Estaba aún muy hecha polvo, pero me pareció que tal vez, solo tal vez, me había sonreído a través de su neblina. Me enderecé y le cogí la muñeca.

—El pulso es fuerte, tiene buen color —le dije a Charlie—. Pienso que saldrá de esta entendiendo que la vida le ha dado una segunda oportunidad. Espero poder verla de nuevo en mi consulta.

Charlie hizo un gesto de asentimiento y contempló con solemnidad a aquella bella durmiente.

—Eres un buen tipo, Frank. Un buen tipo.

De camino a casa, murmurando frases de agradecimiento por la vida de M, intenté pensar en qué le diría a mi padre después de haber desaparecido de aquella manera. Preocupado, me había dejado varios mensajes en el buzón de voz. Decidí que iría primero a casa, me ducharía y me afeitaría, compraría luego unas cuantas galletas de vainilla y chocolate negro en Zabar's a modo de gesto de buena voluntad en dos colores, se las regalaría y le invitaría a cenar.

Cuando salí del ascensor, me encontré a Truffle acurrucado encima del extintor del pasillo, mirándome con ojos acusadores. La puerta del apartamento estaba abierta de par en par.

—¡Hola! —dije con indecisión cuando accedí al salón.

No obtuve respuesta. No había signos de vida, pero el televisor había desaparecido y solo quedaba el cable colgando.

—Dios —murmuré.

Era evidente que habían entrado en casa un grupo de adictos al *crac*, habían arrancado la tele de su sitio y se habían largado corriendo. Y con las prisas, se les había caído el mando a distancia, que estaba en medio de la alfombra. De un puntapié, lo empujé hacia debajo del sofá y me dirigí a mi habitación.

Y entonces oí un murmullo. Procedente del cuarto de baño. Con el corazón acelerado, entré corriendo en mi habitación y miré a mi alrededor en busca de algún objeto que pudiera hacer las veces de arma, decidiéndome al final por una lámpara de lectura. La desenchufé y la cogí, levantando el brazo.

—¡Voy armado! —grité caminando marcha atrás hacia el teléfono que tenía junto a la cama—. Voy a llamar a la policía.

Descolgué y marqué el 911. El murmullo del cuarto de baño subió de volumen. Oí que corrían la cortina de la ducha, que alguien salía de la bañera. Luego un estruendo: una Hitachi de veintisiete pulgadas estampándose contra las baldosas.

—Aquí el 911. ¿Dónde se encuentra usted?

—En el número 366 de West 84th. Hay un intruso en...

De pronto, se abrió con fuerza la puerta del baño y golpeó contra la pared. Emergió una figura alta y encorvada, con el pelo largo, con los restos de mi televisor a sus pies.

—No, hermano, por favor, no —lloriqueó—. Se me ha caído.

—Déjelo correr, operadora.

Colgué el teléfono. Dejé la lámpara, me senté en la cama y solté el aire antes de intentar recuperar el ritmo de la respiración. Clyde me miraba con expresión infeliz desde debajo de la visera de su gorra desteñida de los Yankees mientras jugaba con nerviosismo con los cordones de una sudadera mugrienta.

—¿Tienes una escoba? —se arriesgó a decir—. Voy a barrer todo esto.

—Esto tiene que ser un nuevo mínimo.

—Solo pretendía empeñarlo. Y lo habría recuperado lo antes posible. Te lo juro.

Suspiré. Aparté los cristales con el pie y corrí a abrazarlo. Esquelético, mi hermano pequeño estaba esquelético. Era como abrazar un saco de palos. Pero su pelo, al rozarme la mejilla, me trajo un montón de recuerdos. El cabello de nuestra madre, el cabello de

Colleen, las mismas ondas suaves, la sensación de una pluma acariciando la piel.

Y entonces caí en la cuenta de que su entrada ilegal a mi casa también podía tener su lado bueno. Lo solté.

—Vuelve a meterte en la ducha. Y enjabónate a fondo. Ya me ocuparé yo de limpiar todo este lío.

Abrí el armario y saqué una camisa azul claro de vestir y unos pantalones de algodón beis para él.

—Frank, tío, lo siento…

Cuando me giré de nuevo, lo encontré, con expresión avergonzada, apartando con el pie las astillas de plástico con aspecto de madera. Me acerqué a él, le quité la gorra, le obligué a dar media vuelta y lo empujé con firmeza.

—Venga, para dentro —dije—. Tu padre nos está esperando.

Era una noche bochornosa de julio, las calles estaban medio vacías y los Lundquist pudimos circular libremente por la ciudad a bordo de una limusina blanca. Cena en el East Side, helado en el Village y una vuelta por Battery para que mi padre pudiera descubrirse ante la Señora Libertad. De vez en cuando, Clyde sacaba la cabeza por el techo abierto del coche, le gritaba a la noche y saludaba levantando alegremente ambos pulgares a los pasmados peatones cuando la limusina pasaba a toda velocidad por su lado. Cuando Clyde volvió a acomodarse en el santuario de cuero blanco, mi padre le pasó el brazo por los hombros.

—Este chico sigue siendo un bromista.

A mí, por otro lado, me observaba con pensativa compasión. Cuando a medianoche nos detuvimos en Chinatown para comer un tentempié, me acribilló a preguntas sobre mi divorcio. Clyde engullía empanadillas chinas una tras otra.

—¿Cuál fue el verdadero problema entre Winnie y tú? —me preguntó con delicadeza—. ¿Fueron problemas de comunicación? ¿Falta de entendimiento sexual? Es evidente que ella se pasaba la vida fuera. Aunque podría ser tanto una táctica para evitarte como realmente un asunto de trabajo. Es difícil decirlo.

Me removí nervioso en mi asiento.

—Mira, papá, de verdad, no tenía que ser y no fue.

—No tendrás ningún problema conmigo, espero… ¿un problema de identidad? ¿Ira?

—No.

—Es que… esa forma de marcharte corriendo anoche.

—Tengo… tengo mucho estrés en el trabajo. Hay una paciente que me ha salido… problemática, y se ha convertido un poco en —me esforcé para encontrar la palabra adecuada— una obsesión para mí. Quiero gestionar el caso correctamente. Será que voy muy cargado.

Asintió con sabiduría y escupió la cáscara de una gamba con sal y pimienta.

—Ese fue el resultado de tu test con seis años, hijo. Un super ego muy fuerte. Extraordinariamente concienzudo. Un seguidor estricto de las reglas.

Sonreí débilmente.

—Otro resultado exacto del test Lundquist. Una precisión predictiva sin igual.

—Sin igual —repitió él asintiendo. Se volvió hacia Clyde—. Y luego tenemos a este chico. Me preocupa. —Mi hermano levantó el palillo para indicar que lo había oído—. El trabajo ese en la panadería, ¿qué tal te va, hijo? ¿Le ves futuro?

Le dirigí un gesto a escondidas a Clyde, para intentar que se bajase las mangas de la camisa. Estaba disfrutando tanto con la comida, que se había subido las mangas por encima de los codos y se le veían las marcas de los pinchazos. Se bajó las mangas.

—Oh, claro, los pasteles siempre están de moda, papá.

Aparentemente, mi padre no se percató de las marcas en los brazos.

—Supongo que es así, Clyde —replicó en voz baja—. Los pasteles nunca dejarán de existir.

—Y sé hacerlos de todos los colores del arcoíris, papá. De todos. Y de algunos más.

A la mañana siguiente, mi padre volvió a casa y Clyde regresó a la de Jimmy con los bolsillos llenos de tiques regalo que le había comprado para ir a supermercados y tiendas de pollos asados. Confiaba en que le fuera más provechoso que el dinero en efectivo. Me compré una nueva Hitachi, con los últimos avances en cuanto a imagen y sonido envolvente. Ya de vuelta en el Centro de Terapia, justo antes de comer, Charlie Polkinghorne me llamó a su despacho. Una gran litografía de Arthur Ashe decoraba una de las paredes y por detrás de su cabeza colgaba una planta cubierta de polvo.

—Pues bien, está confirmado —dijo abriendo una carpeta que tenía sobre la mesa—. La investigación ha demostrado que tu paciente, la del intento de suicidio, estaba almacenando la medicación. Guardándose su dosis diaria, escondiéndola en algún lugar de la celda. —Levantó la vista y unió sus despobladas cejas—. Una coleccionista. —Meneó la cabeza—. Lo cual demuestra mucha premeditación. ¿Tenías algún indicio que te hiciera pensar en eso?

—No —dije rascándome con nerviosismo la barba de dos días—. No vi nada en ella que…

—Relájate, amigo mío —dijo Charlie—. Es el procedimiento, nada más que eso. No estoy culpándote de nada. Pero me toca rellenar todos estos liosos formularios para Albany.

—Entendido. Lo sé —dije, y respiré hondo.

—¿Cómo fue que recomendaste el cambio de Zoloft a Elavil? —preguntó releyendo el dosier.

—Bueno, imagino que… que pensé que un tricíclico le iría bien porque el Zoloft no parecía estar solucionándole los problemas y…

—Por supuesto, por supuesto. —Charlie tomó algunas notas—. El Elavil es uno de mis productos favoritos del botiquín. Muy probablemente, yo habría hecho lo mismo. —Cerró la

144

carpeta del caso y me miró con benevolencia—. Ahora olvídate del tema, Frank. Y recuerda que eres un miembro muy valorado en el seno de nuestra comunidad.

Regresé a mi despacho, cerré la puerta y me quedé en el centro de la estancia. Me pasé un buen rato contemplando los rombos de luz de sol que temblaban en el suelo, sombra y luz sacudidas por el aire caliente que soplaba desde tierra adentro, tal vez desde un lugar tan alejado como Oneanta County, recorriendo el valle del Hudson y atravesando las colinas de Westchester con el fin de incordiar a las agotadas lilas que florecían delante de la ventana del sótano. Intenté reflexionar sobre el pasado. Pensar en la cara de M cuando me pidió «algo más fuerte». En las sesiones que siguieron, cuando estudió rápidamente la receta del medicamento cuando se la entregué. La había ido almacenando. Claro. Y entre tanto, yo seguro de que estaba ayudándola, de que habíamos dado, por el amor de Dios, un buen «paso terapéutico».

Ella siempre había tenido un plan.

Me la había jugado.

Me había reconocido como el blanco de una diana. De su diana.

¿Cómo había dejado que sucediera aquello?

Y aquella idea loca de «liberarla». ¿Qué motivos tenía yo para ello? Al fin y al cabo, esa mujer era una asesina.

Pero.

Pero a lo mejor no lo era. A lo mejor fue todo en defensa propia, un accidente, un fallo de la justicia. A lo mejor M era simplemente lo que yo percibía que era: una persona perdida y sola, abandonada, catapultada hacia circunstancias terribles, una mujer que había caído lentamente en picado hacia un destino tan funesto que se había agarrado a su única oportunidad de cambiarlo drásticamente. De acabar con él. Dispuesta a hacer lo imposible, a engañar a quien tuviera que engañar, con tal de quitarse de encima sus ansiedades, de liberarse por fin.

* * *

De un modo u otro, acabé aquella noche en mi apartamento, no tengo ni idea de cómo llegué. No recuerdo haber conducido por el Saw Mill, ni haber aparcado el coche. Me cambié, cogí la pelota de baloncesto y puse rápidamente rumbo hacia Riverside Park. El Hudson gaseaba una neblina húmeda y tenía el aspecto de un calientaplatos emitiendo vapor en un viejo restaurante de Eighth Avenue. Los últimos paseantes de perros circulaban tranquilamente por los caminos. En cuanto llegué a las pistas situadas en la orilla, empecé con apatía a lanzar tiros libres, observado tan solo por una ardilla sarnosa que rebuscaba en los restos de la papelera para ver si encontraba algo para cenar. Me propuse hacer un intento de comprenderlo todo.

La ardilla encontró un panecillo de hamburguesa. Pasó junto a la pista un corredor con el latido acelerado. Un helicóptero zumbaba a lo lejos. La luna emergió entre la neblina, suavizada, titubeante, una luz submarina en una piscina de aguas sucias. Y, claro está, la respuesta apareció, porque hasta aquel momento había permanecido enterrada dentro de mí, a la espera de que llegara un momento de introspección sincera.

Concepto básico: nos hacemos mayores, crecemos, luchamos con diligencia para evolucionar y progresar, pero, debido a una ley ineludible de la naturaleza, el yo adolescente sigue siendo el yo esencial. El núcleo inalterable. Puedes huir de él, pero él huirá contigo. Te seguirá por cualquier sendero, por los pasillos de los sótanos. Y a veces te atrapará, te rodeará con sus brazos larguiruchos, te humedecerá la nuca con el calor de su aliento.

Yo estaba atrapado por aquel alumno de instituto. Por aquel chico. Y seguía aún cautivado por ella, seguía todavía colgado de la pared del vestuario, incapaz de apartar la mirada.

Si algún paseante de perros me hubiera dejado en aquel momento una libreta, podría haber dibujado de memoria las muñecas de M. Delicadas y nudosas, recorridas por venas de color lavanda bajo una piel marfileña. Podría haber trazado el arco de sus cejas y la curva de su mandíbula. El tono y el brillo de su cabello, como cobre acariciado por la lluvia.

Había sido incapaz de apartar la mirada, y ella me había cegado.

Unas cuantas mañanas después de visitar a M en la Unidad Satélite de Psiquiatría, crucé el puesto de seguridad con el corazón en un puño. Solo existía una línea de actuación, eso estaba clarísimo. Intenté no culparme por ello; los que ocupamos el sillón del psicólogo somos tan humanos como cualquiera. A veces, un paciente nos resulta atractivo: al fin y al cabo, compartimos sus secretos, reímos y lloramos juntos, y nosotros no dejamos nuestras hormonas en casa, guardadas a buen recaudo en una caja. Las emociones salen a relucir. La intimidad del intercambio terapéutico es intensa. Y cuando el profesional acaba viéndose afectado, no le queda otro remedio que buscar fuerzas en su interior. Autodisciplina, autocontrol. Privarse de sus necesidades.

Comprendí que tenía que mantenerme firme, aferrarme a la decisión que había tomado durante la sesión previa a su sobredosis. No tener más contacto con M.

Imelda, la recepcionista, que llevaba el pelo recogido en un moño vertical que convertía su cabeza en un punto de exclamación, me entregó la agenda de la jornada.

—Hola, ¿qué tal está, doctor? —dijo con una sonrisa.

—Aún no lo sé —repliqué.

Caminando por el pasillo en dirección al despacho, le eché un vistazo a la agenda. Al nombre de la visita de las nueve de la mañana.

Levanté la vista. Allí estaba, sentada en el banco que había junto a la puerta de mi consulta, jugando nerviosamente con la cola de caballo que le caía sobre un hombro. Se me compactaron los pulmones, el aire quedó bloqueado en su interior.

—Buenos días —conseguí decir.

Se levantó y echó a andar hacia mí.

—Lo siento mucho.

Sus iris, multicolores, aquel aerosol de pequitas claras. «No mires», me dije regañándome.

—¿Ya has salido de la Satélite?

—No, aún no. La semana que viene me mandarán de nuevo con todo el mundo. Pero hice una solicitud especial para que me dejaran venir a tu consulta.

Abrí la puerta del despacho y le indiqué con un gesto que pasara. La luz confusa de la mañana suavizaba las formas de la estancia. Dejé los fluorescentes apagados.

—Se te ve muy mejorada.

No tomó asiento en la silla destinada a las pacientes, sino que se puso a deambular por el despacho mientras yo dejaba mis papeles y mi maletín. Era consciente de todos y cada uno de los pasos que estaba dando, del ángulo de su barbilla y de los lugares donde dejaba descansar la mano, en la esquina del archivador, en el perfil cromado del respaldo de la silla.

—Lo siento mucho —volvió a decir—. Confío en que mi… en que lo que pasó… no te acarreara ningún problema.

—Bueno —dije con cautela—. Supongo que me concentré en exceso en engañarme a mí mismo.

Se quedó mirándome. Pero fue como si no hubiera oído mi comentario.

—He venido a disculparme. Por haber estado visitándome contigo con falsas excusas. —Apoyó una cadera contra la mesa y me miró con expresión solemne—. En realidad, la terapia no me interesaba. No me interesaba mejorar. Solo quería irme de aquí.

Asentí.

—Es comprensible —dije.

Sin entender de dónde salía, empecé a notar humedad en el cuero cabelludo, en la parte baja de la espalda. Respiré hondo.

—E intuiste que yo podía ayudarte.

Levantó las cejas, confusa.

—Por nuestra relación —dije.

Intenté mantener una expresión serena, pero mi cara estaba

blanda y acalorada, como goma caliente, incapaz de conservar la forma.

Se sentó lentamente en la silla de las pacientes.

—Así que me recuerdas —dijo por fin.

—Desde el segundo en que te vi. Al instante. Te reconocí.

Me miró fijamente y enseguida bajó la vista.

—A mí me costó un tiempo —musitó.

—Tu taquilla estaba justo al lado de la puerta del aula de mecanografía. —M asintió—. Llevabas siempre una cazadora vaquera blanca. Y un pendiente con un Pegaso. En la clase de Trigonometría de Showalter te sentabas al lado de esa amiga tuya...

—Ellen no sé qué.

Me miró de nuevo.

—Salías con Brian Fuller. Hacías cerámica. Tu coche era de un tono granate. ¿Un Toyota cinco puertas?

—Tu capacidad recordatoria es mucho mejor que la mía —dijo.

—Ganaste los cincuenta metros lisos contra Westlake.

—Por Dios. —Meneó la cabeza mirándose las manos que reposaban en su regazo—. Yo no recuerdo prácticamente nada. Solo vagamente... solo tu nombre. Me sonaba de algo, pero poco.

—Yo era muy tímido. Un chico tímido. —Me ruboricé al decirlo. Una ridiculez—. Y ahora ya ves... con esto estamos infringiendo todos los códigos éticos.

Suspiró.

—No me imaginaba que me conocieras, pero... te intuí... no sé. Que tenías cierta debilidad hacia mí.

—Y que te daría el Elavil —añadí en voz baja.

—Ahora estoy muy agradecida de que no funcionara —dijo—. Tremendamente agradecida. Lo único que me gustaría saber es cómo voy a vivir mi vida de aquí en adelante.

Volvió las palmas de las manos hacia arriba, como si estuviera leyéndolas.

—Así que estabas en clase de Trigonometría. —Me miró de nuevo—. No lo recuerdo.

—Por aquel entonces era muy tímido —me oí decir otra vez.

Le di la espalda. Y miré por la ventana, por encima de los arbustos, miré las nubes cargadas de lluvia que se desplazaban corriendo hacia el este, hacia el océano. El calor que sentía en el pecho era extraordinario. Mi corazón florecía, era un bulbo de adrenalina pura. Me llevé la mano a la frente, la tenía empapada.

—¿M? —dije, sin dejar de mirar por la ventana—. ¿Qué te parecería que te sacáramos de aquí?

Silencio. Notaba sus ojos clavados en mi espalda. Me giré hacia ella. Me estaba mirando como si fuera un desconocido en el autobús.

—¿Sabes qué estoy diciéndote? —Mi voz se había vuelto muy grave.

—Ni idea —replicó.

Volví a tomar asiento.

—Quiero ayudarte, de verdad. Y compartimos una historia. ¿No?

No dijo nada. Seguí hablando a trompicones.

—Fuiste… eres… una persona clave para mí.

Un rubor en sus mejillas. Ascendiendo gradualmente, como el agua sobre la arena, grano a grano.

—No estoy segura de entender lo que estás diciéndome —dijo muy despacio.

—La verdad es que tampoco lo estoy yo. —Me rasqué la barbilla, intentando reunir unas cuantas palabras que fueran de utilidad—. Mira, me encuentro en un momento muy raro. En mi vida.

Me miró fijamente.

—Perdí mi consulta, me he divorciado.

—Mucha gente se divorcia —dijo—. Eso no es nada. Por Dios, eso no es nada. Basta con mirarme a mí, por ejemplo.

Bajé la vista hacia la mesa.

—No puedo hacer otra cosa que no sea eso. Mirarte. Pensar en ti. Pensar en cómo puedo ayudarte. Siento que quiero ayudarte.

El silencio, durante una prolongada pausa, se instaló entre

nosotros. Nos recubrió. A ella, a mí, a la mesa, a la silla, al archivador, a la tetera, a toda aquella condenada estancia.

Hasta que lo vencí.

—Parece que la terapia no es la solución, M.

—Parece que no —dijo.

Y entonces lo vi, en sus ojos. Una llama remota, como en el fondo de una cueva. Un resplandor lejano de… no veía muy bien de qué. De alarma, quizás, o de esperanza.

—Podría limitarme a decirlo claramente —dije.

Hizo un leve gesto de asentimiento.

—Por favor.

Me incliné hacia delante y apoyé ambas manos sobre la mesa para estabilizarlas. No dejaban de temblar.

—Escapar —dije—. Te sacaremos de aquí —dije—. Escaparás —dije—. Saldrás de aquí.

LA DECISIÓN

10

SEPTIEMBRE DE 1999

La nieve. A buen seguro, la nieve tuvo algo que ver. Sin el obstáculo de la negrura, saliendo de ninguna parte, tan sobrenatural, tan abundante. Tan transformadora. La orgullosa ciudad se quedó muda y blanca. Nueva York sometida. La nieve ganó la partida.

Una fiesta de cumpleaños en Morningside Heights. De eso hacía cinco años. Los meteorólogos llevaban toda la noche hablando maravillas por la televisión, murmurando de admiración como padres primerizos orgullosos de su bebé sano y fuerte. Treinta centímetros. Cuarenta centímetros. Y oye esto: acaban de informar de que en Pelham Parkway la cota alcanza los treinta y dos centímetros. Parece irreal.

A la fiesta solo acudieron cinco personas. Cinco personas y una caja entera de vino tinto mediocre. Una de esas personas era Miranda, que había cruzado la ciudad en un autobús que patinaba por todos lados y había conseguido mantener en equilibrio, entre sus manos enguantadas, la caja que contenía una tarta de almendras con nata. Otra era la homenajeada, una diseñadora gráfica llamada Gillian, la favorita de Miranda en el piso compartido de Jacobs-Hahn, con su risa, su mirada escéptica y su pelo con mechas de colores y de punta que sobresalían como antenas de insectos. Otra era la anfitriona, Ann, pintora, guapa, que no paraba de morderse las uñas y que conocía a Gillian de la universidad, y otra era el novio de Gillian, un corredor de bolsa español que parecía un dandi.

Y la última era Duncan McCray.

Miranda había llegado a la estabilidad de los veintiséis. Los años del «por qué no» habían tocado a su fin. Nicky Scorza le había dado un buen susto, se había mantenido prudente y abstemia desde el incidente que había vivido con él en otoño. Evitaba los bares, trabajaba, pasaba las noches leyendo.

—… y este es Duncan. Duncan, Miranda.

Él asintió. Repitió el nombre de ella.

Después, en la cocina minúscula, sacando el pastel de la caja. Gillian entró en estampida y consiguió cerrar de un portazo a sus espaldas la puerta medio rota de la cocina, amortiguando con ello el sonido de la música y de la risa estridente de Ann.

—Por favor, por favor, enróllate con él para luego poder contármelo todo —dijo Gillian—. Y quiero conocer hasta el detalle más sórdido.

—No tengo ni idea de qué me hablas.

—Le has entrado por los ojos, Miranda. Y es evidente que él también te va. —Se apoyó en la encimera y le sonrió—. Se te nota.

Miranda colocó la tarta en una bandeja.

—Pero si está sentado con Ann en ese sillón grande.

—Es su primo, Miranda —dijo Gillian. Rio entre dientes—. He oído contar leyendas sobre él. No lo recomendaría como una inversión a largo plazo, pero a corto… anda que no.

Siguieron a aquello minigolpes metálicos: Miranda abriendo y cerrando los cajones de Ann en busca de un cuchillo.

—He hecho voto de celibato.

Gillian se giró y cogió un cuchillo de trinchar que había en un estante.

—No puedo quitarle los ojos de encima —dijo pasándole el cuchillo a Miranda—. De no estar aquí Raf, reconozco que sería un caso perdido. Hundió el dedo en el glaseado y se lo chupó hasta dejarlo limpio—. Humm… me encanta mi tarta de cumpleaños. —Miró a Miranda—. ¿Y tú? ¿Eres también un caso perdido?

Cortó la tarta por la mitad, luego en cuartos. Era demasiado grande para aquella reunión mermada por la tormenta de nieve.

—No, te lo digo de verdad.

—No gastes saliva inútilmente, Miranda. —Gillian cogió la bandeja y sonrió—. A ti y a mí nos gusta el mismo tipo de hombre. A mí no me engañas.

Miranda se marchó sola de la fiesta. O eso creía. Porque cuando dobló la esquina del pasillo para coger el ascensor, lo encontró allí, poniéndose un abrigo negro de lana, envolviéndose el cuello con una bufanda gris.

—¿Con qué vuelves a casa? —preguntó él.

¿Fue por sus ojos? La mirada era intensa, azul oscuro, vigilante, reacia, ocultando alguna cosa, una intención sumergida. No pudo mirarlos más que un instante, no lo suficiente para poder interpretar aquella mirada correctamente.

—Pues no lo sé muy bien —respondió ella—. Con lo que encuentre que funcione. —Se abrieron las puertas; el ascensor les ofreció sus paredes de color morado y sus pasamanos de latón, les dio la bienvenida y los encerró en su interior—. ¿Y tú? —se aventuró a preguntar mirándolo de reojo.

El pelo le caía justo por encima del cuello del abrigo. Castaño con reflejos rojizos. Como el de ella, un poco, pero más bonito, la verdad.

—Vivo justo aquí en la esquina —respondió. Se volvió hacia ella, la sorprendió mirándolo. Sonrió—. Por si no puedes llegar a casa.

Pasmada, notó que el pulso se le aceleraba. Tenía la sensación de que el descenso del ascensor la estaba mareando. Apartó la vista para intentar sosegar el ritmo de la respiración.

Aquella noche no se acostó con él. Entró corriendo en el metro, que nunca llegó, de modo que acabó llamando un taxi, realizando un recorrido intrépido por las calles y pagando treinta dólares por ello. Pero él la llamó al día siguiente, y después de la caminata de rigor por el paisaje nevado del Village, acabaron en el apartamento de ella. Le sorprendió que fuera tan experto; sin ni siquiera darse cuenta, mientras ella estaba atareada con el falso pretexto de preparar un café, se lo encontró detrás, abrazándola y desabrochándole un botón de la blusa. Con cuidado, pues la mano le temblaba, ella acabó de llenar la cafetera de agua. Dejó la jarra en la encimera y se volvió hacia él, con la sensación de que el aire, y tal vez también el alma, estaban abandonándola, pero sin importarle especialmente la posibilidad de que fuera así.

Hubo un momento en el que cayó en la cuenta: jamás había sentido nada igual, nunca en su vida había deseado tanto a alguien. Y justo en aquel instante, él se detuvo y la apartó de él unos segundos. Se quedó con la respiración entrecortada. La estaba mirando con… ¿con qué? ¿Con desapego? ¿Con cariño?

—¿Voy demasiado rápido? —murmuró—. Porque no es necesario follar. Podría simplemente abrazarte.

Miranda se pasó toda la noche mirando el techo de la celda, las sombras de humedad que, con la luz que se filtraba desde el puesto de seguridad, parecían formar un trío de caras tristes. Caras tristes, manchadas. Intentó cerrar los ojos, leer, repasar mentalmente viejas canciones de la radio.

If you leave me now, you take away the very heart of me.

El sueño no quería llegar.

Llevaba así una semana. Pasaba el día entero arrastrándose. En su nuevo trabajo en el grupo de alfabetización había estado dormitando mientras las demás mujeres leían con dificultad las historias de Bill y Jan que llenaban las páginas de *El alumno adulto: Bill y Jan cocinan, Bill y Jan van a correr, Bill y Jan van en avión*. Una de sus pupilas la sorprendió roncando.

—¿Lo ves? Esto de los libros es de lo más aburrido —dijo tirando el libro al suelo.

Podía darle las gracias a Frank Lundquist. El compañero de instituto al que recordaba solo de forma muy vaga. Sí, había intentado jugársela cuando lentamente, muy lentamente, fue cayendo en la cuenta. Apenas recordaba su nombre, de alguna vez que pasaban lista o de algún registro de notas. No conseguía rememorar su cara, no le había dejado ningún tipo de impresión, al parecer. Pero aun así, el débil bosquejo de una historia compartida, eso sí que era algo con lo que poder trabajar. Pensó que lo jugaría con tranquilidad e inteligencia, pero él ya la había identificado, mucho antes. La había reconocido desde el mismo instante en que cruzó el umbral de la puerta.

Era evidente que no era un genio del crimen. De eso, al menos, estaba segura. Pero, con todo y con eso, había conseguido lo que quería, las pastillas, y las había utilizado, y se alegraba de que su plan no hubiera salido como esperaba. Había decidido verlo una última vez, simplemente para disculparse. Para sincerarse, como parte de su nuevo yo.

Y le había salido con aquella propuesta absurda.

Si, por algún milagro, conseguía hacer realidad aquella idea estrafalaria de fugarse de la cárcel, ¿qué pasaría?

Absurda. Esa era la palabra que le venía a la cabeza.

Parecía buena persona. Parecía preocupado por su bienestar. Y sí, cuando se entretenía dándole vueltas a aquella pelotita de baloncesto de espuma mientras charlaban, Miranda se había fijado en sus antebrazos y en sus manos grandes y de tendones largos. Sí, su rostro tenía cierto atractivo, humilde y rubicundo. Aquellos rizos rubios rebeldes, demasiado desgreñados a veces.

Retiró la manta de una patada, de otra patada la tiró de la cama.

Ojalá pudiera dormir.

De vuelta en la Unidad C, se planteó un proyecto personal. Reunir los ingredientes necesarios para prepararle un *risotto* a April. Era el plato que mejor le salía cuando cocinaba para Duncan McCray. Y ahora quería prepararlo para la mejor amiga que había tenido en su vida. Su pequeña salvadora, cuyo vínculo era extremadamente profundo, básico para su vida. Aunque últimamente April estaba como desconectada. Durante la pasada semana, Miranda se la había encontrado dos veces llorando en su habitación. ¿Sería tal vez porque la recién llegada, Nessa, la había ofendido de alguna manera? A Miranda le parecía una chica sosa y cascarrabias, pero a April se la veía encantada con ella, estaba como embelesada; cuando iba con ella, era todo sonrisas y la miraba con sus bonitos ojos maquillados abiertos de par en par. Pero algo había cambiado, aunque no sabía decir qué. Ahora, se hizo un ovillo en la cama, escondió la cabeza entre las manos y dijo:

—Estoy cagada de miedo, Mimi. Si me muero aquí, mis padres no vendrán a por mí. Me enterrarán con los vagabundos. Tengo mucho miedo.

Y no dijo nada más. Se metió en la cama y no quiso levantarse. Llegó entonces Carmona diciendo:

—Señoritas, mejor que vayáis a formar filas si queréis disfrutar de vuestro tiempo de paseo.

—Tengo retortijones —dijo lloriqueando April.

—De acuerdo. Y a ti, Missy May, ¿a ti qué te pasa?

—Ya voy.

Miranda salió de la celda a regañadientes. Y mientras se sumaba a las demás mujeres que formaban fila junto a la puerta de salida de la unidad, se preguntó una vez más por qué estaría April tan inquieta.

—¡Mimi! —Lu apareció de repente a su lado—. Ven a caminar conmigo, estoy muy feliz.

Con un triángulo de algodón blanco cubriéndole su pelo rubio, Lu parecía una hermosa obrera de un mural estalinista. Con sus pómulos marcados y sus ojos de color turquesa.

Se abrieron las puertas de la unidad y la columna de mujeres, a empellones y parloteando, avanzó por el pasillo.

—Sí, hoy estoy feliz —dijo Lu—. Visha y el pequeño Visha van a venir y podremos tener un vis a vis.

—Mi madre también va a venir. Pero no para un vis a vis.

—Tu madre es una señora muy guapa —dijo Lu—. La vez que la vi llevaba unos pendientes preciosos.

Un grupo de funcionarias montaron guardia mientras las mujeres se desperdigaban por el patio. El cielo de septiembre estaba inmaculado y luminoso como un cristal azul, los árboles empezaban a entregar al amarillo alguna que otra hoja.

Miranda se volvió hacia ella.

—April está muy baja. No sé por qué.

—Aquí todas nos ponemos tristes, Mimi. —Lu se acercó a ella como si fuera a confiarle un secreto—. No es lo que se dice un lugar fabuloso. —Se frotó con las manos los brazos desnudos—. Ya refresca. Pronto llegará el invierno. A lo mejor es el cambio de tiempo lo que pone triste a April.

—Se crio en Florida, el estado del sol, dicen.

—A diferencia de mí. Yo vengo de la nieve. —Lu frunció el ceño e inspeccionó el patio con la mirada. Los grupos habituales reunidos alrededor de las mesas de pícnic habituales, otras sentadas en el asfalto.

—La semana pasada Visha dio un buen golpe, Mimi. Le cortaron la lengua al tío, y también las pelotas.

—Por Dios —dijo Miranda.

—Después lo mataron, claro está. Estaba espiándola, creen. —Meneó la cabeza y chasqueó la lengua con consternación—. Le está bien empleado por soplón. Irá al infierno.

Llegaron al camino que seguía el perímetro de la alambrada. Miranda se sujetó a la valla con una mano, mareada, como solía sucederle cuando Lu le comentaba las hazañas de su marido. Era un tipo de información que no deseaba conocer. Lu confiaba totalmente en ella. Al parecer, pensaba que Miranda también había sido novia de algún gánster, por mucho que hubiera intentado explicarle que no era así.

—Voy a bañarme con gel de baño Chanel n.º 19 antes del vis a vis, Mimi. Para Visha. Un baño caliente.

—¿Y cómo piensas hacerlo? —preguntó Miranda.

161

En su edificio solo había una bañera, en el cuarto de baño de la enfermería de la cuarta planta.

—A través de mi querido señor Liverwell. Me llevará arriba cuando pasen lista. —Sonrió y le guiñó el ojo a Miranda—. A lo mejor le doy un besito.

Miranda meneó la cabeza perpleja. Nadie aprovechaba todos los recursos mejor que Lu.

—Me voy a jugar al baloncesto con las mujeres de la Unidad B —dijo Lu—. Adiós, cuervecillo.

Le estampó un besito a Miranda en cada mejilla y echó a andar cruzando el césped, balanceando sus brazos largos y elegantes.

Descubrió que podía conseguir mantequilla, cebollas y ajos gracias a una de sus alumnas de alfabetización, que trabajaba en la despensa del Zoo y lo robaría a cambio de que Miranda le redactara un buen informe para el comité que gestionaba las peticiones de libertad provisional, algo que Miranda habría hecho encantada sin ningún tipo de intercambio de por medio, pero Cristal prefería no sentirse en deuda con ella; estaba en la cárcel por estafa con tarjetas de crédito.

Mami, la reina de la cocina, le prometió unos cuantos cubitos de caldo.

—Arroz arborio y... ¿qué pone aquí? ¿Hebras de azafrán? —Barb Green miraba, perpleja, el trozo de papel que Miranda le había entregado en el transcurso de la siguiente visita. Barb nunca había sido una gran cocinera—. ¿Y esas cosas puedo comprarlas en Safeway?

—Para ti será una aventura.

Detrás de ellas, una familia de nigerianas —una reclusa y sus cuatro hermanas— entonaban canciones religiosas en voz baja. Todos los presentes en la sala de visitas, incluso los funcionarios, incluso los niños, parecían haberse sosegado con aquellos cánticos.

Barb se guardó la nota en el bolsillo de la americana.

—*Risotto* en la cárcel. Jamás me lo habría imaginado.

Algo había en aquella cara. Algo diferente tenía la cara de su madre.

—No puedo creerlo. Te has retocado los ojos.

Su madre hizo un mohín.

—Me he cambiado el peinado.

—¿Y quién ha decidido que necesitabas cirugía estética? ¿Alan Bloomfield?

—No es cirugía —replicó enojada su madre—. Una incisión minúscula. Dos. Con anestesia local y en la consulta del médico. Fue idea mía. Y lo único que hizo Alan fue apoyarme.

—No creo que la necesitaras. Pero si te sientes mejor…

La necesitaba, claro. Por el mal trago que le estaba haciendo pasar Miranda.

Su madre sonrió.

—¿Parece que tenga treinta y cinco años?

—Mamá, la que tiene casi treinta y cinco años soy yo.

—No puedo creerlo. —Barb suspiró, le cogió la mano a Miranda y la retuvo, estudiándola. «Tengo la certeza de que Jesús es mío —cantaban las mujeres—, oh, qué anticipo de la gloria divina»—. Estaba pensando, el otro día. En enero hará veinte años del accidente. No me hago a la idea, ¿y tú?

—No, la verdad es que no. —Posó la mano que tenía libre sobre la de su madre—. El tiempo pasa muy despacio aquí dentro. Pero parece como si Amy… como si hace tan solo diez minutos aún estuviera viva. Como si yo estuviera en su habitación viéndola ensayar un baile. Para un encuentro de antiguos alumnos, quizás. Con aquel vestido azul de manga larga.

Una leve sonrisa.

—Te lo pusiste para el baile de graduación. En su honor.

—¿Eso hice?

Miranda no lo recordaba, no se había acordado más de eso.

Aunque había recuerdos tan precisos, tan en tecnicolor, que los almacenaba impregnados con todos los sentidos. El crujido, cuando su madre y su hermana desplegaron flores de papel de color fucsia antes de una fiesta de cumpleaños. El olor a salsa chamuscada del horno, cuando delante de la tele cenaban Salisbury *steak* con judías verdes. Las músicas de los anuncios y las bandas sonoras, claro está. El hormigueo aterciopelado en la punta de los dedos al acariciar el relieve del papel pintado. Un bote para los lapiceros, que no era más que una lata de zumo de naranja decorada con pasta de sopa pintada de colores, que ocupaba un lugar de honor en la mesa de despacho de su padre en el Rayburn Office Building. Los nombres de los socorristas con los que flirteaba Amy en la playa, con aquel bañador con estampado de estrellas fugaces.

Pero en lo referente a los años posteriores a lo de Amy, a los años que siguieron a aquello, los recuerdos eran escasos. Miranda había pasado a estudiar en la escuela pública, en vez de seguir en Potomac Day, donde siempre iba a ser conocida como la hermana pequeña de la chica muerta. No quería que la señalaran de aquella manera. De modo que, a pesar de que sus padres tenían sus recelos —«Una escuela pequeña siempre te respaldará más, en una escuela grande te sentirás perdida», decían—, empezó el curso en el gigantesco instituto Lincoln High. Recordaba más o menos el día, cuando llevaban unas semanas de curso, en la que le pareció que podía ser seleccionada para el equipo de atletismo. Su madre llamó al entrenador, que la convocó durante la clase de Gimnasia y le comunicó que, si aún lo quería, podía incorporarse al equipo universitario júnior. Barb le juró que no le había contado lo de la muerte de Amy al entrenador, pero Miranda sabía que mentía. Cada vez que el entrenador la miraba, percibía la compasión en sus ojos.

¿Y además de eso? Desde la confesión de Frank Lundquist y su absurda propuesta, había pasado horas y días intentando reconstruir aquellos años en el instituto, aquellos años perdidos después de lo de Amy. El periodo de la infausta segunda campaña de su padre, de su supuesto regreso a la escena política: todo aquello sucedió siendo ella estudiante de primer año en Lincoln, pero no recordaba nada. Excepto que se había negado a colaborar en la campaña. Igual que su madre.

Por lo demás, aquellos meses y días eran páginas que faltaban en su vida. Barridas, siguiendo los pasos de su hermana, un tiempo que se había marchado volando.

Recordaba la graduación. Recordaba haber avanzado tambaleándose por el escenario con aquellos tacones altísimos, extender la mano para recoger su diploma; recordaba su mirada cayendo sobre una figura solitaria con traje oscuro, de pie en la parte posterior del abarrotado auditorio, un asistente que no había recibido invitación. Su padre. Y que él se dio cuenta de que ella lo había visto y entonces la saludó con la mano. Un gesto mínimo y tenso, una sonrisa tentativa. Y las lágrimas ardientes que se le acumularon en los ojos en aquel momento, el temblor que ascendió por su espalda, por su vientre, por su corazón. Pensó que iba a desmayarse, pero no. Cuando abandonó el salón —a trompicones, con aquellos tacones espantosos— en compañía del resto de los graduados, él ya se había esfumado.

Aquella imagen sí la había guardado. Si alguna vez oía, aunque solo fuera un par de compases de *Pompa y circunstancia*, los temblores volvían a atacarla.

Unas semanas más tarde, cuando corría para llegar a su puesto de trabajo como tutora, él la abordó en el pasillo, delante del aula. Llevaba una camisa blanca inmaculada, con uno de los lados asomando por fuera del pantalón.

—Miranda —dijo.

—Creo que no deberíamos hablar más —dijo ella.

—Espera…

—Déjame en paz, por favor —le instó ella—. Estoy floreciendo donde me han plantado.

Dio media vuelta y siguió corriendo por el pasillo desierto.

Oyó que volvía a llamarla, pero no se volvió.

11

CUANDO SE INTERRUMPA LA TERAPIA, EL BIENESTAR DEL PACIENTE SERÁ CONSIDERADO FUNDAMENTAL
(Estándar 10.09)

Cuando era un adolescente, devoraba historias sobre hombres que actuaban guiados por la pasión, por un objetivo que dictaba todos los movimientos del héroe. Un Patton, un Jack London, un Joe Montana. Hombres de acción, de motivación. Hombres que habrían compartido mi máximo en la curva de Lundquist. Arropado en la cama por las noches, mirando más allá de las cortinas hacia un cielo nocturno desprovisto de estrellas por culpa de las farolas del vecindario, rezaba para que llegara el día en que me fuera revelada mi misión secreta. Intentaba pedir instrucciones tan precisas como un rayo láser. Pero llegaba la mañana, con el Top 40 sonando en la radio del despertador, y los días transcurrían, pasando de una cosa a la siguiente sin una dirección clara, igual que la bola que rebota en una máquina de *pinball*, exámenes de Química, películas animadas de Driver Ed y gente que no me activaba para nada la imaginación. ¿Era esto la vida?

Un día, cuando estaba cursando séptimo, mi madre me arrastró para ir de tiendas y comprarme un par de zapatos de vestir para el funeral de mi abuelo. Mi abuelo era optometrista.

—Así que hacía gafas para la gente —dije mientras esperábamos a que el dependiente me trajera unas botas marrones—. Ese era su objetivo en la vida.

—Bueno, sí. —Tapó mejor a Clyde, que era un bebé y dormía plácidamente en el cochecito a su lado—. Y se casó con tu abuela y nos criaron a tía Laurie, a tía Betsy y a mí.

Suspiré y descansé la barbilla en la mano mientras veía pasar el tráfico al otro lado del escaparate, marrón, azul, rojo, marrón, azul, plateado, azul. Los colores se repetían, con un código misterioso transmitido única y exclusivamente para mí, mientras permanecía sentado en aquella zapatería de Rockville Pike. No le encontraba el sentido.

—¿Estás preocupado por algo, Frank? ¿Hay alguna chica?

Me volví hacia mi madre.

—Reconócelo. Lo del sentido de la vida no existe. Ese es el gran secreto que todo el mundo intenta ocultar para que sus hijos sigan haciendo los deberes.

Me miró sonriendo.

—Eres un amor —dijo—. ¿Tienes idea de lo mucho que te quiere tu madre?

—Vamos. Lo digo en serio.

—Mira, ¿por qué no dejas por el momento de dar vueltas a estas cosas? —dijo—. Cuando haya pasado todo esto, ya lo habrás averiguado. O te habrás olvidado incluso de que lo habías preguntado.

La miré con exasperación. El dependiente se arrodilló delante de mí con el calzador. Y mientras el hombre metía mis pies a la fuerza en unos rígidos y relucientes zapatos de cordones, mi madre me acercó la mano para retirarme el pelo que me caía sobre la frente.

—Eres una persona con un carácter inmenso —dijo—. Tal vez ahora no te lo parezca, pero sorprenderás a mucha gente. Igual que tu abuelo Dan.

Jamás he comprendido que quiso decir con aquello. ¿A quién sorprendería el abuelo Dan? Vivió toda su vida en Baltimore, vendiendo gafas. Por lo que yo sabía, las únicas cosas que habían despertado su pasión eran las partidas de Gin Rummy y pescar cangrejos en la bahía con la ayuda de un cuello de pollo atado a una cuerda. Pero supongo que mi madre sabía cosas sobre él que yo nunca sabré.

Y en cuanto a calificarme a mí de persona con un carácter

inmenso... Es posible, dependiendo de la variedad de caracteres que uno tenga en mente.

El día después de proponerle la fuga a M, Winnie me llamó al despacho desde un avión que en aquel momento estaba sobrevolando el golfo de México. Dijo que teníamos que hablar y me pidió que quedáramos en un bar de Columbus que a ella siempre le había gustado. A mi entender, las copas que servían allí eran cortas y carísimas. Pero de acuerdo, le dije. Al menos volvíamos a hablarnos. Me dolía que lo nuestro hubiese acabado tan mal.

Mientras circulaba por la Saw Mill River Parkway, de vuelta a casa, me sumergí en los sonidos de los setenta. *Little Willie, Willie won't go home, but you can't push Willie 'round, Willie won't go.* Lo que fuera con tal de tener la cabeza ocupada. Lo que fuera con tal de distraerme de la idea de saber que en el fondo de mi existencia se había abierto un orificio de drenaje y que unas fuerzas succionadoras, centrífugas e inexorables estaban tirando de mi corazón para arrastrarlo por él. Con M era como si me hubiese zambullido en alguna cosa. Había lanzado la caña en aguas oscuras y ya era imposible rebobinar el carrete. Y no sabía dónde acabaría aquello, dónde se agotaría el sedal, en qué terreno, marcado por las garras o cubierto de huesos, acabaría esta aventura.

Esta huida. Y M. A lo mejor M era esa pasión rectora que tanto había estado anhelando, ese rumbo a seguir.

Aunque lo más probable era que M fuera simplemente un avatar más de la aleatoriedad. Otro giro rocambolesco del destino. Un actor secundario de mi pasado lejano, arrojado de nuevo en mi vida por la estúpida rueda de la fortuna, que había regresado para hacerme dar vueltas hasta marearme y empujarme hacia un futuro desconocido, insensato y, con toda probabilidad, desagradable.

No lo tenía claro.

No me atrevía a preguntarme si quería a M. Si estaba enamorado de ella. Si entendía siquiera el concepto del amor, a pesar de toda mi labor profesional, mi formación y mis títulos, a pesar de mis intentos de sanar el corazón desgarradoramente roto de mis pacientes.

Al fin y al cabo, había empezado tarde. Hasta los quince años apenas había hablado con alguna chica; antes de eso, la estantería de cómics de cualquier tienda siempre me había resultado mucho más atractiva. Pero entonces llegó el amor nunca correspondido hacia M. Y ese sería más o menos el modelo que se seguiría aplicando en la universidad: me estrellaba continuamente debido a mi timidez y me vi rechazado por diversas compañeras de estudios. Con veintitrés años, cuando vivía en Nueva York y me peleaba por sacar adelante mis trabajos para graduarme por la NYU, me di por vencido en cuanto a la belleza. Me alié entonces con una serie de mujeres sensatas: profesionales, preocupadas por su salud, con peinados de esos que podían dejarse secar al aire y que utilizaban, además, métodos anticonceptivos fiables.

Y así fue como conocía a Vie, una seria periodista de la sección de ciencias del *New York Times*. Me llamó por teléfono después de coincidir en una conferencia, me dijo si quería ir a cenar *sushi*, hizo una reserva en un japonés, me interrogó sobre el trabajo de mi padre, me hizo una buena mamada y me instaló en su apartamento a la semana siguiente. Por las noches, en la cama, mientras le daba masajes en sus firmes nalgas, me hablaba sobre estrategias de intriga política, escenarios barrocos y crueles dignos de los cuarteles generales de la Wehrmacht. Más o menos una vez por semana, algún superior del periódico se burlaba de tal manera de ella que luego se pasaba la noche llorando. Llevaba sobre su fina nariz unas gafas enormes, con montura decorada con perlitas, que otorgaban a sus ojos un intenso magnetismo que recordaba al de los insectos, y tenía una risa dulce y resonante que solo se escuchaba de forma muy excepcional. Se esforzaba sin cesar por reducir mi ingesta de grasas saturadas. Pero qué quieres que te diga: no estaba dispuesto a renunciar a las patatas fritas. Cuando llevábamos casi dos años juntos y yo me negaba aún a hablar de matrimonio, Vie me dio el pasaporte.

Luego vino Shelby, redondita y alegre, analista de Goldman Sachs. Nos conocimos en una cata de vinos en diciembre de 1991. Con un círculo de amistades amplio, amor por la aventura y un espíritu realmente generoso, Shelby me mantenía ocupado. Recorrimos Francia en bicicleta, paseábamos perros de la perrera, hicimos rutas culinarias por Flushing. Iba a animarla cuando disputaba duros encuentros en la liguilla que organizaban en el club de tenis de Midtown del que era socia. Nunca puso ningún problema a la diferencia existente entre nuestros respectivos tramos fiscales; jamás insistió en pagarme nada y siempre me permitió conservar mi orgullo. Shelby se había comprado una casita en Quogue con el dinero de los generosos bonos que cobraba: brisa marina, playas de guijarros y suelo con tablas de madera que crujían al pisarlas, y allí veraneamos durante tres temporadas bastante felices. Bastante felices, digo. Los días en la playa con Shelby se traducían en derrotas aplastantes a balonmano y a bádminton; sus piernas machacaban la arena y sus ojos se entrecerraban con fervor competitivo. Yo no lo calificaría, precisamente, de divertido.

Quería mucho a Shelby como amiga, pero nunca llegué a sentir nada más por ella y al final tuve que decírselo. Le dolió, pero creo que no la dejé destrozada. Anduvimos un tiempo por caminos separados y luego volvimos a ser colegas. La última vez que la vi, el mercado estaba subiendo como la espuma y se había convertido en madre soltera de gemelos.

Me acerqué a Columbus con tiempo, me instalé en el bar y esperé a que llegara Winnie. Winnie era mi última mujer sensata. Capaz, genuina, sin lucecitas en los ojos después de casi una década saliendo con chicos en Nueva York... e innegablemente atractiva, a su manera, esbelta, con un montón de tirabuzones. Era unos años mayor que yo, pero estábamos los dos alcanzando ya un punto excesivo de madurez, supongo; o nos caíamos del árbol y nos pudríamos en el suelo sin que nadie nos hiciera caso, o nos recogían. Y nos recogimos mutuamente, sin otra razón, imagino, que impedir acabar desperdiciados.

Winnie cruzó la puerta arrastrando una maleta con ruedecillas, vestida con un traje pantalón de color beis. Nos saludamos con un abrazo rápido. Un momento de incomodidad. Se la veía distraída y cansada.

—Estás estupenda —dije.

—Pues tú un poco amarillento —replicó ella—. ¿Has estado enfermo? Aunque quizás sea por lo que estoy acostumbrada a ver. —Tomó asiento a mi lado—. Vengo de tres semanas de estar con niños enfermos.

Me explicó su viaje a una ciudad de Guyana donde los niños de una escuela habían sufrido una intoxicación por tomaína. Pedí un *dirty martini* para mí y para ella, lo de siempre, un agua mineral con gas con una pizca de zumo de piña. Retiró la pajita del vaso y la mordisqueó.

—¿Y? —dije, adivinando que iba a comunicarme algo aciago.

—Me caso la semana que viene.

Me miró pestañeando.

—Pues sí que va rápido todo.

Engullí de un trago el martini, agradeciendo el golpe que me asestó la bebida, áspera y salina, en el paladar.

—Gary quiere un bebé —dijo.

—Sí. Bueno. —Tenía la sensación de que el taburete había empezado a ladearse y mecerse de un lado a otro, como una boya—. En este caso, el matrimonio sería el paso más lógico.

La pajita estaba ya destrozada. La dejó tirada en la barra.

—Tendrías que haber estado para aquella fiesta sorpresa, Frank —dijo con voz más grave.

La fiesta de cumpleaños sorpresa. Fue idea mía, pero ella lo descubrió, naturalmente; a Winnie no se le puede esconder nada. Ella se encargó de todo. Pidió la tarta, editó el menú, eligió la marca de tequila para el cóctel especial. Porque, según dijo: «Tú no tienes mano para las cosas sociales, Frank, eres un patoso en ese terreno. Lo único que tendrás que hacer es llevarme hasta allí para que entre contigo». Y luego sucedió lo de Fehler. Y digo bien, sí, aquel día, el día del cumpleaños de Winnie. Se me pasó por completo lo de la fiesta. Y acabó teniendo que presentarse sola en el lugar de la celebración.

—Me dejaste plantada.

—No era mi intención.

—La mayor parte del tiempo, lo nuestro fue como un matrimonio de conveniencia. Como algo arreglado para cubrir el expediente. ¿Recuerdas mi brindis el día de la boda?

—No volvamos a discutir sobre el tema.

Un micrófono en la mano, su falda acampanada inflándose alrededor de su cuerpo, la banda detrás de ella con pajaritas de lentejuelas. Mis padres a un lado, fingiendo que eran felices, aunque no aprobaban a Winnie porque había dicho que la ineptitud de mi madre como ama de casa le desencadenaba todo tipo de alergias y pensaban, además, que me dominaba. Los padres de ella, fingiendo también que eran felices, aunque habían dejado claro que me consideraban un mal partido. No recordaba su brindis.

—Dije que creía que nuestra unión estaba basada en la sensatez. Y que gracias a ello, probablemente duraría muchísimo tiempo. Pero estaba equivocada.

—Sí.

—El amor no necesita sensatez.

—No —dije pensando en M.

Cuando nos íbamos, Winnie se volvió hacia mí.

—¿Te invito?

—No. —La ayudé con el abrigo—. Mejor que no.

Winnie y yo habíamos llevado vidas separadas viviendo bajo el mismo techo, creo que así podrían definirse nuestros dos años de matrimonio. Yo miraba la tele en el salón, ella leía en la cama. Ella se dormía a las diez, y yo me alargaba hasta las dos de la mañana. Ella no se despertaba cuando yo me instalaba en mi cuadrante de nuestra cama de metro ochenta de ancho. Ella se marchó al aeropuerto antes del amanecer, cuando todavía estaba oscuro, y yo me desperté soltero, empecé a dar vueltas por el apartamento en calzoncillos y me descubrí solo.

Entré de nuevo en aquel apartamento velado siempre por la melancolía. Ver a Winnie me había vuelto a poner en contacto con algunas verdades. Me sentía atraído hacia M de un modo misterioso, quizás incluso extraordinario. M tenía algo que me obsesionó la psique desde el primer momento en que la vi en aquel resonante pasillo del aula de mecanografía, algo de lo que nunca había conseguido librarme. Pero ¿era eso suficiente como para llevarme a arriesgar toda mi vida? No tenía mucho que perder, en términos materiales, y tampoco es que tuviera un futuro brillante por delante. Pero aun así… El apartamento, mi hermano y mi padre, el gato, incluso. Tenía todas esas cosas.

Y tenía también esa posibilidad, la posibilidad de tomar la decisión buena y correcta. ¿No dicen que hay que aferrarse a eso hasta que se pierde la última bocanada de oxígeno? Hasta que llegue ese momento, esa posibilidad es tuya.

El sofá me llamaba y me senté en él. Apareció entonces Truffle, que se acomodó en la parte posterior, detrás de mi cabeza, transformándose en un cojín para el cuello, un poco fétido aunque calentito. Encontré una vieja película del Oeste, *Cabalgando en solitario*, y me quedé mirándola hasta las tantas de la noche. La estoica resignación de Randolph Scott me pareció muy instructiva. La vida en soledad es brutal, pero limpia.

M era la mujer que había estado esperando toda mi vida. No era una elección sensata, ni conveniente. Pero era ella. Así de claro.

Aunque aquello era una locura. Fugarse de una cárcel es un crimen federal. Podía acabar en un lugar mucho peor que la asquerosa cárcel donde estaba trabajando ahora. Con un uniforme naranja en Attica, Auburn o incluso en Leavenworth.

Me juré no volver a verla nunca más. No la vería más. Florece allí donde te planten, por una vez en la vida.

12

NOVIEMBRE DE 1999

Noviembre la ponía nerviosa. El declive del año. Las jornadas electorales de su infancia, siempre tan tensas. Los gritos de los gansos volando en formación en V parecían un símbolo de urgencia, una señal de advertencia. Sal mientras puedas. Sal.

En su falda, un libro pesado: *Caminos hacia la alfabetización del adulto.* Aspiraba a ser mejor maestra. Dentro del libro, una hoja de papel, cuidadosamente, limpiamente, arrancada de un bloc, fondo amarillo, rayada, línea vertical roja al margen. En la parte superior de la hoja: *Querida señora Hance.*

Y luego nada.

En la unidad se oía cantar a alguien: *My name is Michael, I got a nickel.*

La hoja amarilla seguía allí, amarilla y en blanco, carente de todo aquello que era incapaz de escribir.

Señora Hance, he muerto y he vuelto. La vida no me ha abandonado, y debo vivirla. Es lo que entiendo, señora Hance.

Y dado que, Lenore Patterson Hance, después de haber cometido errores insufribles, tengo que vivir una vida que tenga algún valor, debo redimirme. Debo redimirme. Si es posible. Si es de algún modo posible. Si es remotamente posible.

¿Es posible, Lenore? ¿Le resulta aceptable que la llame así? Creo que no, sospecho que no le gustaría nada.

Pienso en él a cada hora que pasa, señora Lenore. ¿Cuántas truchas de río capturó aquel sábado por la mañana? Hacia las seis, con la primera luz del día, puso rumbo hacia Otego Creek, en la zona alta de la reserva natural, donde había un lugar que le gustaba especialmente, bajo las cascadas. Siempre llevaba consigo una Coca-Cola y una bolsa de cacahuetes, su desayuno de los sábados.

Recuerdo que usted lo mencionó, señora Hance. Señora Hance es mejor, ¿verdad?

El día después, dijo también, el día después del suceso, todos subimos allí, estábamos conmocionados, yo, mi hijo Wade. Y mi padre, que incluso con la rodilla mala consiguió llegar allá arriba. La orilla estaba llena de cáscaras de cacahuete. Las recogimos, nos las llevamos a casa.

Era un bote de mantequilla de cacahuete Jif, señora Hance. Las cáscaras estaban sucias y el bote de plástico estaba manchado y opaco. Su abogado lo estampó contra la mesa, ni siquiera a un metro de distancia de donde estaba yo. Jif, con tapa azul.

A usted, señora Lenore Hance, a usted quizás no haya nada que yo pueda ofrecerle. Solo mis disculpas en cada momento de mi existencia, y esto es lo que pretendo hacer. Aquí, en los bloques, las unidades y los talleres de la prisión estatal de Milford Basin, estaré trabajando y esforzándome por su hermano, realizando todas las buenas obras que me sea posible, por pequeñas que sean.

¿Le ayudaría saber que el sufrimiento llena la mayoría de las horas que paso despierta? ¿Descansaría mejor conociendo las tragedias diarias?

La sentencia —el castigo en que se ha convertido la vida que vivo hoy en día— está siendo efectiva. Incluso aquí, mis pérdidas se acumulan, mi dolor se multiplica, y no huiré de ello. Tal vez, señora Hance, esta información pueda proporcionarle un poco de paz.

El día anterior, habían llamado a Miranda a la habitación de April.

—¡Está jodiéndome todo el rato, me está asustando! —había gritado Cherie.

April estaba de pie en la cama, agarrándose a los barrotes de la ventana con los puños fuertemente cerrados. Parecía estar hablando sola en un tono muy razonable.

—Oye. —Miranda se le acercó y le tiró de la pernera del pantalón—. Baja de aquí.

April se giró y le dio un bofetón. Miranda se tambaleó.

—No se te ocurra tocar a un puto sargento de armas —dijo April.

No tenía los ojos correctamente centrados en las órbitas. Demasiado blanco.

Miranda intentó hacer memoria. ¿Le habría mencionado alguna vez un historial de ataques, de epilepsia o de Dios sabe qué?

—Cuando oigas el toque de silencio, te paras y saludas, da igual que estés en el gimnasio o en el aparcamiento del economato. Esta mujer no se ha parado y le he pegado la bronca. Ha seguido andando tan tranquila y por eso le he gritado: «¡Respeta la bandera, mala puta!».

—April.

Miranda consiguió apartarla de la ventana.

Se dejó caer en la cama. Pero seguía teniendo los ojos desorbitados, brillantes y vacíos.

—¿Has estado alguna vez en el metro de allí? Está limpio como una patena.

April hundió la cara en la almohada. Miranda se le acercó con cautela, hasta arrodillarse junto a la cama.

Y entonces, desde detrás de la cortina de privacidad, se oyó una voz:

—Nicholson, ¿a quién has metido ahora ahí dentro? ¿Tengo que castigarte?

Beryl Carmona retiró la cortina. El velcro cedió con un gañido nervioso.

—Ya sabéis que cuando la cortina está cerrada no puede haber visitas. A ver, ¿qué parte de esta regla es tan complicada de entender? Greene, tendrías que saberlo de sobra.

—April tiene un día complicado —dijo Miranda disculpándose.

—¿Te piensas tú que esta mañana me apetece redactar dos amonestaciones? —Carmona sonrió—. Pero estoy de buen humor. Me han aceptado un pedido de mis barritas de cereales en una tienda de regalos de la zona norte. Soy una emprendedora. —Rio a carcajadas—. Pronto dejaré este trabajo, ¿no te parece, Missy May?

—¡Pues claro!

Miranda sonrió tan de oreja a oreja que pensó que se le iba a romper la cara.

—Dejad la cortina abierta, chicas. Me da igual que tengáis el peor día de la historia mundial.

—Gracias, señora.

Sonrió con todas sus fuerzas para intentar que la funcionaria se largara. Carmona se marchó por fin.

Miranda cruzó rápidamente la celda hasta el lugar donde se había apostado la funcionaria, con sus pies enormes calzados con deportivas, con sus pies gigantescos con empeines que superaban en anchura la base de la suela, y que habían rozado el pequeño objeto que había en el suelo. Carmona había estado a punto de darle un puntapié. Por suerte, sus pies no lo habían percibido. Por suerte, su barriga le impedía ver bien el suelo donde pisaba.

Miranda cogió la pipa de *crack* de papel de aluminio y se la guardó en la camiseta.

—Esos puros son condenadamente buenos. —Edward Greene miró más allá de donde estaba ella, hacia sus espaldas, en dirección al mostrador del personal de seguridad situado junto a la puerta que daba acceso a la sala de visitas—. Son Montecristo. ¿Crees que los recuperaré?

—Ni idea —dijo Miranda.

Su padre se encogió de hombros y se aflojó la corbata a rayas.

—Me había olvidado por completo de que los llevaba en el bolsillo, si te digo la verdad. —Le sonrió—. El credo del viejo *lobista*: lleva siempre contigo un par de puros de excelente calidad.

Miranda intentó devolverle la sonrisa pero le resultó muy difícil.

—Pues sí, resulta que en el viaje que hice la semana pasada aprendí algo nuevo. —Por lo visto, intentaba iniciar la conversación a partir de una perspectiva distinta—. Baréin es una mierda. —Se pasó la mano por la calva, mirándola—. Siento haber tardado tanto en venir, cariño —dijo—. Tienes todos los motivos del mundo para estar enfadada, por supuesto. Llegar hasta aquí resulta mucho más complicado de lo que me imaginaba. Llevo una temporada muy liado. Noviembre. Las elecciones. Caras nuevas.

Miranda estaba decidida a no llorar.

—Así que la empresa va bien.

—Bueno, lo de Baréin es un buen negocio. —Frunció el entrecejo—. Se te ve agotada, Miranda. ¿Cómo lo llevas, sinceramente? ¿Necesitas alguna cosa?

—No —respondió.

—Sobre el recurso de apelación.

—No quiero pensar en eso.

Se inclinó hacia ella, bajó la voz.

—Cariño, estamos mirando más alternativas. Esto no se ha acabado.

—Necesito centrarme en lo que tengo en este momento por delante.

—Ese juez… fue mala suerte, qué quieres que diga. Bloomfield tal vez sea un cabrón, pero sé que está trabajando al ciento cincuenta por ciento. Y seguiremos presionando. —Asintió con determinación—. Seguiremos presionando hasta el límite.

Miranda movió la cabeza en un gesto de asentimiento.

—Pero por favor te lo pido. Nada de maniobras turbias.

La funcionaria que tenía siempre aquella mueca extraña se acercó a ellos.

—¿Necesita alguno de los dos ir al baño? Porque estoy escoltando a gente hasta los servicios.

—Gracias, señora, no.

Su padre esbozó una amplia sonrisa. Y esperó a que la mujer se marchara.

Se giró entonces hacia Miranda y la cogió de la mano. ¿Cuántos años hacía que no la cogía de la mano?

—Nada turbio. Te lo prometo. —Le presionó un poco los dedos, como si estuviera comprobando su grosor—. Pero para eludir los obstáculos, siempre tenemos opciones —dijo—. Y hay que determinar cuáles son esas opciones. Recurrir a alguien que sepa del tema. Encontrar la manera de sortear el obstáculo y, entonces, el obstáculo desaparecerá.

Su padre también parecía agotado, pensó Miranda, mientras esperaba en el control de tráfico a que la cachearan una vez terminada la visita. Su década y media como *lobista*, años de promesas poco entusiastas y concesiones humillantes y demasiados chuletones de medio kilo, *whiskies* de treinta años y vuelos de dieciséis horas. Su cara reflejaba todos esos excesos. Después de su fallido regreso al Congreso, había fichado por una de las compañías grandes de K Street, en el distrito financiero. Pero eran estilos enfrentados, jamás había acabado de encajar bien allí, y Edward Greene era el primero en reconocerlo. Luego, la compañía en cuestión fue investigada por tráfico de influencias, y los socios más consolidados de su padre —un antiguo líder de la mayoría parlamentaria, un antiguo secretario de Comercio—, intentaron señalarlo como el causante. O, al menos, así fue como Edward Greene lo planteó. El caso es que las acusaciones no acabaron de fraguar. En la actualidad dirigía su propia empresa en un despacho de Connecticut Avenue, encima de un restaurante especializado en pasta. Miranda no había estado nunca allí. Alan Bloomfield decía que las oficinas olían a ragú.

Lo gracioso del caso, dijo el abogado —eso fue durante el juicio, cuando Alan y Miranda pasaron un montón de tiempo encerrados en las antesalas a la espera de que pasaran cosas y él comadreaba con ella de cualquier tema con tal de alejarle la cabeza del desastre que se avecinaba—, era que ese lugar estaba justo enfrente de la Woodley Funeral Chapel. Bueno, no es que fuera gracioso, la verdad. Pero sí extraño. Extraño. Antes era de ladrillo blanco, ¿verdad? Pero ahora, por lo visto, lo habían remodelado con algún tipo de metal brillante espantoso y parecía una nevera industrial. Espantoso.

Sí, era de ladrillo blanco; Miranda lo recordaba perfectamente, de ladrillo blanco resplandeciente con persianas negras para camuflarlo y darle el aspecto de una casa antigua con encanto en vez de un lugar donde atender a chicas muertas. Debía de estar recién pintado por aquel entonces, porque con su blancura cegó aquel día, un día de enero ilógicamente cálido, con la nieve fundiéndose y el riachuelo de aguas rápidas corriendo al otro lado de la acera. Miranda esperó junto a las puertas de cristal, para abrirlas a medida que iba llegando la gente. Se alegraba de, después de tres días de estar de brazos cruzados en una casa asfixiada por la tristeza, tener por fin algo que hacer. Entraron las amigas de Amy, con los ojos hinchados, todas con paquetitos de pañuelos de papel, y chicos en grupillos silenciosos e incómodos. Algunos profesores llegaron con trabajos sin calificar, con trabajos manuales, con los últimos deberes de Amy, que entregaron a su madre o a su padre. La abuela Rosalie, en silla de ruedas. Enfrente, los primos más pequeños haciendo el tonto con los elevalunas eléctricos de los coches negros aparcados a la espera de iniciar la comitiva hacia el cementerio.

Y entonces vio a Neil Potocki. Cruzó la puerta sin mirar hacia donde estaba ella apostada.

Y luego, un sonido de lo más extraño. Un chirrido grave. Y, saliendo de quién sabe dónde, apareció su madre, cruzando el vestíbulo enmoquetado en dirección a él. ¿Vendría de ella aquel chirrido?

—Vete de aquí —gimió—. Fuera. —Extendió los brazos, como si fuera a empujar a Potocki o a golpearlo, pero en el último momento, los dejó caer a los costados—. No eres bienvenido aquí —dijo con voz temblorosa—. Vete.

En el vestíbulo lleno de gente que había acudido a dar el pésame se hizo el silencio.

—Barbara —dijo Potocki acercándole una mano al hombro.

Ella retrocedió de un brinco al recibir el contacto.

—No te... —dijo—. ¡Eddie! —Se giró e inspeccionó frenéticamente a la sobrecogida muchedumbre—. ¿Dónde está Edward? —preguntó a los familiares que encontró más cerca.

—No, no —dijo Neil Potocki—. No se molesten, por favor. —Se volvió hacia Barb—. Solo quería que Ed y tú supierais que en un día tan complicado, tan terrible como hoy, pensaré mucho en vosotros.

—No te atrevas a pronunciar su nombre —dijo la madre de Miranda, y entonces rompió a llorar. Empezó a doblarse, alguien la rodeó con el brazo y la guio hacia la capilla, donde sonaba con estridencia una versión al órgano de *Greensleeves*, idea de Miranda, la única canción que Amy había aprendido a tocar en el piano que empezaba a criar polvo en el salón de su casa.

Potocki dio media vuelta para marcharse. Y como era su trabajo, Miranda le abrió la puerta.

—Gracias, encanto —dijo, y le dio unos golpecitos en la cabeza cuando pasó por su lado.

Era sábado por la noche y Miranda y April estaban dirigiendo una partida de bingo en el Edificio 4D, un pabellón de presas extremas donde la existencia de medidas de seguridad más estrechas implicaba que sus residentes salieran poco al exterior. Aquello formaba parte de la nueva faceta de Miranda. Había oído hablar de las populares partidas de bingo que se habían celebrado allí, dirigidas por una rica asesina que había salido en libertad hacía ya una década. Miranda decidió recuperarlas y convenció a April para que la ayudara.

181

Las monjas de la ciudad donaban dinero para cigarrillos, peines de plástico, dentífrico, jabón perfumado, barritas Twizzler y Butterfinger, y ellas utilizaban todo aquello a modo de premios. Aunque las mujeres jugaban principalmente para conseguir pitillos. Miranda solo se quitaba de encima los jabones y los peines cuando el tabaco se había agotado y también las existencias de chucherías.

Pero aquel sábado por la noche no habría bingo. April había utilizado los cigarrillos, las barritas, el jabón, e incluso los peines de plástico como moneda de cambio para obtener cristales de *crack*. Miranda la encontró en el patio, endurecido por el noviembre, tiritando en el banco.

—¿Quién te lo proporciona? —le preguntó.

—Te chivarás. —Miró con arrogancia a Miranda. Tenía la piel cenicienta y seca—. ¿Y qué has hecho con mi pipa?

—La tiré por el váter.

—Ojalá pudiera hacer lo mismo contigo. —April puso morritos—. De todos modos da igual porque tengo otra.

—Confío en que no tengas un alijo en la habitación, April. Ya sabes que hacen registros constantemente.

—Sé cuidarme sola —dijo con mala cara.

—¿Es Nessa? ¿Hizo algo que te importunara?

Eso la hizo reír. Tenía los dientes perfilados con sangre.

En aquel momento apareció Lu en el patio, con las manos hundidas en los bolsillos de su cortavientos. El icono de una cara sonriente, pintado a mano, decoraba la O del anagrama de su uniforme.

—Está fatal —dijo Miranda con voz quebrada.

Lu meneó la cabeza con preocupación y una ráfaga de aire agitó su media melena. Acarició con ternura el rostro de April. April la miró furiosa.

—Mi dulce niña —dijo Lu—. Esta mierda te matará. ¿Quieres morirte?

—Pues claro.

Los ojos apagados de April se llenaron al instante de lágrimas.

—Ven a levantar pesas conmigo —dijo Lu tirándole del brazo—. ¿Quién mejor que tú para mirarme? Vamos, por favor.

—Déjame en paz.

Se sorbió los mocos. Recogió las piernas hasta pegar las rodillas al pecho y enterró la cara entre ellas. Un pequeño ser humano comprimido hasta tal punto que sería fácil tirarlo a un cubo de basura.

Lu cogió a Miranda del brazo y tiró de ella para que April no pudiera oírla.

—Mimi, puedo averiguar quién está dándoselo. Si tengo que cortarle el cuello para que pare, lo haré. Solucionaré el problema. No te preocupes, por favor.

Aquella noche, rabiosas por la ausencia de bingo, dos mujeres del 4D prendieron fuego a una cama. Una parapléjica esquizofrénica, inmovilizada en su silla de ruedas, estuvo a punto de morir por inhalación de humo. Las mujeres del pabellón fueron repartidas y enviadas a Marcy, Beacon y una unidad modular en el complejo de Altona, en el norte, a siete horas en coche.

Miranda encontró un cuerpo sin cabeza en las duchas.

Con su típico olor a cemento húmedo y exceso de cloro, la hilera de duchas era la parte más tenebrosa del Edificio 2A&B. Aquel día, como todos los demás, había entrado en las duchas justo antes de la cena, cuando normalmente había menos gente. A pesar de que aquello parecía una cueva, le gustaba porque le daba unos momentos de respiro con respecto al ruido reinante en la unidad.

Alguien había arrastrado una silla plegable hasta la esquina, en un rincón donde la pintura del techo estaba descascarillada y colgaba hacia el suelo en formas que recordaban las orejas de los elefantes, dejando al descubierto la red de tuberías, fragmentos de material aislante y oscuros espacios intermurales que eran escondites ideales para el material de contrabando. Sobre la silla se bamboleaba un cuerpo sin cabeza, de puntillas, un torso y unas piernas flacas en el interior de un pantalón de uniforme holgado y una camiseta negra brillante. Los pies eran largos y estaban descalzos y uno de los brazos, tenso, se agarraba al techo en un gesto desesperado. El otro brazo estaba metido en el mismo agujero que había engullido la cabeza.

Miranda se quedó petrificada. Pero era demasiado tarde. El cuerpo la había oído entrar.

—¿Quién hay ahí? —dijo una voz entre dientes desde el agujero.

—Greene —respondió Miranda a regañadientes.

—¡Greene! ¡Ayúdame! ¡Me he quedado atrancada aquí dentro!

Era Dorcas Watkins. Con desgana, Miranda dejó en el suelo el jabón y el champú. Se acercó con cautela a la silla.

—¿Qué quieres que haga?

—¡Ayudarme a salir de una puta vez de aquí!

El brazo libre empezó a rascar de nuevo el enlucido del techo.

Miranda se encaramó a la silla, sujetándose a la cintura de Watkins para mantener el equilibrio.

—No intentes jugármela —murmuró la mujer atrapada.

Miranda la soltó y se apuntaló en lo alto de uno de los cubículos. Empezó a despegar trozos de enlucido, moviéndose de un lado a otro para esquivarlos cuando se desprendían para caer y estallar en el suelo.

—Aquí arriba hace calor —se quejó Watkins—. Tengo el cuello torcido.

—Aguanta —dijo Miranda.

En cuanto el agujero se agrandó levemente, Watkins pudo empezar a moverse un poco.

—Bien —murmuró—, vamos a salir de aquí, lo conseguiremos.

Miranda tiró de otro pedazo de enlucido, que cayó con estrépito. Perdió el equilibrio.

Al mirar de refilón vio la cabeza, liberada, con la cara brillante por el sudor. Miranda aterrizó con fuerza en el suelo de hormigón y al levantar la vista, perpleja, vio que Dorcas se introducía una bolsa blanca de plástico en la parte frontal del pantalón.

184

Empezó a notar punzadas en las nalgas y la espalda.

Dorcas saltó de la silla y bajó la vista hacia Miranda. Su cara brillante se cernió sobre ella como una luna.

—Gracias, Greene. —Extendió una mano hacia ella y Miranda la aceptó. Dorcas tiró hasta que consiguió incorporarla—. Si le cuentas a alguien lo que has visto, te abro en canal.

Miranda se quedó mirándola y dio media vuelta. Echó a andar entre los restos de enlucido.

—Seguro que estás pensando en lo que hay en la bolsa y en tu dulce April —dijo Dorcas—. Que estás pensando en comentarlo con quien no deberías.

Miranda eligió uno de los cubículos más alejados. Abrió el grifo, que emitió un chillido alarmante. No se quitó la ropa, ni se metió bajo el chorro de la ducha. Se quedó a un lado, aguzando el oído. De pronto apareció un brazo y Dorcas la agarró por el pelo. Miranda agitó los brazos, pero antes de que le diera tiempo a contratacar, su cara pasó por debajo del chorro de agua caliente y se estampó acto seguido contra la pared manchada de óxido. Dolor, de inmediato, un dolor abrumador que le impedía pensar y que se apoderó de su frente y de su nariz. Se derrumbó en el suelo y se llevó las manos a la cara.

—Tienes que andarte con más cuidado. Has resbalado en la ducha y te has hecho daño. Son cosas que pasan cuando la gente se chiva. Un estilo de vida peligroso, Greene.

Miranda se quedó allí tendida, enroscándose como un crustáceo en la humedad. La sangre le mojaba las manos. Oyó los pasos rápidos de Dorcas sobre el cemento, abandonando la sala. El débil chorro de la ducha le daba palmaditas en la espalda, un consuelo poco efectivo.

Ahora busco la redención, señora Hance. Confío en encontrar un camino que me conduzca de nuevo hacia una vida con sentido. Al final, en el papel amarillo con rayas rojas solo había escrito esta línea, con caligrafía enroscada y titubeante. Aunque pensándolo bien... estaba segura de que a la señora Lenore Patterson Hance le importaría un comino aquella línea de pensamiento, aquella búsqueda individual de sentido en la vida. Después de todo. Después de ver a un hermano morir por la actitud inconsistente de otra persona hacia el destino, hacia la ética, hacia la vida en sí. Miranda lo sabía. Sí.

Señora Hance, no la molestaré más. Quédese tranquila. Si es que puede conseguir estar tranquila, claro está. Quédese tranquila porque este papel sin sentido no irá a parar al servicio de correos, sino a la basura, cuando pasen a recogerla el martes por la mañana, cuando entre en el edificio Opal con su cara de pocos amigos, sus guantes de plástico desechables y el carrito de la basura. Se irá, señora Hance. No tendrá que preocuparse por esto. No tendrá por qué saber que hoy en día me consume el deseo de alcanzar la absolución, que estoy decidida a conseguirla, aunque sea una pequeña parte de ella. Estamos en noviembre, se acercan las fiestas, y desde esta caja de hormigón no le enviaré ni divagaciones escritas, ni una felicitación de Navidad, ni nada de nada, sino únicamente mi silencio. Le envió en silencio mis mejores deseos. Mis mejores deseos de consuelo y paz para este final de año.

13

EL PSICÓLOGO NO SE APROVECHARÁ DE AQUELLOS SOBRE QUIENES POSEE CAPACIDAD DE EVALUACIÓN
(Estándar 3.08)

Aborrezco el término «incesto terapéutico». Da por sentado un nivel de sordidez que podría no existir, dependiendo de las circunstancias. Es, de hecho, el término que se utilizaría en un libro de texto para diagnosticar lo que sucedió el quince de noviembre de 1999, y en los meses siguientes, entre M y yo. Pero eso sería una descripción errónea. La implicación no sería en absoluto correcta.

El término evoca familiares pervertidos. Y también la conversación que mantuve con Clyde cuando vino a visitarme. Recuerdo Riverside Park radiante con el color de las hojas, justo antes de que el viento barriera la ciudad y se las llevara. Lo llamé y se presentó seguido por una chica escuálida con un hurón posado en el hombro y un collar de perro al cuello. Clyde la rodeó con el brazo y dijo con orgullo:

—Francie, Frank. Frank, te presento a Francie. —Frank y Francie.

La chica me miró desde debajo de un flequillo de pelo rubio verdoso que enmarcaba una cara pequeña y blanca como el papel.

—Hola —dijo con una vocecilla infantil.

El hurón saltó de su hombro y echó a correr por el pasillo en dirección a la sala de estar.

—¡Mira! ¡Ahí va Luigi! —dijo Clyde.

La cola sarnosa desapareció por una esquina. Francie me agarró por el brazo.

—No cagará a menos que encuentre algo peludo. ¿Tienes alfombras peludas?

—No, pero tengo un gato antisocial. ¿Sabéis qué? Fuera se está muy bien. ¿Por qué no lo llevamos a pasear por el parque?

Francie fue corriendo al salón y reapareció con el hurón colgando de la muñeca como si fuera un bolso alargado de pelo largo.

—Tienes cosas chulas por aquí —dijo.

—No, no hay nada de valor —dije empujándolos fuera de casa—. Basura de segunda mano en su mayoría.

En el parque, Luigi retozó entre las hojas que salpicaban los caminos de amarillo, naranja y rojo, y Francie correteó tras él. Sus piernas de palo cubiertas con unas mallas con estampado de cebra capturaban la luz del atardecer. Intentaba que el hurón cogiera una pelotita. Clyde y yo seguimos paseando detrás de ellos, mirándolos.

—Nos conocimos en la furgoneta donde ponen la vacuna de la tuberculosis —me explicó Clyde—. La vi y me dije: «Oye, qué niña más mona».

Me sonrió. Se estaba dejando patillas.

—Por Dios, Clyde, si parece que haya cumplido justo ayer los dieciséis.

—Me dijo que tenía veintidós, Frank —replicó—, y no creo que me haya mentido. —Me lanzó una mirada de reproche—. La salvé.

—¿Cómo?

—El sacerdote aquel estaba ofreciéndole una mierda de lote, billete gratis en la línea Greyhound para volver a Indiana más vales para comer gratis en Burger King. Y yo me presenté en la terminal de autobuses de la Autoridad Portuaria justo a tiempo para convencerla de que se bajara del autocar.

Me quedé mirando cómo saltaba detrás del hurón, que acababa de sacar un aro de cebolla de un envoltorio de cartón que alguien había tirado en la alcantarilla y se lo estaba llevando a la boca.

—Esa chica debería estar en clase de Álgebra.

—¿Para que cuando volviese a casa al salir del instituto se encontrara solo a su padre borracho? Una idea magnífica. —Se volvió hacia mí, muy serio—. Me explicó que estaban planteándose venderla a no sé qué secta satánica. Por eso se largó. Te cuenta historias que te pondrían los pelos de punta.

Suspiré. Acababa de llegar una vez más a aquel punto con Clyde. Al límite de la razón.

—¡Oye! —dijo de repente, y su rostro se iluminó—. ¿Qué pasó contigo y esa chica de Lincoln High?

—Acabó el tratamiento. Llevo un par de meses sin tener ninguna sesión con ella.

—Lo cual probablemente es bueno —dijo Clyde—. Me preocupaba que te hubieras encoñado un poco.

Una carcajada ronca por mi parte.

—Sí.

Oí que la chica gritaba «¡No, no, no! ¡Luigi, no!». La chica estaba dando brincos a los pies de un poste telefónico, mirando al cielo. El hurón se contoneaba por encima de ella y se deslizaba con agilidad por el cable. Fueron necesarias dos horas y cuatro perritos calientes para convencerlo de que volviera a sus brazos.

Nueve de la mañana del miércoles 15 de noviembre. Un sistema de bajas presiones se cernía sobre Westchester, amenazando con lluvia gélida o nevisca. El habitual parloteo universitario por el pasillo del Centro de Terapia, Corinne y Suze burlándose de mí por mi falta de ropa de abrigo para afrontar el mal tiempo. Entré en el despacho y colgué la chaqueta fina en el respaldo de la silla. Y, sin prestarle mucha atención, eché un vistazo a la agenda diaria que me habían dejado en el cartapacio.

En el hueco de la una y media, como si estuviera escrito en un neón parpadeante, como una señal, como un signo, como una sirena adelantándome de camino hacia mi futuro.

M, destellaba. M, destellaba. M.

Lo que sigue es un suceso clave en mi narración. Un paso irreversible que me lanzó hacia un camino difícil. Pero un camino que al final me condujo, podría decirse, hasta un yo más coherente.

Antes de empezar, rememoraré las palabras del trabajador de la salud mental más grande de todos los tiempos. «No juzgues si no quieres ser juzgado», creo que dijo.

Las sesiones de la mañana pasaron como un desorden confuso, y a pesar de que podría hacer conjeturas con la información que poseo, no estoy del todo seguro de qué pacientes ocuparon la silla ante mí. Al mediodía, me senté en mi lugar habitual en la cafetería, pero fui incapaz de engullir la ensalada del chef. Charlie y Connie estaban hablando sobre el libro que acababa de publicar un loquero famoso. Era como si hablaran en húngaro.

A la una menos cuarto estaba de nuevo en el despacho, sentado en mi trono de plástico, con las manos pegadas a unos brazos suaves y fríos, como si estuvieran clavadas en ellos, mirando fijamente la puerta e intentando serenarme. Y a la una y media en punto, una llamada en la puerta.

Entró con vacilación. Me levanté. El vendaje en la nariz me dejó estupefacto, por supuesto. Noté que me ardía la cara y mi nariz empezó a palpitar en un reflejo solidario.

—Una auténtica sorpresa.

—Has pintado las paredes —dijo mirando a su alrededor—. De color menta.

—Lo han elegido los de administración, no yo. Pero me alegro de que te guste. ¿Qué es este vendaje?

—Oh, una tontería —dijo—. Dicen que la vida aquí dentro no es fácil, ¿verdad?

Se sentó en el borde de la mesa. Sus muslos quedaron a la altura de mis ojos. «Aparta la vista».

—Pero mi recurso está en marcha, mi familia está indagando todas las posibilidades. Así que, quién sabe. Aunque las esperanzas sean mínimas, siguen siendo esperanzas, supongo. Y entre tanto, he pensado que podría seguir con mis sesiones gratuitas de terapia, mientras esté aquí. Es lo que he pensado. —Me miró con una sonrisa extraña, triste—. He estado intentando recordar más cosas sobre ti. De antes. De Lincoln.

El radiador empezó a repiquetear y quejarse, como si su presencia le hubiera puesto nervioso.

—M. —Tenía que preguntárselo antes de que pasara un minuto más—. ¿Hiciste… lo que dice en tu dosier?

—Oh —murmuró. Miró al techo, a continuación bajó la vista hacia sus manos. El radiador balbuceó—. Sí. Pero no como dice que lo hice.

Vi la gota de una lágrima formándose debajo de una de sus gruesas y arqueadas pestañas.

Se giró hacia mí. Esa mirada por encima de la gasa, vertiginosa. Caí en picado.

—Te creo. Sé que te arrepientes —dije.

De pronto, estábamos tan juntos que empecé a notar el calor de su aliento rozándome las mejillas. Entró en una zona borrosa, su imagen se descentró. Me costaba respirar.

Sabía igual que una pera caliente.

—Esto no está pasando —dijo.

Se apartó.

Torrentes de sangre y el corazón palpitando con fuerza, un sonido abrumador en los oídos pero incapaz de generar el ruido blanco suficiente como para contratacar las alarmas que se habían disparado en mi cerebro.

—Tienes razón. —Recobré la respiración—. Lo siento mucho, de verdad. Me sucede desde noveno. —Me refugié detrás de la mesa—. Me refiero a que siempre quise tenderte una mano, ayudarte.

Se sentó muy despacio en la silla de las pacientes. Y se quedó mirándome durante un largo rato. Su cara estaba velada con la gasa.

—Lo que necesito no es esto —dijo por fin—. Lo que necesito es un recurso de apelación. Dicen que tengo una oportunidad de verdad. Podrías ayudarme a sobrevivir aquí dentro hasta que eso llegue.

—¿Y el plan que te propuse? ¿No quieres considerarlo?

El metro aproximado de distancia que nos separaba se abrió de repente como un escarpado cañón.

Y entonces, M extendió una mano sobre el vacío.

—Apuesto por el recurso. Pero tu plan tiene potencial.

Descansó un instante la mano sobre mi brazo, una conexión, una bendición, un segundo de piel sobre piel que seguía sintiendo todavía una semana más tarde.

14

NOVIEMBRE DE 1999

En la pared contigua a la puerta de la unidad colgaron una hoja mimeografiada:

Productos dados de baja en el economato:
Patatas fritas, Fritos, Cheezits, etc. Sustitutos: tostadas Melba, de centeno o de trigo integral.
Kleenex, paquete de bolsillo. Sustituto: servilletas de papel, tamaño familiar.
Cookies, Oreo, Chips Ahoy, galletas rellenas de mermelada. Sustitutos: tostadas Melba, de centeno o de trigo integral.
Cigarrillos, todas las marcas excepto Virginia Slims. Sustituto: cigarrillos, Virginia Slims.
Multivitamínicos, genéricos. Sustituto: Ninguno.

Las mujeres formaron una fila irregular junto al cartel. Esperando, gritando, empujando, con sus billetes de dólar y sus monedas en la mano.

—Jojo me apuntó, me apuntó la segunda —proclamó Vera, que intentaba colocarse en la cabecera de la fila.

Cassie se abrió paso a empellones.

—Ni pensarlo. Tú vete para atrás.

—Está prohibido que las amigas se apunten las unas a las otras —dijo Jerrold Liverwell.

Era el encargado de bajar a las mujeres al economato. Estaba apoyado contra la puerta, con los pulgares en el interior de las trabillas del pantalón.

—Pues la semana pasada lo hizo. La semana pasada estaba permitido.

—Esta semana no es la semana pasada —dijo Liverwell—. Es lo que se conoce como el paso del tiempo.

Cassie empujó a Vera con un experto golpe de cadera.

—Y ahora, vuelve a la cola, rata de alcantarilla.

Vera se giró hacia Liverwell, con los ojos como platos.

—¿Ha oído lo que me ha llamado?

Liverwell sonrió.

—Eres una persona adulta. No me vengas ahora llorando como si yo fuera papaíto.

—Ya te gustaría a ti ser mi papaíto.

Liverwell entrecerró los ojos.

—Vete al final de la puta fila o te pondré una multa en el culo tan rápidamente que...

Miranda observó la escena a través de una especie de neblina. Escuchaba, durante todo el rato, el murmullo de una voz serpenteando entre los espacios que quedaban libres entre sus pensamientos: «Podrías dejar todo esto atrás. Podrías».

La fractura se había curado. Y se sentía mucho más segura. Había cogido la hoja de afeitar que le había regalado Chica muchísimos meses atrás y la llevaba escondida debajo de la suela de la zapatilla.

Lu se incorporó a la fila detrás de ella.

—Te veo casi sonriendo, cuervecillo. ¿Pasa algo?

Miranda negó con la cabeza.

—Estaba pensando, nada más.

—Oh, pensando. —Lu le guiñó el ojo—. Buena cosa. —Le tiró del brazo—. Mira quién viene por aquí. La que te partió la nariz. —Miranda se giró y vio que Dorcas Watkins se colocaba a la cola en la fila. Lu se quedó mirándola pensativa—. Es un buen momento —le dijo en voz baja a Miranda—. Tú obsérvala.

Liverwell dijo gritando:

—En fila india, señoras. Las tarjetas de identificación a la izquierda.

Abrió a continuación la puerta de la unidad y desapareció detrás de ella. La fila se puso en movimiento. Lu agarró a Miranda por el brazo y dejó que las demás las adelantaran hasta que Dorcas, que estaba contando un puñado de billetes, se situó a su lado.

Lu extendió la pierna y le puso la zancadilla a Dorcas. Las monedas y los billetes se esparcieron por el suelo con la caída.

—¡Hija de pu…! —exclamó.

Pero antes de que le diera tiempo a terminar la frase, Lu zigzagueó como una bailarina, localizó la frente abultada y brillante de Dorcas y, retrocediendo un paso para coger fuerza, le arreó una patada, plantándole el pie como haría un futbolista con el balón cuando lanza un penalti. Un gruñido acompañó su gesto. El rostro de Dorcas se contorsionó de dolor.

—Se acabó venderle *crack* a mi amiga enganchada al *crack*, se acabó ir por la vida partiéndole la nariz a la gente —dijo Lu acercándose a la cara de Dorcas.

Le agarró la cabeza por una oreja y se la aplastó contra el suelo.

Miranda contuvo un grito. Lu levantó la vista y le indicó con un gesto que contribuyese con una patada. Miranda hizo un gesto de negación.

—Eres un bebé grande —le dijo Lu regañándola.

La nariz de Dorcas había empezado a sangrar. Miranda era un bebé. Le resultaba imposible patear la cabeza a nadie, ni siquiera la cabeza de Dorcas Watkins, ni tampoco atacar con una hoja de afeitar. Hizo ademán de arrodillarse para ayudar, pero Lu la agarró por el brazo, impidiéndoselo, y llamó a gritos a Liverwell, que estaba verificando las identificaciones de las mujeres que iban cruzando la puerta.

—¡Señor! —gritó Lu—. ¡Espere! ¡Señor Liverwell, esta chica se ha mareado, se ha dado un golpe en la cabeza!

Liverwell levantó la vista.

—Mierda. —Echó a correr por el pasillo, hacia la siguiente puerta cerrada con medidas de seguridad, donde las mujeres se habían agrupado a la espera de que él llegara—. Volved —ordenó—. La visita al economato queda cancelada, hoy no hay economato.

El rugido de rabia resonó por el pasillo. Lu miró a Miranda y dijo en voz baja:

—Ya lo ves, te dije que solucionaría el problema.

Por las noches, la cárcel era fría, despiadadamente fría. Miranda, con los dientes castañeteando, se hacía un ovillo. Cogía toda la ropa que tenía en las estanterías y se la extendía encima, sobre la colcha, formando una montaña. Se acostaba entonces de lado, acercaba las rodillas a la barbilla y observaba el recorrido lento e inevitable de la caja amarilla de luz que se filtraba por la ventana.

No podía dormir desde su último encuentro con Frank. Durante el día, le daba vueltas en la cabeza a la idea de la fuga, pero, de noche, la aterrorizaba. ¿De verdad se había besado con aquel iluso? Que Dios la ayudara.

Una mañana, al levantarse, intentó mantener la cabeza fría. Envió dinero en un sobre a una empresa que vendía lencería por catálogo. Un conjunto de color coral, con sujetador de encaje y braguita biquini a juego.

Por la noche, la habían envuelto los miedos y las recriminaciones. Tenía treinta y dos años. A estas alturas, debería estar ya casada. Le habían pedido en matrimonio en una ocasión, aquel novio de la universidad. Pero en toda su vida, ella solo había deseado casarse con un hombre. Un hombre que jamás se lo propuso. O, al menos, no lo hizo hasta que ya fue demasiado tarde.

Duncan McCray estaba algo obsesionado con la financiación. Con la realidad que el término conlleva, aunque también con el concepto. «Financiación» era su palabra favorita. Siempre andaba necesitado de financiación. Porque era propietario de locales nocturnos, de tres, en una época en la que esos establecimientos podían llenarse hasta los topes de clientes que al cabo de pocos meses los ignoraban por completo. Pero los bares de Duncan capearon esa época bastante bien, frecuentados por artistas y peces gordos de los negocios y los medios de comunicación que compartían la afición a las sustancias ilegales. Una afición que Duncan facilitaba. Allí se hacía la reverencia a traficantes curtidos, mientras modelos de piernas largas empolvadas con purpurina y hombres elegantemente trajeados esperaban contra las cuerdas con reacia condescendencia. Se aseguraba siempre de encontrar hueco para unos cuantos ricachones, chicos sobrexcitados con pocos gastos generales y sueldos astronómicos, tipos enganchados a la financiación.

Pero para su primer club había encontrado financiación de un modo más creativo. «Tarjetas de crédito —le había explicado a Miranda contemplándola, acostados en la cama, entremezclando los dedos con su cabello—. De otra gente. No se lo cuentes nunca a nadie».

Se había plantado en Nueva York en 1986, con veintiún años de edad, tocado aún por los efectos de haber sido criado por un padre viudo y amenazador en una moribunda ciudad de Ohio, y armado tan solo con un diploma de hostelería concedido por un centro de formación profesional y la tremendamente generosa ayuda de haber nacido con estrella. Su primer trabajo fue como recepcionista en el hotel más de moda de la ciudad. El tono azul tinta de la chaqueta con cuello Mao de su uniforme destacaba el color de sus ojos. En las salas VIP de los aeropuertos, las mujeres de negocios intercambiaban historias sobre él. Tenía un gran seguimiento en la comunidad gay. Y, cuando le tocaba trabajar en el turno de noche, empezó a ocupar el tiempo anotando números de tarjetas de crédito —de mujeres de negocios, de gente del mundo del espectáculo, de ejecutivos de ventas, de quien fuera—, en listados interminables que llenaron un montón de libretitas. Al principio, no sabía muy bien qué haría con ellos. Se limitaba, simplemente, a recopilar números de tarjetas de crédito.

Más adelante, inició una relación con una chica que vivía en San Francisco. Ella quería que fuese a visitarla por la festividad del 4 de julio. Él estaba sin un duro, pues se había gastado todo el dinero que tenía en cocaína y en un equipo de audio para el coche de primerísima calidad. Se acordó entonces de aquellos números. Utilizó uno para comprar un billete de primera clase en un vuelo de United. Luego, mediante un anuncio clasificado que publicó en el *Village Voice*, vendió el billete a mitad de precio. Con el dinero que obtuvo, se compró un billete en clase turista, voló a San Francisco y vio los fuegos artificiales.

Con diversas variaciones de aquel excelente truco, Duncan amasó una cantidad generosa de financiación. Era astuto y prudente y escondía bien cualquier rastro. Sabía cuándo se emitían los extractos de cuentas y realizaba sus operaciones en consecuencia. Prestaba especial atención a los bancos emisores y se mantenía alejado de todos aquellos que vigilasen muy de cerca ese tipo de operaciones. Hacía todas las llamadas desde cabinas telefónicas, sin dejar ningún tipo de evidencia en su casa.

Los titulares de las tarjetas de crédito ni siquiera veían el cargo en su cuenta. «Un delito sin víctima es una belleza —decía sonriendo—. Lo sé, soy un cabrón, ¿verdad?». Y cuando reía, sus ojos mostraban una energía oscura. Miranda se habría sumergido eternamente en ellos, como en el espacio exterior.

No se enteró de todo esto hasta que ya llevaban un tiempo juntos, cuando estaba totalmente entregada, una causa perdida. En cualquier caso, decidió que podía hacer la vista gorda ante aquellos movimientos erróneos, aquellos elementos turbadores, y reenfocar la mirada en sus ojos, en su sonrisa, en sus manos y en cómo todas aquellas cosas le hacían sentirse.

Y, además, cuando iniciaron su relación, la estafa de las tarjetas de crédito era agua pasada. Ya no era necesario. Con los bares, Duncan estaba ganando una pasta. Y, por otro lado, las compañías emisoras de tarjetas de crédito se habían puesto muy estrictas.

Ahora era imposible hacer estafas de aquel tipo. Habían tomado medidas e incorporado las nuevas tecnologías.

Desde que estaba con ella, Duncan había dejado de hacer caso a otras mujeres.

—Ahora, cuando se me acercan, me quedo… en blanco. No me interesan —comentaba maravillado—. Jamás creí que eso pudiera sucederme a mí. Nunca pensé que llegaría a enamorarme algún día. —La abrazaba—. Me has conquistado —decía.

—Tú me conquistaste primero a mí —le recordaba ella.

Una noche húmeda, a principios de primavera, cuando llevaban cerca de un año juntos, la brigada de narcóticos realizó una redada y clausuró el primer bar, el que de verdad aportaba dinero y mantenía a flote los otros dos. Arrestaron a Duncan, pero lo soltaron libre de cargos al día siguiente. Un amigo en el Ayuntamiento, quizás, o un fiscal amante de la vida nocturna interesado en acallar cualquier tipo de escándalo. Miranda nunca lo supo. Pero el bar quedó clausurado, con la cinta policial impidiendo la apertura de los pomos de sus puertas pintadas con grafitis. Había que seguir pagando los recibos de la hipoteca y algunos inversores de oscuro origen empezaron a reclamar su dinero.

Una noche, Duncan le dijo a Miranda:

—Estaba pensando en aquel tío que vino al bar hace un tiempo. Uno que era de no sé qué ciudad del norte del estado. Bombero. Que estaba como una cuba y no callaba. Mencionó que cada mes montaban una noche de casino, que era lo único que hacían allá arriba. Y que recaudaban diez de los grandes cada mes.

—Eso es un montón —dijo Miranda.

—Un tonto borracho. No tenía ni ganas de escuchar qué contaba. Dijo también que la gente se pensaba que todo iba para obras benéficas, pero que él llevaba años mangándolo. Que tenía ya más de dos mil billetes escondidos. Enterrados en algún lado, por increíble que parezca. ¡Y me lo contó!

Duncan meneó la cabeza con incredulidad. Un gilipollas de pueblo.

—Dijo que estaba esperando a reunir tres millones y que entonces desaparecería.

Rio con pocas ganas.

—Ese tipo de financiación me iría bien —dijo.

En plena noche, Duncan se levantó de la cama, incapaz de dormir.

—Curioso, ¿verdad? —dijo—. Un bombero borracho. Ya me he acordado del nombre del pueblo —dijo—. Candora.

Una ventana de la sala de la televisión daba justo enfrente de un roble joven que se negaba a rendir sus últimas hojas curtidas al soleado y ventoso día. Los diálogos de la telenovela sonaban a todo volumen. April y Miranda estaban sentadas en el alféizar de la ventana, viendo cómo las ardillas grises subían y bajaban por el tronco del árbol.

—Adoro a esas putas ardillas —dijo April—. La vida contiene tantas cosas bonitas… —Se giró hacia Miranda—. No pienso tocar nunca más esa mierda, Mimi. Ni mientras siga aquí ni cuando salga. ¿Me has oído bien?

—Por supuesto que te he oído.

Una de las ardillas se sentó sobre sus patas traseras y empezó a dar vueltas y vueltas a la bellota que tenía entre las garras, como si estuviese admirando su perfección.

—¿No te alegras de que las pastillas no hicieran su efecto? —preguntó April—. ¿No te alegras de seguir aún viva?

—Claro.

Miranda sonrió.

—Yo sí me alegro. No sé qué haría aquí dentro sin ti.

La sonrisa de Miranda se esfumó. Observó el perfil de April, del color de la miel bajo la luz del sol de la tarde. Tenía unas pestañas larguísimas.

—Se acerca ya la vista para lo de tu libertad condicional.

—Sí, es el 15 del mes que viene. —Se apartó de la ventana,

jugando con la pulsera de oro que envolvía su muñeca, con el corazoncito que colgaba de ella—. Intento no ponerme nerviosa.

—Creo que te la aprobarán, ¿no?

—Dicen que el tribunal puede ser duro. —Miró a Miranda—. Gracias a Dios que Carmona no encontró esa pipa. Me salvaste, niña.

—Te darán la condicional, estoy segura.

—Ojalá tú salieras también.

Miranda miró de nuevo hacia la ventana. Las hojas muertas correteaban por la hierba parduzca, como olas en un mar agitado.

—April —dijo—, ¿de verdad crees en la vida después de la muerte?

—Sí.

—Yo no. Estoy segura de que esta es la única que tengo. Y no puedo desperdiciarla aquí. Aun en el caso de que me lo mereciera, y probablemente me lo merezco, no puedo permitir que sea así.

—A lo mejor te conceden el indulto y el recurso de apelación sale bien. Nunca se sabe.

April envolvió a Miranda en un fuerte abrazo y recostó la barbilla en su hombro, un leve peso sobre un punto de presión, un nodo de consuelo.

Anhelaba poder confiarse a April. Preguntarle qué hacer con lo de Frank Lundquist. Pero sabía que, en lo que a aquel asunto se refería, estaba condenada a la soledad más amarga. Sabía que se estaba planteando, una vez más, depositar su destino en manos de un hombre extremadamente imperfecto.

—Ya me escribirás contándome tu nueva vida —le dijo a April al oído—. Quiero conocer hasta el último detalle.

Frank Lundquist olía a lima y almizcle. Se ponía loción para después del afeitado por ella. No habían vuelto a tocarse. Aunque ella sabía que él lo deseaba. Se veía. Pero él parecía superado por la transgresión que aquello supondría. A veces, se acercaba al lado de la mesa donde ella estaba sentada y pululaba por su lado. Lo cual le hacía sentirse incómoda. Y entonces le pedía una taza de té.

Pero esta vez se quedó detrás de la mesa, con la luz procedente de la ventana del sótano enmarcándole la cabeza como un halo cuadrado. Y parecía satisfecho.

—Creo que ya lo tengo —dijo en cuanto ella ocupó su lugar en la silla de las pacientes—. He estado pensando en los obstáculos a los que nos enfrentamos. Y, claro está, el mayor de todos son las medidas de seguridad—. Se inclinó hacia delante—. ¿Dónde crees que son más débiles?

—¿Aquí en terapia? —sugirió Miranda.

Se dio cuenta de que llevaba el pelo más arreglado de lo habitual. Surcado con marcas de peine, como el grano en la madera clara.

—No. Te he visto vigilada por un solo funcionario. Dormido. Un solo funcionario, roncando, entre tú y la libertad.

—De haber sucedido eso, imagino que me habría fugado.

—No lo hiciste porque en aquel momento era como si no estuvieses allí.

Se levantó, pasó por el lado de ella, se detuvo delante de su silla y se recostó en la mesa.

—Cuando estabas en el hospital, todavía bajo el efecto de los fármacos, fui a visitarte. Y allí solo había un funcionario. Y dormido, además, Miranda. Y no había absolutamente nadie más. Podría haberlo hecho, podría haberlo hecho entonces. —Estudió su reacción—. Ojalá lo hubiera hecho.

—¿Y cuál es tu plan?

—¿No lo ves? —Le sonrió. Su mirada se iluminó—. Te daremos otra dosis de Elavil. Para volver a suicidarte.

Miranda negó con la cabeza.

—No.

—Para volver a intentarlo, quiero decir. Y buscarás el momento adecuado para que te encuentren. Y cuando te lleven al hospital, iré y te sacaré de allí en plena noche.

—Le prometí a mi madre que no volvería a hacerlo jamás.

Lo dijo con la voz quebrada. Porque se daba cuenta de que era un plan inteligente. Pero aborrecía la idea. Era abominable.

—Miranda. Le he dado vueltas y más vueltas. Pienso que es la mejor manera. Pero si se te ocurre una alternativa mejor, la escucharé.

Se quedó mirándolo.

—¿Y después qué? —preguntó, sin apenas oír su propia voz.

—Después desapareceremos. Tú y yo. Desapareceremos juntos.

Se puso en cuclillas delante de ella, le cogió las manos. Se quedó mirándola. Y ella se dio cuenta enseguida de que las visiones sobre su futuro juntos lo tenían poseído.

Desaparecer juntos.

No se lo imaginaba. ¿Desaparecer con aquella persona?

Pero aun así… El atractivo de otra vida. De borrar de un plumazo su arruinada historia. De tener años limpios por delante.

Bajó la vista hacia sus manos, unidas aún a las de él. Esas manos más pequeñas, de piel más clara. Esas manos eran las de ella, ¿no? Porque no notaba que transmitiesen sensación alguna a su cerebro.

Lu la había visto saliendo de la unidad. Acicalada para su encuentro con Frank. Lu la había parado, le había acariciado un mechón de su cabello perfectamente peinado y lo había olido.

—Como una ciruela madura. —Le guiñó el ojo—. Le gustará.

Miranda le había sonreído y había hecho un gesto negativo con la cabeza.

—Te equivocas de todas todas.

Lu rio y, con un ágil movimiento, le subió la camiseta a Miranda y dejó al descubierto el sujetador de encaje de color coral. Miranda le apartó las manos de un bofetón. Alguien silbó de admiración por el pasillo.

203

Lu se acercó y le estampó un beso en cada mejilla. La sujetó por los brazos.

—El poder que tenemos es precisamente este, Mimi —le dijo en voz baja—. Y tenemos que utilizarlo. Siempre.

Y la soltó dándole un empujoncito que la impulsó hacia las puertas de salida.

15

PROMUEVE LA EXACTITUD, LA VERACIDAD Y LA HONESTIDAD
(Principio C)

La evaluación de riesgos es un asunto que tiene su miga. Y que constituía gran parte de mi trabajo en Milford Basin. La Administración necesitaba saber cosas como la siguiente: si Emilia se alberga en un dormitorio comunitario, ¿qué probabilidades hay de que le golpee la cabeza a otra interna con un objeto romo, como ya hizo en aquella casa pareada en ruinas de Troy, donde vivía? ¿Qué probabilidades hay de que Brittni vuelva a maltratar a sus hijos si mientras está en libertad condicional recupera la custodia? ¿Debería permitirse que Minh, que está siempre deprimida, trabajara en la cocina, y con ello, que pudiera acceder a utensilios afilados, o eso la empujaría inequívocamente a autolesionarse?

Y el término «riesgo» no tiene por qué tener obligatoriamente una connotación negativa. El proceso de cinco fases de la evaluación de riesgos (desde la fase uno: determinación de la conducta objetivo, hasta la fase cinco: determinación de la monitorización adecuada) puede utilizarse también para determinar, por ejemplo, las probabilidades de que tu pareja se presente en tu fiesta de cumpleaños sorpresa o de que un hermano menor yonqui abandone ese vicio infernal.

Towl y Crighton confeccionaron una definición muy clara en su último libro: la evaluación de riesgos es simplemente *la estimación de la probabilidad de que se produzca una conducta objetivo, combinada con la consideración de las consecuencias de que eso suceda.*

Me pregunto, por lo tanto, cómo se habría calculado el riesgo que conllevaba mi caso.

Si Towl y Crighton hubieran analizado mi mente a lo largo de las cinco fases, ¿podrían haber previsto que acabaría involucrándome de aquel modo con una paciente? ¿Podrían haber predicho que elaboraría un plan de fuga para ella? ¿Habrían sabido que quebrantaría una docena de principios éticos profesionales y unas cuantas leyes importantísimas con tal de ayudarla, con tal de hacer realidad mi deseo de vivir una vida que tuviera un impacto real?

Lo dudo.

Ni siquiera el test de Lundquist, considerado durante mucho tiempo un test de exactitud sin igual, podría haber predicho este resultado para mí, su propio Bebé Cero.

Pobre y triste Charlie Polkinghorne. Tuve que tocar todas sus cuerdas, puesto que era mi instrumento. Le invité a tomar una copa al salir del trabajo. Se acercaba Navidad y la noche, la oscuridad y el frío llegaban cada vez más pronto. Elegí un bar de mala muerte junto al río. Él pidió *whisky*, yo pedí una cerveza. Los acordes nostálgicos de la música *country* y las guirnaldas con mustias lucecitas navideñas remataban el ambiente. Estábamos sentados junto a la ventana y el Santa Claus colgado encima de ella, que se iluminaba y se apagaba intermitentemente, hacía que la cara de Charlie se pusiese colorada, luego oscura, colorada, luego oscura.

—Resulta que me ha llamado mi exmujer —empecé a decir—. Está embarazada. Y eso que cuando estábamos juntos había decidido no tener hijos.

Lo cual era cierto. Winnie me había llamado para desearme feliz Navidad. Y me había dado la noticia.

Charlie meneó la cabeza, ahora roja.

—Intenta no tomártelo como algo personal, Frank. Hay cosas predestinadas a ser como son.

Por detrás de mí había mesas de billar, reían a carcajadas.

—Supongo que no supe motivarla adecuadamente. —Le sonreí a la cerveza—. Y eso que se supone que tendría que ser un experto en el análisis de la conducta femenina.

—Al infierno con eso —dijo Charlie, oscuro ahora—. Ya sabes que dicen que la vida del terapeuta suele ser su mayor misterio.

Bebí un trago de cerveza.

—Sí.

Charlie levantó la vista hacia el cristal sucio de la ventana.

—De hecho —dijo—, acabo de pasar mentalmente lista de los colegas que conozco. ¿Y sabes qué? Creo que soy uno de los pocos que no se ha divorciado una vez como mínimo.

—Supongo que esta profesión se cobra su peaje.

—Podría contarte cuál es el secreto de nuestro éxito, el de Sheila y yo. —Le dio un trago al *whisky*—. Las aficiones.

—¿Ah, sí? —dije—. No sabía que tuvieras una afición.

Asintió, bañado de nuevo por la luz roja.

—Dibujo al natural. Contrato modelos para que vengan a mi apartamento y las dibujo.

—¿Modelos desnudas?

—Por supuesto, modelos desnudas, Frank. Estamos hablando de arte, de anatomía, de estas cosas. —Se encogió de hombros—. Es divertido. Y una válvula de escape.

—¿Y cuál es la afición de Sheila?

—Colecciona rocas y minerales.

—Caramba. Nunca me lo habría imaginado.

—Pues sí. Tiene un grupo de amigos con los que va a buscar pedruscos. Disfruta de lo lindo.

Apuré la cerveza y le indiqué con gestos a la camarera que nos sirviera otra ronda. Mientras esperaba, jugueteé con el húmedo posavasos de celulosa.

—No puedo dormir, Charlie. Me paso las noches en vela pensando que moriré solo.

Charlie suspiró.

—Sí, bueno. Son temores normales. Es un momento duro, una transición. Un suceso estresante. Necesitas tomar alguna cosa.

—El caso es que odio las pastillas. Soy de la opinión de que debería serenarme yo solo.

—No seas ridículo. Deja que te recete algo. ¿Qué quieres? ¿Halcion? ¿Valium?

Dudé un instante. Pobre Polkinghorne. Su cara se puso colorada y se sumergió una vez más en la oscuridad. Era una versión demacrada, decrépita y gastada del chico Cornell que había sido en su día, con su pelo blanco y sus mejillas arrugadas. ¿Le costaría esto el puesto, la pensión? Cuando el asunto estallara, ¿encontrarían la manera de echarle parte de la culpa? Pero estaba a punto de jubilarse y sabía que Sheila provenía de una familia adinerada. Llegué a la conclusión de que Charlie saldría prácticamente indemne de la situación.

La camarera dejó las copas sobre la superficie pegajosa de la mesa. Cogí la cerveza y bebí un trago con despreocupación.

—De hecho, estaba pensando en Elavil. Solo para unos meses.

Contuve la respiración, consciente de que era una medicación fuerte. Y sería suficiente para hacer el trabajo para M, además de guardarme una dosis adicional para mí, por si acaso. Porque aquella aventura también podía salir mal.

—Lo que tú quieras con tal de ayudarte, Frank —dijo—. Lo que tú quieras.

Dos días más tarde, en la consulta, M guardó las pastillas, de una en una, en la banda inferior del sujetador. Era de color naranja rosado, de la tonalidad de una nube de primavera al atardecer. Aparté rápidamente la mirada de su pecho cremoso, de su cintura, de su ombligo, de aquellas ondulaciones que recordaban una bandera blanca.

¿Cómo podía darle un arsenal de pastillas a una paciente que había intentado suicidarse una vez, y precisamente utilizando ese método? Evaluación del riesgo. Jamás había visto unas ganas tan grandes de vivir como las que veía en sus ojos cuando hablábamos de la fuga. Las había percibido fluyendo por su interior, con una fuerza intensísima, en el momento en que la tuve entre mis brazos, cuando la besé.

Me daban la fuerza para darle un vuelco completo a mi vida.

Desde aquel momento, empecé a pasar los días sumido en un estado de realidad aumentada. Mi confusión sobre cuál era mi función en la Tierra: desaparecida. La sensación de mi potencial frustrado como el niño arquetípico: esfumada. Ahora que M y yo estábamos juntos, era como si el mundo estuviera cubierto con una salsa secreta, como si todos sus momentos crepitaran con una sensación adicional. Todo lo que veía parecía ensombrecido por augurios.

Empecé a planificar, a tramar y a asumir el control de la situación como nunca lo había hecho. Por fin se estaba poniendo de manifiesto aquel sentido de misión, de éxito, que había vaticinado el test de mi padre. Aunque de un modo que ni siquiera a la mente científica más aguda se le habría ocurrido proponer. Nacido de una fuerza que M comprendía desde lo más profundo de su ser: la subyugación que conlleva el amor peligroso.

La vigilia del Día de Acción de Gracias, subí al coche para ir en busca de Clyde. Pasada ya medianoche, con Stevie Wonder sonando en la radio, vi de lejos a mi hermano saltando alternativamente sobre un pie y sobre el otro, blanco de frío, en la esquina de la Séptima Avenida con la calle Catorce. Los calcetines apretujados en dos bolsas de la compra hechas jirones, la caja de cartón reconvertida en escaparate doblada y apoyada en una farola.

Cuando vio que mi coche subía al bordillo, su rostro se iluminó. Me incliné hacia el lado del acompañante y abrí la puerta. La radio vertió la voz de Wonder en el aire gélido: *I was born in Li'l Rock, had a childhood sweetheart.*

—Anda, venga, te invito a una hamburguesa.

—No, gracias, estoy esperando a Jimmy. Si no estoy aquí para la recogida, se cabreará de verdad. —Ladeó la cabeza para echar un vistazo hacia la calle Catorce—. Ya llega tarde.

—Vale, pero al menos sube y espera aquí dentro. Estás medio congelado. ¿Y dónde está tu pelo?

Entró y se pasó la mano por su cabeza rapada. La parte superior estaba rasposa; había conservado las patillas, aunque quedaban truncadas.

—Idea de Francie. Dijo que ese pelo largo que llevaba estropeaba mi imagen.

—¿Así que sigue aún por ahí?

—Pues claro. Estamos enamorados.

—¿Y Flor?

—Pasó de mí. Por Jimmy.

Se frotó las manos delante de las salidas del aire caliente.

—Ya —dije.

—La mujer de Jimmy, Agatha, es una mujerona con unos brazos que parecen los de George Foreman. La verdad es que no se me ocurriría meterme con ella. Aunque vive en Forest Hills con los niños. En una casa con garaje para seis coches, cuentan.

—Me gustaría que pudiéramos ir juntos a cenar mañana por la noche, para celebrar el Día de Acción de Gracias. —Dudé un instante—. Y Francie también podría venir.

—Ah, muy amable por tu parte, Frank, pero tenemos planes.

—¿Planes? ¿Qué planes podríais tener?

—Los del refugio de San José montan una mesa con pavo relleno y la hostia de cosas más. ¿Y adivina quién está preparando veinticinco pasteles de calabaza? —Se volvió hacia mí, radiante de orgullo—. Este humilde servidor. Y Francie está ayudándome con la masa de la pasta quebrada.

—Oh.

Debí de mostrarme realmente abatido, puesto que Clyde ladeó la cabeza en un gesto compasivo y dijo:

—¿A lo mejor el año que viene?

—Mira, Clyde. Tengo noticias.

Con el calor respirando en el interior del coche, con las conocidas melodías pop proporcionando al entorno profundidad y aliento, le expuse el extravagante escenario. El atrevido plan que había elaborado para el siguiente capítulo de mi vida. Le dije que quería su colaboración, la de él y la de Jimmy. Le dije que necesitaba reunirme con su jefe, que le dijese a Jimmy que le pagaría por la ayuda que me brindara. No me apetecía confiar en aquel tipo, pero sabía que yo solo no saldría adelante. Confiaba en que Clyde estuviera lo bastante lúcido como para entender lo que había en juego.

Y justo en aquel momento, el jefe aparcó a nuestro lado a bordo de una furgoneta blanca mugrienta y sin silenciador, un tipo con cara rechoncha y cejijunto, con expresión airada. Detrás de él, una oscilante carga de gente greñuda y globos de material brillante. Clyde salió inmediatamente del coche y se inclinó hacia mí antes de cerrar la puerta.

—Hablaré con él, Frank. No sé si querrá hacerlo, ya tiene bastantes dolores de cabeza en Brooklyn, no sé si me explico. Los rusos. Está extremadamente susceptible por eso. Pero hablaré con él. Lo haré por ti.

Me sorprendió entonces un matiz en su voz. Me di cuenta de que sus ojos se habían puesto tristes.

—Feliz Día de Acción de Gracias, Frank —dijo.

Dio media vuelta enseguida. Recogió su caja y sus bolsas de calcetines y echó a correr hacia la furgoneta que seguía esperándolo.

Lo vi marchar, puse el coche en marcha y rumbo hacia el centro. Sin darme cuenta, me encontré conduciendo en dirección sur por Jersey, llegando al peaje, con la emisora de radio con temas de los años setenta llenándose de interferencias, con la aguja que marcaba el nivel de gasolina rozando ya la reserva. Paré en un área de servicio, llené el depósito y busqué una cabina.

—Papá —dije—. ¿Le dirás a Irma que me reserve sitio en la mesa?

Seguí la vena brillante de la interestatal durante toda la noche, cruzando el paisaje confuso y adormilado de la parte central de la costa atlántica; garitas de peaje, gasolineras, ríos salobres. Cuando atravesaba el puente de Delaware, la luna apareció a modo de artista invitada, un fino cuarto creciente lejano, muy lejano, un hoyuelo en una cara de estrellas.

Mientras conducía, pensé en M, claro está. Me imaginé viviendo con ella en algún lugar remoto, escondidos, con nombres falsos, con identidades falsas. Una habitación con vistas en una ciudad desconocida. Una mesa, un par de sillas. La luz del sol de la mañana, una cama. M durmiendo en la cama. Yo sentado detrás de la mesa, bebiendo café con una taza y un platillo, leyendo un libro, mirándola cuando se agita en sueños.

Se despierta y me sonríe. Repito la escena: se despierta y me sonríe. Pronuncia mi nombre. Lo pronuncia y sonríe.

Y podría suceder. Era uno de los resultados posibles. Podría pronunciar mi nombre con amor. Con deseo incluso.

Un resultado posible, sí, pero en absoluto garantizado. Y Towl y Crighton no servían aquí para nada. Mis emociones superaban cualquier intento de llevar a cabo una evaluación racional de la probabilidad.

En cualquier caso, ya era tarde para la probabilidad. Mi vida se estaba volviendo precisa, como un rayo láser, dirigida exclusivamente hacia M. Lo único que podía hacer para los demás era despedirme de ellos.

Nunca se ven fotografías de Washington en noviembre. No, en las postales siempre aparece una primavera sobresaturada, los árboles llenos a rebosar de flores de cerezo y coros de tulipanes rojos envolviendo los monumentos blancos. Y un cielo americano azul impoluto. Siempre he odiado este Washington. La versión para los turistas. Jason DeMarea, Anthony Li y yo íbamos al centro y nos burlábamos de ellos. Les dábamos mal las indicaciones cuando nos las pedían y les gritábamos cosas como: «¡Largaos a casa, puablerinos!» cuando los veíamos pasar a bordo de aquellos trenecillos descubiertos que los paseaban arriba y abajo de la Explanada. Cualquiera que llevara sandalias con calcetines era víctima de la pistola de agua de color morado de Jason.

No, el Washington en el que vivíamos no era la versión Kodak, sobre todo durante el lúgubre noviembre, cuando los céspedes lucían un color parduzco y la hierba se había endurecido. El alabastro se fundía con el cielo encapotado, nadie subía al solitario monumento a Washington y lo que contaba era el rutinario universo del Gobierno. En la escuela había niños cuyos padres estaban siendo retenidos como rehenes en Irán. Conocíamos a madres que compraban material para misiles y adolescentes que pasaban el verano respondiendo al teléfono de atención al cliente de Hacienda. No conocíamos a los peces gordos, a los senadores multimillonarios, a los miembros del gabinete que frecuentaban el club de campo. Teníamos los burócratas de nivel intermedio y los congresistas del montón, o los antiguos congresistas del montón

Mi padre seguía viviendo en el rancho de dos plantas donde yo me había criado, y en el que Clyde también se había criado, asentado en un terreno inclinado, detrás del instituto. Minúsculas nubes rosadas, las huellas de un niño celestial, asomaban en el cielo blanqueado cuando enfilé la calle al amanecer. Las casas bajas de tiempos de Eisenhower, Kennedy y Johnson estaban a oscuras la mayoría, con alguna que otra ventana con luz amarilla, detrás de la cual una cocinera madrugadora debía de estar preparando la masa para envolver los rollos de carne de la cena o hincándole el cuchillo con pocas ganas a un pavo descongelado solo a medias. Llegué al camino de acceso. Los setos andaban necesitados de poda. Oscurecían las ventanas de la fachada. Colleen se habría ocupado de ellos. Llevaba tres años ausente. Tiempo suficiente para que los tejos lucieran tan descuidados.

Llamábamos a mi madre por su nombre. Clyde empezó a hacerlo cuando tenía cuatro años, y a ella le hizo gracia. De modo que yo seguí su ejemplo; por aquel entonces tenía dieciocho años y lo veía como de lo más urbano. Y ella sonreía. Tenía una sonrisa franca, magnética, una cara de osamenta fina enmarcada con suaves rizos del color del chocolate con leche, unos ojos tiernos y azules. Alta como yo, como Clyde. Hacía volver la cabeza a los hombres a su paso, como le gustaba comentar a Erskine, y se los tenía que quitar de encima a tortazos. Tocaba el piano y cantaba canciones de Dylan en las fiestas, aunque de hecho, igual que yo, era bastante tímida.

Nos dejó de repente. Fue enterrada un día de julio brutalmente caluroso. El funeral se celebró en el aparcamiento del cementerio, a pesar del calor, para que pudieran tener acceso los minusválidos. Durante años, Colleen había realizado labores de voluntariado en un hogar para discapacitados y treinta y ocho mujeres y hombres en silla de ruedas quisieron ir a despedirla. Diseminados por aquel aparcamiento vapuleado por el sol, su declaración de intenciones quedó muy clara: era un ser humano que hacía el bien. Que tuvo una vida de auténtico impacto.

Pasé un rato más sentado en el coche, rememorándola. Desde su muerte, las cosas se habían vuelto un poco caóticas. Para Clyde, para mí.

Cuando entré en la casa, eran las seis y cuarenta y tres de la mañana. La cocina estaba perfectamente iluminada y los trapos de cocina de color rosa que Irma tejía a ganchillo resplandecían como retazos de sol. Mi padre me sirvió un café. Se le veía frágil, enfundado en un albornoz de tejido de rizo y con sus pantuflas de piel en mal estado. Me dijo que se había pasado la noche despierto.

—Me emocioné tanto cuando llamaste que me ha sido imposible volverme a dormir. He estado jugando al Solitario y he visto un buen documental sobre serpientes. Irma ha estado despierta hasta las dos preparando ese aro de arroz con queso.

—No era necesario que lo hiciera.

—Sabe que a vosotros, los chicos, os encanta ese pastel de arroz con queso. E Irma se alegra de tener alguien para quien cocinarlo.

Terminado el café, mi padre decidió ir a echar una cabezadita.

214

Entré en el salón. No había cambiado nada: la misma moqueta marrón y naranja, la misma tele Quasar, el mismo sofá de mi adolescencia, tapizado con aquella tela a cuadros escoceses que hacía bolitas. En una estantería, una fotografía amarillenta que empezaba a arrugarse por las esquinas: yo, con aparato en los dientes, el flequillo hasta los ojos, con Clyde bebé, dándole el biberón, y Colleen sonriéndonos a los dos por encima de mi hombro.

Detrás de la fotografía, en la estantería, anuarios escolares puestos en fila. Hojeé el correspondiente a mi primer año de instituto, cuyas páginas sin brillo se pegaban ligeramente. La página del equipo femenino de atletismo de mi curso. Una foto del equipo y abajo, en la esquina, la foto de una única chica cruzando la meta. Arranqué la página, la doblé en un cuadradito y me la guardé en el bolsillo de la camisa. Me guardé también la de Colleen y sus hijos.

Después de aquello, debí de quedarme dormido en el sofá. Cuando me desperté, oí un ruido sordo, repetitivo y lejano. ¿Mi corazón? Fijé la vista en la lámpara de techo de latón, cubierta de polvo. La ventana zumbaba con el aquel latido, vibraba siguiendo el ritmo. «Bom. Bom. Bumbum Bom».

Vamos. Adelante Blue Bears. El encuentro anual del Día de Acción de Gracias, los Lincoln Blue Bears contra sus eternos rivales, los Bulldogs del Winston Churchill, el colegio de un poco más abajo. La banda de música y el eco de los tambores resonando entre los abetos.

Teníamos que ir mi padre y yo, evidentemente, en honor a los viejos tiempos. Irma, que llevaba décadas cocinando y limpiando para nosotros, llenó con sus típicos bollos de canela, de su Finlandia natal, los bolsillos de la parca de mi padre, que conjuntaba con un sombrero a juego, así como los de mi chaqueta, poco gruesa para el tiempo que hacía.

Nos abrimos camino por la maleza del jardín de atrás y cruzamos un bosquecillo de árboles jóvenes y celastro, igual que hacía yo todas las mañanas mientras estuve estudiando en el instituto. Y mientras atajábamos por el aparcamiento, caí en la cuenta: este es el lugar en el que M entró en mi vida. Y aquí está su Toyota marrón cobrizo, la jornada escolar está a punto de dar comienzo y la veo salir del coche familiar, algo sucio, con el cabello recién cepillado derramándose espléndidamente sobre los hombros de su cazadora vaquera blanca, con sus labios, a los que acaba de aplicar brillo, con un resplandor pegajoso y acuoso cuando les da el sol, con sus vaqueros adorablemente parcheados con retales de algodón. Un bolso de ante con flecos colgado en bandolera que baila al ritmo de sus pasos. Los suaves contornos de su cara, la expresión cuidadosamente distante pero tan consciente de todo lo que sucede a su alrededor. Tan inteligente, tan profunda. Y la oreja con el *piercing* doble, atrevido, casi al límite. Y aquí estoy yo, mirándola embobado, incapaz de murmurar ni siquiera un «Hace un día estupendo, ¿verdad?». Viéndola pasar por mi lado, simplemente.

Siempre pasaba por mi lado, solo eso. ¿Y ahora? Habíamos subido juntos a un tonel y estábamos a punto de precipitarnos por la cascada.

Mi padre y yo subimos a la grada, elevando la voz por encima de las pulsaciones de la banda de música, que tocaba desde sus asientos en las filas inferiores, y por encima de la neblina provocada por los vapores de las palomitas y los perritos calientes. Y entonces sucedió algo gracioso: se me hizo un nudo enorme y doloroso en la garganta.

Aquel tipo de normalidad tan americana, aquella escena de nuestra ciudad natal, quedaría para siempre fuera de nuestro alcance, lejos de M y de mí. Las chicas saltarinas con sus pompones, los chicos con granos y los padres dando palmaditas en la espalda estaban sumergidos en vivir aquel momento. Preocupados sinceramente por el partido que se estaba jugando, dejándose llevar sinceramente por la fiesta. Respetaban las leyes de este país. Amaban este país.

Y yo también. Yo también.

Pero amaba aún más a M, eso era todo.

Lo cual implicaba decir adiós a todo esto. Adiós.

Iban ya casi por la mitad y los Bears se habían adelantado en el marcador, trece a siete.

—Dicen que el *quarterback* de este año es un fenómeno —comentó mi padre—. A lo mejor resulta que es tan bueno como aquel chaval de tu curso, Bushmiller. ¿Sabes que se ha retirado ya de la liga profesional?

Las animadoras seguían con sus evoluciones, luciendo sus muslos cubiertos con medias.

—Papá —dije—. Ojalá hubiera podido hacer que te sintieras más orgulloso de mí.

Se volvió hacia mí. El sombrero proyectaba sombra sobre sus ojos y sus rebeldes cejas blancas.

—Me has hecho sentir muy orgulloso. Incluso de niño, hay que ver lo bien que salió tu test. Y también desde entonces, por supuesto. Siempre me he sentido orgulloso de ti.

—Ojalá hubiese llegado a ser mejor psicólogo. El caso Fehler…

—Eso podría haberle pasado a cualquiera, Frank.

—A ti nunca te habría pasado.

Un pitido potente dio por terminada la primera parte. El *quarterback* estrella lanzó la pelota a uno de los árbitros.

—Yo nunca salí del laboratorio. Por eso no me pasó. Me quedé encerrado allí. —Mi padre me golpeó la rodilla con los nudillos—. Tú estás trabajando en el mundo de verdad.

La banda de música saltó al centro del terreno de juego, con la tuba balanceándose hacia un lado y hacia el otro, un chico con sombrero de copa tocando un bajo eléctrico seguido por un niño que empujaba un amplificador montado en una carretilla. El grupo emitía un ruido asombroso, un fragor y un estruendo tan imponentes, que debía de oírse desde el otro lado del Potomac, como un bombardeo de la guerra civil. Seguimos sentados el uno al lado del otro, aporreados por el sonido.

El laboratorio consumía su tiempo durante los largos años previos al nacimiento de Clyde. Por aquel entonces, yo no era más que un niño y la verdad es que los recuerdos que tengo de mi padre de aquella época giran en torno a sus partidas. Cuando se marchaba de casa por la mañana y me alborotaba el pelo. Cuando me compraba chicles en el aeropuerto las veces que íbamos a despedirlo. Cuando se ponía al volante de la ranchera los domingos por la tarde y nos dejaba a mis amigos y a mí en la pista de patinaje de Rockville Pike y a continuación se iba a trabajar al laboratorio. Claro, sí, pasamos horas juntos cuando me ponía a prueba para ir perfeccionando el test de Lundquist, pero, por desgracia, yo era tan pequeño que no recuerdo en absoluto esas horas.

Entró entonces en el campo una furgoneta tipo *pickup* de Harry Donut's y dos chicos, elegidos por su habilidad en el lanzamiento de *donuts*, arrojaron roscos de canela hacia las gradas.

—¡Mira! —dijo mi padre—. ¡Hacen aún el lanzamiento del oso!

Vi una rosquilla volando en dirección a nosotros.

—¡Cogedla! —gritó alguien.

—No sé cuándo voy a volver a verte —dije.

Se quedó mirándome.

—¿Qué? ¿Por qué?

Estiró el cuerpo para hacerse con otra rosquilla que iba directa hacia él. Intentó capturarla, pero perdió el equilibrio. Empezó a inclinarse y cayó hacia los empinados peldaños del pasillo.

Corrí a alcanzarlo, pero ya era tarde. A su alrededor se había congregado ya un grupillo de gente. Se oía un débil gemido.

—¡Es mi padre! —grité—. ¡Déjenmelo verlo!

La cara de mi padre estaba contorsionada por el dolor.

—¿Dónde te vas? —susurró—. ¿Te marchas lejos?

Abajo, en el terreno de juego, la banda de música empezó a tocar *Luck be a lady tonight*. Una adolescente me dio unos golpecitos en el hombro y me puso un objeto en la mano.

—Tenga mi StarTAC —dijo—. Y llame a urgencias.

16

NOVIEMBRE DE 1999

April Toni Nicholson era la mejor amiga que Miranda había tenido en su vida. Una conexión más fuerte, más profunda, más íntima que la que había tenido con Gillian en Nueva York o con cualquiera de las chicas que había conocido en el colegio. Mantener una amistad en el envenenado reino de los correccionales —una amistad de verdad—, exigía un nivel increíble de compañerismo, una intensa combinación de amor y misericordia. Y April le había dado todo aquello a Miranda, y Miranda lo había recogido agradecida.

Compartían mucho más, en lo referente al contexto, de lo que cabría imaginar. A medida que fueron pasando los días, después de que Miranda llegara a la unidad y April empezara a entablar amistad con ella, descubrieron que ambas habían crecido en mundos que exigían que la imagen pública de su casa fuera tan impoluta como la de su jardín: el padre de April, un militar aspirante a ascender por los escalafones de las fuerzas armadas; el de Miranda, un político abriéndose paso a codazos en la Administración. La caída en desgracia de ambas mujeres había sido un desastre para la imagen de ambas familias, pero con una diferencia crucial: el padre de April no había perdonado a su hija; el de Miranda sí, porque entendía bastante de transgresiones.

Con el tiempo, April acabó queriendo a Miranda como una hermana. «Solo tuve tres hermanos, de modo que tú eres mi única hermana», le decía con su suave acento de Pensacola. Y Miranda la quería también así. Como una segunda hermana. Hasta donde se atrevía a hacerlo.

Las festividades solían pasarlas juntas; April y Miranda reservaban revistas nuevas y alguna cosa buena que comer para que el día pasara más fácilmente. Para Acción de Gracias, junto con el *risotto* que Miranda había conseguido por fin preparar, April pudo aportar una lata de salsa de arándanos y una caja de galletas Lorna Doone. A ninguna de las dos les importaba no tener pavo. Estaban de acuerdo en que lo importante eran los arándanos.

Pero lo extraño del caso es que April no logró llegar con vida a aquel día. Lo extraño del caso fue que cayera justo la vigilia de la festividad. Lo extraño del caso fue que ingiriera una cantidad tan grande de cocaína cristalizada y a tanta velocidad que la droga acabó provocándole convulsiones que le atacaron el corazón. Que volvieran del revés aquel pequeño saco vital.

Al amanecer del Día de Acción de Gracias la encontraron fría y rígida en su celda. La cárcel se cerró como medida de seguridad. La cena con pavo de los funcionarios quedó cancelada.

Miranda vio cómo se llevaban a April en una camilla, dentro de una bolsa de plástico negra con las palabras «NY State Docs» escritas con rotulador en un lado y una cremallera plateada gruesa cerrada en la parte central que parecía un riachuelo de mercurio.

Se quedó acurrucada en la cama durante la mayor parte de los tres días siguientes, pensando en el Elavil que guardaba escondido en el interior de una percha de plástico. Aquella última sobredosis le había revuelto el alma, y a pesar de que había aceptado las pastillas que le proporcionaba Frank Lundquist, no había accedido todavía a su plan. Aún no había sido capaz de digerir la idea, la del segundo suicidio. Pero ahora vacilaba. Tragárselas, dormir. Olvidarse de aquella locura de fuga. Al final, quizás, sería mucho más sencillo soñar con huir de aquel lugar. Para siempre.

* * *

Pero en vez de eso, oyó que gritaban su nombre por megafonía:

—¡Greene, preséntese en la salida número tres de la unidad!

Se sentó en la cama, se calzó las zapatillas y entonces escuchó los pasos arrastrados de Carmona y, acto seguido, el bloque compacto de su forma oscureció la luz.

—Estamos en situación de cierre de emergencia, pero dicen que te deje salir. ¿Estás jugándomela con tus influencias, Missy, o qué? —Los cerrojos de seguridad rechinaron y Carmona abrió la puerta—. ¿No crees que tengo ya bastante trabajo con tanta chica muerta por aquí?

Miranda se estremeció y Carmona lo vio. Bajó la voz.

—Sé que era tu amiga. Averiguaremos quién está entrando esa mierda. Y ahora baja a visitas. Debe de ser alguien importante para permitirte salir del confinamiento.

Durante unos instantes de alucinación, Miranda pensó que tal vez podía ser el gobernador, tal vez incluso el presidente, que venía a concederle el indulto. Recorrió a toda velocidad la unidad, con la placa de identificación encerrada en una mano húmeda. Carmona la empujó fuera.

Cruzó las puertas hacia la zona de visitas. Había una interna a la espera de ser procesada y el puesto de vigilancia estaba desierto. Cuando se acercó, Miranda se quedó pasmada al reconocer a Lu.

—¿No estás en confinamiento? —preguntó acercándosele por detrás.

Lu se giró rápidamente.

—¡Mimi! —Parpadeó perpleja—. Estoy esperando a que llegue un funcionario. Se ve que alguno me ha mandado llamar. No tengo ni idea de quién se trata. ¿No les dirías que le hice eso a Dorcas, no dijiste nada, verdad?

—Por supuesto que no —replicó Miranda incómoda al ver que Lu era capaz de sugerir tal cosa.

—Sé que no lo hiciste, pequeña. Estoy cabreada porque me pregunto a santo de qué quiere ahora verme un funcionario. Oh, Mimi, eso de April... estoy muy triste y lo siento muchísimo.

Lu movió la cabeza de un lado a otro y dio la impresión de que le costaba respirar. Miranda bajó la vista con preocupación.

—No puedo ni hablar de ello. No lo hagamos, Lu, por favor te lo pido.

—Lo entiendo, cariño. Lo entiendo. —Lu le presionó el brazo—. Ya hablaremos más adelante. Y ahora, cuéntame, ¿por qué te han sacado a ti del confinamiento?

—Me han llamado a visitas.

—¿Y por eso te han dejado salir? Tiene que ser algo gordo.

Miranda hizo un gesto de indiferencia y vio, por encima del hombro de Lu, que Jerrold Liverwell salía en aquel momento de los servicios de caballeros que había al otro lado de la verja y se dirigía hacia ellas, meneando su juego de llaves.

—No tengo ni idea —dijo—. Y aquí tienes a tu funcionario.

Estaba totalmente fuera de contexto. Sentado en lo alto de un taburete demasiado pequeño para él, detrás de una de las mesas largas de la sala de visitas, vacía y brillante por el exceso de luz, vestido con un traje gris que le quedaba tan perfecto que parecía un hombre envasado al vacío. De no haberlo visto al lado de Edward Greene, de no haberlo visto en compañía de su padre, probablemente no lo habría reconocido. ¿Cuándo lo vio por última vez? En el funeral.

Recordaba, por supuesto, la primera vez. 1976, una sala del Pittsburgh Hilton, la primera noche electoral de Edward Greene. Empezaban a llegar los resultados. Greene treinta y cinco puntos arriba en Homestead, Greene barriendo en West Mifflin. Miranda y Amy saltando de cama en cama, dando unos brincos tan grandes que rozaban el techo con la punta de los dedos, mientras los mayores se paseaban por allí abrazándose y derramando cócteles espumosos en la moqueta. Barb estaba sentada detrás de una mesa de despacho cerca del televisor, mirándose en un espejito, retocándose el maquillaje para presentarse victoriosa. A Miranda le encantaba observarla. Y entonces le entraron ganas de hacer pipí y dobló la esquina del pasillo para ir al baño.

Y vio a su padre, que abría la puerta que daba acceso al vestíbulo del hotel, y allí fuera, en aquel reino resplandeciente de moqueta dorada, apareció aquel hombre, un hombre rechoncho con un ceñido traje marrón, con la piel de la cara brillante y suave en algunas partes, algo picada por la viruela en otras, una cara que recordaba un pastel sin glaseado. Sostenía una caja muy grande. Su padre le dio una palmada en la espalda —«Hola, qué alegría verte por aquí»— y le ayudó a dejar la caja en el suelo.

—Asti Spumante. Lo mejor que he podido encontrar, con tan poca antelación, en esta ciudad de mierda que tenemos —dijo el traje marrón. Levantó la vista y vio entonces a Miranda. Le guiñó el ojo—. Discúlpame por mi francés, bombón.

Su padre se giró hacia ella.

—¿Qué quieres, cariño? ¿Necesitas ir? —La empujó hacia los baños—. Vayamos a tomar una copa, Neil —dijo, volviéndose de nuevo hacia el hombre marrón—. Sé que tenemos que hablar.

—Ya tendremos tiempo para eso más tarde —dijo el hombre—. Mucho, tendremos. —Y justo antes de cerrar la puerta de los baños, vio que el hombre extendía el brazo para tirar de la corbata de su padre—. Te comenté que tendrías que rebajar un poco las cifras, ¿no?

Cuando salió, el hombre se había ido y su padre andaba dando vueltas con una botella abierta en cada mano, Asti para todo el mundo. Amy y Miranda pudieron compartir una copa, llena de burbujillas asustadas que producían pinchacitos al beberlas, y se la acabaron entera.

Meses más tarde, en la tele de la casa de Holloway Drive, vieron la imagen del hombre del Asti Spumante y el coche azul hielo. Había hecho una oferta por los Steelers, dijo la mujer que daba las noticias. Dijo que era un «magnate».

—¿Qué es un magnate? —preguntó Miranda.

—Un hombre de negocios —respondió Amy—. Es propietario de casi toda Pennsylvania.

—Incluyendo algunos de sus más destacados representantes —añadió su madre.

1978. Otra vez la campaña y el frío. A Miranda le daba bastante igual, pero para Amy era una agonía. La humillación de estar allí plantada, en plena pubertad, delante de una multitud embobada, vestida con ropa que odiaba, que era o demasiado de niña, decía, o demasiado de mayor. Saludar con la mano, sonreír y enseñar los aparatos de los dientes. Para Amy era horroroso, pero a Miranda le preocupaba aún más si cabe su padre. Lo veía sudar y se había dado cuenta de que a veces la audiencia era inferior a la de la otra campaña, razón por la cual había llegado a la conclusión de que esta vez las cosas no estaban yendo tan bien. Entre discurso y discurso, acampaban en la gélida casa medio vacía que tenían en Pittsburg. «Tres años en el mercado y sin nadie que pique», decía su madre cada vez que enfilaban el camino de acceso. En aquella sala de juegos con paredes que olían a humedad, y mientras jugaban laboriosas partidas de *Sorry!*, Miranda y Amy lo oían todo. Frases espantosas que se filtraban escaleras abajo y a través de los conductos de ventilación. Su madre y su padre en la cocina con el señor Bloomfield, que siempre andaba por allí.

—¿Qué le pasa, Alan? ¡Mira esas cifras!

—Sin publicidad no hay cifras —replicaba el señor Bloomfield, más calmado.

—¿Por qué demonios no suelta algo de pasta? —decía Edward Greene—. ¿Qué he hecho mal? Creía que estaba satisfecho conmigo.

—Ya he intentado explicártelo. No es que tú hayas hecho algo mal. Es solo que Denny Hilyard ha hecho más cosas bien.

—¿Y qué ha hecho? —Su padre estaba gritando—. ¿Chupársela? Por Dios bendito —dijo subiendo aún más la voz—. Me arrodillaré y se la chuparé, si es eso lo que quiere.

—Edward. Aun en el caso de que Potocki soltara cincuenta de los grandes esta noche, sigo sin ver una hoja de ruta. Tienes que empezar a meterte en la cabeza otros escenarios.

—Llámalo por teléfono.

—No coge las llamadas, Ed. Lo he intentado, créeme.

¿Y ese ruido que se escuchó entonces, qué era? ¿Su padre llorando?

—No pienso mudarme a Pittsburgh, Eddie.

Su madre parecía estar muy furiosa.

—En D. C. encontrará oportunidades enormes —dijo el señor Bloomfield—. Enormes.

Después de su derrota, su padre arregló más o menos las cosas con Neil Potocki. Dos años y dos meses más tarde, en enero de 1981, estaban todos en su coto de caza de Virginia, comiendo platitos de estofado de carne en la fiesta que había organizado para ver la Super Bowl. Y casi diecinueve años después de eso, Miranda estaba sentada enfrente de los dos hombres en la sala de visitas de Milford Basin.

—Te veo bien —dijo Potocki con una débil sonrisa.

—El señor Potocki tiene prisa —dijo Edward Greene—. Te traemos noticias estupendas.

—¿En serio?

Potocki se cruzó de brazos y el gesto dejó entrever el suntuoso reloj de oro que lucía en la muñeca.

—Tengo lazos muy estrechos con el gobernador de Nueva York, querida mía. Tu padre vino a verme y, como viejo amigo que es, me ha parecido correcto intentar hacer todo lo que esté en mis manos.

Miranda lo miró fijamente.

—¿No te parece estupendo? ¿Lo que el señor Potocki está proponiendo?

—No puedo prometerte nada, entiéndelo. —La concavidad bajo sus ojos, un montón de arrugas cargadas de información oscura—. Podría llevar un tiempo, años incluso. Pero me debe más de un favor, el gobernador.

Miranda cambió de postura en su asiento, incómoda.

—No sé qué decir.

—No es necesario que me des las gracias. —Potocki se levantó. Con aire de despreocupación, posó una mano en el hombro de su padre, casi a la altura del cuello—. Sé que tu padre haría lo mismo por mí. ¿Te dejamos en el aeropuerto, Edward? —Retiró entonces la mano, se alisó el traje y retocó con cuidado su voluminosa mata de pelo castaño canoso—. Os dejo un rato a solas.

Cruzó a grandes zancadas la sala de visitas, pasando por delante de las miradas curiosas de dos funcionarios que, con su admiración, pasaron por alto anotar la hora de salida. Su padre se volvió hacia ella.

—¿Bien?

—No.

Su padre se recostó en su asiento y bajó la vista hacia el suelo durante un rato.

—Escúchame bien, Miranda —dijo por fin—. Tu hermana murió hace mucho tiempo. Esto solo tiene que ver con el presente. ¿No lo ves? —Se inclinó hacia delante—. Estás desperdiciándolo.

Al oír aquello, las lágrimas abrasadoras empezaron a descender la pendiente de las mejillas de Miranda. Se las secó con el dorso de la mano.

—Pensabas que estaría de acuerdo.

—No creo que te encuentres en posición de actuar por principios. —La mirada de Edward Greene recorrió la lúgubre estancia, el lúgubre punto de la Tierra que habían acabado ocupando juntos—. Sé razonable, Miranda. Sé práctica.

—¿Cómo tú?

—Sí.

Echó la silla hacia atrás, alejándose de ella. El agotamiento difuminaba sus facciones.

—Como yo.

Justo en aquel momento, el funcionario de guardia lo llamó.

—Señor, el chófer está aquí fuera, dice que tiene que irse.

—Vete —dijo Miranda secándose unas lágrimas tan pegajosas y gruesas que se pegaron a sus manos como savia.

Miranda se acercó una vez más a la ventana de la sala de televisión. Las ardillas de April estaban una vez más subiendo y bajando del tronco del joven roble. Pero ella no veía las ardillas.

Veía, en cambio, a su padre en 1978. Antes del discurso reconociendo la derrota, caminando de un lado a otro delante de la ventana de la habitación del hotel, vomitándole al desordenado paisaje de Pittsburgh un aluvión de palabras malsonantes, con la camisa sobresaliendo de la parte trasera del pantalón, mientras su madre, después de batallar sin éxito por quitar las arrugas de la americana, llamaba al servicio de habitaciones para que le subieran una plancha.

Veía, en cambio, a April. Levantando la vista cada vez que llegaba el carrito con el correo, llorando mientras entonaba viejos salmos durante la ceremonia religiosa del domingo por la mañana. Cuando Miranda regresó de la sala de visitas, alguien de la unidad le dijo que habían oído que la familia de April se había negado a hacerse cargo del cuerpo. Las mujeres comentaban que la incinerarían y guardarían las cenizas en una caja fuerte estatal.

Veía, en cambio, a Frank Lundquist. Y a Neil Potocki.

Un gorrión posado en el alféizar intuyó su presencia al otro lado del cristal, emprendió el vuelo y se perdió rápidamente de vista.

Y entonces vio el río Oshandaga. Un puente, un viejo y desvencijado puente de dos carriles a unos cinco kilómetros de Candora. Iluminado por una única farola cuya débil luz estaba además ofuscada por las mariposas nocturnas. Lentamente, el coche perdió velocidad hasta detenerse allí. Era incapaz de asimilar lo que acababa de ver, lo que acababa de hacer. Bajó la vista hacia el asiento que tenía a su lado. Un arma. La cogió, pesaba, el metal estaba algo gastado, raspaba. Una pistola de baja calidad, obtenida a precio de ganga, imaginó. Salió del coche. No se oía nada excepto el sonido de los grillos. Se acercó a la barandilla del puente y se inclinó sobre ella. No vio el objeto después de que abandonara su mano izquierda, pero entonces, en un segundo, lo oyó —«plunc»— y vislumbró una minúscula rendija blanca, como una flor diminuta que se abrió brevemente en la oscuridad, a sus pies.

Regresó al coche y se recostó en el capó, que estaba duro y frío bajo el aire nocturno. Percibió el calor de la jornada, almacenado en el asfalto, filtrándose a través de la suela de los zapatos. Siguió allí, refrescada y acalorada a la vez, a la espera de que sucediera algo más.

17

EL PSICÓLOGO SE ABSTENDRÁ DE MANTENER RELACIONES SEXUALES CON SUS PACIENTES
(Estándar 10.05)

Resulta que mi padre acabó con contusiones y rasguños, pero los técnicos del servicio de urgencias lo atendieron allí mismo, en la banda del terreno de juego, y luego nos acompañaron a casa. No se rompió ningún hueso. En la ambulancia se mantuvo callado, pensativo, turbado por el indigno viaje que había hecho por los peldaños de la grada delante de toda la gente. Y no llegamos a ver ni un solo pase de aquel *quarterback* tan prometedor.

Irma se ocupó rápidamente de él en cuanto entramos en una casa impregnada de intensos olores de comida. Había preparado un banquete del que habrían comido tranquilamente una docena. Nos sentamos los tres alrededor de la mesa de la cocina, con su fórmica a cuadros amarillos descolorida pero todavía alegre y, por encima de nuestras cabezas, la lámpara de techo de siempre, con sus pantallas de cristal blanco y con la mitad de las bombillas fundidas. Debía de haber allí ocho o nueve platos, incluyendo la gigantesca y humeante ave y dos pasteles de acompañamiento.

—Dios, te doy las gracias por no haber permitido que me matara intentando alcanzar una rosquilla —dijo mi padre inclinando la cabeza sobre el plato lleno de comida—. Me habría quitado el hambre, imagino.

—Amén —dije.

—Te he preparado el aro de arroz con queso —me dijo Irma—. Improvisado en el último minuto.

—Y te quiero por ello.

Llené el plato hasta arriba con todas las guarniciones.

—No es verdad —replicó ruborizándose.

Después de cenar, mi padre y yo nos encargamos de lavar los platos mientras Irma guardaba las sobras en una nevera que insistió que me llevara a Nueva York.

—Me da igual si te lo comes o se lo das a los vagabundos. Pero no soportaría que se estropeara en nuestra nevera.

Y luego bajó al sótano, donde le gustaba sentarse a hacer punto y escuchar a Peggy Lee.

Mi padre y yo nos retiramos a su despacho. Mi padre buscó la pipa y el tabaco.

—Ya solo fumo en las festividades —dijo sentándose detrás del escritorio y empezando a abrir cajones y a revolver su contenido.

Tomé asiento en la butaca reclinable, refunfuñando. ¿Cuándo me había hecho yo tan mayor como para refunfuñar al sentarme, refunfuñar como hacen los hombres de edad madura de toda América cuando sucumben a la fuerza de la gravedad de un asiento mullido después de la cena de Acción de Gracias? Por encima de mi cabeza, las estanterías estaban llenas de los juguetes utilizados en los test y que tanto me frustraban y fascinaban de pequeño, los distintos aros apilables de madera y los cubos que había que juntar según el tamaño y el color, los chismes de material plástico no tóxico para trabajar las relaciones espaciales, con sus protuberancias de colores, montones de tarjetas con imágenes de seres humanos con caras inexpresivas realizando todo tipo de pasatiempos ambiguos. Ahora eran reliquias; hoy en día, los test se hacían con ordenador.

En una de las estanterías más bajas, estaba la vieja cámara Pentax, con su gran *flash* cuadrado. Mi padre la utilizaba para documentar cómo realizaba con éxito los rompecabezas. Me capturaba para la posteridad, me tenía por un genio. Pensaba que las fotos tendrían valor algún día, científicamente hablando. La cogí; tenía un carrete dentro. Mientras mi padre localizaba por fin su pipa de madera de nogal en uno de los cajones de abajo, junto con una bolsa de tabaco Black Watch, coloqué la cámara en la estantería que quedaba justo delante de la mesa y puse en marcha el cronómetro. Pulsé el disparador y corrí al otro lado de la mesa para agacharme a su lado.

—¿Qué demonios haces, Frank?

—Para que te acuerdes de mí. Sonríe.

Clic. Se disparó el *flash*. Mi padre se volvió hacia mí. Nuestras caras se habían quedado a escasos centímetros de distancia.

—¿Piensas contarme dónde te vas, hijo?

Contárselo. Y qué contarle. Su aliento olía a pastel de calabaza, a café. Sus ojos azules tenían un aspecto algo lechoso, las pestañas escaseaban. En la frente, la piel fina como un pañuelo de papel se moldeaba por encima de varias venas prominentes. ¿Por qué me sentía tan seguro de que jamás volvería a verlo con vida después de aquel día? La idea me sobresaltó. Me enderecé y me alejé de él.

—Papá, me gustaría haber sido… mejor.

—Eso nos gustaría a todos, no te fastidia. —Meneó la cabeza desconcertado—. Me preocupas, Frank. Cualquiera que te escuchara pensarías que estás pensando acabar contigo.

—¿Suicidarme?

—Sí, estás hablando como un chiflado, si quieres saber mi opinión profesional.

Sonreí, descansé la mano en su cabeza. Tenía poco pelo, suave y blanco como un fino diente de león.

—No te preocupes, papá. En cierto sentido, jamás me había sentido mejor por lo que a mi futuro respecta.

Me miró frunciendo el entrecejo.

—¿Y qué demonios se supone que quieres decir con esto?

—Vuelvo a Nueva York esta noche. Tengo que volver.

—Ahora que has venido hasta aquí.

—Necesitaba verte, simplemente. Porque te quiero, papá.

—Simplemente necesitabas verme —murmuró. Encendió la pipa, chupando la boquilla, ahuecando las mejillas. Su rostro se nubló momentáneamente con el humo—. Adiós entonces, Frank. No me gustan los misterios. Adiós.

Avancé con lentitud entre el tráfico por la subida hacia el puente de Verrazano y alcancé el punto más alto justo a tiempo de ver cómo la niebla que cubría Brooklyn brillaba plateada bajo la menguante luz invernal. Iba camino de Sunset Park para verme por fin con Jimmy.

El frío del atardecer intimidaba al barrio donde estaba la casa de yonquis en la que dormía mi hermano, a los pequeños edificios de paredes de ladrillo y aluminio que se apiñaban a la sombra de las vías del tren. Contenedores de basura vagabundos correteaban por los arcenes, alejados de sus hogares por el viento que soplaba desde la bahía. En la esquina de la casa de Clyde, una cabina telefónica vomitaba sus entrañas en la acera y su auricular colgaba como un criminal en la horca.

Esta vez, después de que llamara al timbre, la puerta se abrió de inmediato y apareció un hombre de piel levemente tostada que me sonrió a través de una boca desdentada.

—Tengo que ver a Clyde Lundquist, por favor. Soy su hermano.

—¡El hermano de Clyde! Pasa, hermano de Clyde.

Me guio por un pasillo oscuro que olía a sopa quemada hasta una habitación espaciosa que en su día fue el salón de la casa adosada. Del techo picado colgaban los últimos fragmentos de su sofisticada moldura, retales de encaje arrancados de un camisón hecho harapos.

Había cajas enormes que vertían su contenido por toda la estancia y una multitud de vendedores ambulantes revolvían aquel caos, cargando mercancía para el día siguiente: hombres y mujeres impasibles que paseaban entre montañas de dinosaurios azules y rosas de peluche, bolsas de basura llenas de diademas de terciopelo. Vi a Jackson en un rincón, revisando montañas de globos por inflar que, sin la licencia adecuada, adoptaban las formas de los personajes del último éxito de Disney. Levantó la vista de lo que estaba haciendo y me vio.

—Qué Dios bendiga al puto Rey León, ¿verdad, doctor?

Rio. Yo también. Llevaba dos días sin dormir. El mundo empezaba a desdibujarse por sus bordes.

Mi escolta desdentado habló por detrás de mí.

—¿Dónde está Clyde?

—Arriba, supongo —respondió Jackson—. Nos vemos por aquí, hermano de Clyde. Y no te obsesiones con los problemas.

Sus palabras fueron un consuelo.

—Buena suerte con los globos —dije.

Seguí al hombre esquelético por la escalera, levantando el pie para evitar alguna que otra plancha de madera que sobresalía. El papel pintado con motivos de rosas moradas se despegaba en rollos de las paredes. Entramos en una habitación trasera donde una cama circular hacía las veces de mesa para la clasificación de calcetines y camisetas empaquetados en plástico. Inclinadas sobre la cama había media docena de personas, Clyde y Francie entre ellas.

Ella me vio primero.

—¡Anda, mira, sí es Frank! —exclamó.

Clyde, con un paquete de calcetines en una mano y una bolsa de la compra en la otra, se enderezó y me sonrió. Era un metro ochenta de ángulos marcados, costillas, clavículas, ensamblados bajo una camiseta andrajosa.

—¿Qué tal tu día del pavo? ¿Cómo está Erskine?

—Estupendo, estupendo —dije.

Miré por encima de sus hombros y vi que Jimmy, bajito y rechoncho como un tapón y con el ceño fruncido, salía de una habitación contigua.

—¿Quién es este imbécil? —preguntó.

En tono sumiso, Clyde le recordó que habían hablado sobre su hermano, sobre su hermano que tenía un tema. A pesar de que debía de sacarle casi dos palmos de altura, aquel hombre era intimidante. La forma de su cabeza me recordaba la de una porra.

233

—Los chicos están trabajando —dijo con frialdad, indicando con un gesto a Clyde que volviera a la montaña de material textil.

Mi hermano, aunque con cierta cara de preocupación, me lanzó una sonrisa de aliento. Jimmy me acompañó a la habitación contigua, un dormitorio lleno de literas con olor a rancio, las camas sin hacer, que alcanzaban una altura de cuatro pisos hasta rozar casi un techo pintado de negro. Las ventanas estaban también pintadas de negro y la única luz que había era la de una pantalla colgada del techo pintada con caballitos balancín.

Jimmy tomó asiento en una de las literas de abajo y me indicó que me sentara en la de enfrente de él.

—Si quiere llevarse al chico, no se lo impediré —dijo—. Aunque le digo que volverá a mí en menos de una semana.

—Esto no va sobre Clyde. Quiero decir, que tiene razón. Es Clyde quien tiene que querer limpiarse.

—Es usted más listo que muchos —replicó asintiendo. Suspiró—. Pero que sepa también que quiero mucho al chico. A Clyde. Es lo que todos llaman un buen chico. —Sonrió bajando la vista—. Y además es guapo. Mi mujer y yo solo tenemos chicas. Agata, adora a Clyde. Se lo decimos, que es una lástima que sea un puto yonqui. Porque podría ser hijo de alguien importante.

—Sí —dije con un gesto de asentimiento.

—Así que es el hermano de Clyde. ¿Qué quería?

—Lo que quiero es, bueno… una pistola, solo a modo de préstamo, seguramente.

—¿Que le preste una pistola? —Me sonrió y descansó sus mofletes en una mano—. Por Dios. ¿Y qué piensa hacer usted, señor, robar un banco? ¿Qué pasa, necesita dinero?

Intenté controlar el ritmo de la respiración, eliminar el tic de maniaco que tenía en un ojo provocado por la falta de sueño. Necesitaba que aquel gánster creyera en mí.

—Bueno, el caso es que quiero sacar a alguien de la cárcel. Necesito también documentos de identidad, pasaportes. A lo mejor conoce usted a alguien.

Me miró fijamente, levantando las cejas. Se recostó entonces hasta apoyar los codos en el camastro. Y desde la oscuridad reinante en el espacio entre las literas, por encima del pequeño arco que formaba su barriga, me lanzó una mirada de clara evaluación.

—No he captado su nombre —dijo por fin.

—Frank Lundquist.

—Frank Lundquist, cuénteme por qué quiere hacer eso.

—Es una larga historia —dije.

—Homero era un puto macedonio, Frank. Las historias largas no son ningún problema para un macedonio.

Acabé quedándome a cenar —arroz frito del chino con cristales blindados que había en la esquina—, mientras Jimmy analizaba y pulía mi plan. Su ingenio me dejó profundamente impresionado. De vuelta a casa, me acosté en la cama junto al gato. Maulló y se desperezó para enseñarme su fea barriga. Lo rasqué un rato y luego dormí como el náufrago arrastrado hasta la orilla.

La furgoneta blanca de Jimmy se acercó furtivamente a mi bloque de apartamentos a las siete de la mañana del domingo. Me hizo subir delante, ocupar el asiento del acompañante. Fuimos repartiendo a sus subordinados con su mercancía por un desolado Manhattan y luego, después de dejar a su último empleado, una chica de aspecto frágil cargada con un saco de peluches, en Washington Heights, puso rumbo hacia una casita en precario estado próxima al puente de Whitestone, una especie de tienda especializada en armamento cuyo origen era imposible rastrear obtenido de contrabando de la antigua Yugoslavia. Allí me aconsejó la compra de un pequeño revólver de reglamento de fabricación rusa. Y algo de munición.

—No lo cargue —dijo Jimmy—. Ni siquiera lo necesitará; si me hace caso, no tendrá ninguna necesidad, Frank.

Luego, una excursión entre el tráfico de mediodía hasta pasado La Guardia y llegamos a una especie de búnker estucado en blanco en East Elmhurst, un restaurante llamado Nove Skopje, a tenor del cartel de vinilo que lucía torcido en la fachada. En su interior, globos de cristal ambarino colgaban por encima de filas de mesas y sillas vacías. En una de las paredes, un mural mostraba campesinas pechugonas ordeñando cabras. Creo que eran cabras, aunque podrían haber sido perros.

Salió de la cocina un joven con bigote, secándose las manos en un delantal que daba la impresión de estar lleno de manchas de aceite de motor. Jimmy se dirigió a él en su lengua materna. El chico movió la cabeza en un gesto afirmativo.

—Cinco mil quinientos —me dijo, con un acento muy marcado—. Dos pasaportes canadienses.

—Este chico es el mejor —dijo Jimmy—. De la categoría de un Rolex. La semana pasada convirtió en mexicano a un ruso de los que juegan en división de honor.

El joven se encogió de hombros.

—Con los rusos de la división de honor no hay que cagarla.

Jimmy rio entre dientes.

—Si aprecias en algo tus manos...

El chico se volvió hacia mí.

—Les haremos fotos a la chica y a usted cuando vengan por aquí. Se lo entregaré todo en menos de una hora. No veo ningún problema.

Cuando me despedí de Jimmy al llegar a casa, me abrazó como si fuéramos camaradas.

—Su hermano y usted —dijo—, dos buenos chicos.

Por cierto, luego lo comprobé: Homero no era macedonio.

El lunes siguiente crucé una línea más con M. El código profesional por el que siempre me había guiado, del que incluso me había enorgullecido, me resultaba ahora abstracto y remoto. Un conjunto de leyes para una civilización muerta.

Aunque primero nos limitamos a hablar, como si todo fuera

normal. Sobre su amiga April, lo que me partió el corazón. Sobre la visita de su padre y un conocido que al parecer podía tener influencias sobre el gobernador. Lo cual disparó en mí una secuencia compleja de emociones: la clemencia sería una solución para ella, pero la clemencia la alejaría de mí.

Y entonces me dijo en voz baja:

—No puedo. —Bajó la cabeza—. No puedo aceptar ningún favor de ese hombre —dijo—. Preferiría elegir otra manera.

Lo reconozco. Es problemático, evidentemente. Pero es la verdad. Mi motor mental se anegó al oír aquello, se anegó con una oleada de alegría. Sí. Y ella también lo vio: en el fondo, mi propuesta era un acto de idealismo.

—Pero tengo mucho miedo —dijo M.

—El plan está bien calculado. Es sencillo y sé que saldrá bien.

—Pero ¿sabes por qué estás haciendo esto? —Levantó la vista estudiándome—. Quiero decir que si estás del todo seguro de esto. Porque yo no tengo nada que perder, lo sabes. Tú sí.

—No tanto como te piensas.

Un largo minuto de escrutinio.

—¿Y si funciona y luego te dejo plantado? Debes de haber pensado también en eso.

—Actúo de buena fe.

Vi que las comisuras de su boca descendían. Por remordimiento, tal vez.

—¿Y si me tomo las pastillas y no me encuentran? ¿Y si pasan lista con retraso? Estaré muerta.

—Tienes que cronometrarlo bien, M. Hacerlo tal y como lo hemos planeado. Las pastillas no te matarían hasta al cabo de cinco o seis horas. Tienes una ventana de tiempo grande.

Sonreí para tranquilizarla.

Se mordió una uña. Me miró.

—No sé —dijo hablando más lentamente, más flojito—. A lo mejor es que necesito florecer allí donde me han plantado.

Asentí.

—Podría hacer cosas buenas aquí dentro. Encontrarle un sentido a mi vida. Y luego, a lo mejor lo de la clemencia...

Emití un sonido evasivo. Inquieto, me levanté de la silla. Para deambular por el despacho, solo un poco. Rodeé la mesa y me detuve delante de ella.

—Puedo cuidar de ti.

—Puedo cuidarme sola.

—¡Por supuesto! —La cogí por ambas manos, medio arrodillándome—. Por supuesto que puedes, y lo harás.

Tiré entonces de ella, impulsado por una oleada de ternura y urgencia, tiré de ella hasta tenerla entre mis brazos. Al principio, estaba tensa por todos lados, pero luego empezó a fundirse. Noté la blandura recorriendo el espacio entre sus omoplatos, recorriéndole la columna, e imaginé que mi corazón debía de emitir un sonido estruendoso, que debía de resonar con fuerza dentro de mi caja torácica.

Todo se había vuelto trascendental.

—Ponerte en libertad será mejor en todos los sentidos —murmuré entre su cabello caliente.

—Estoy confusa —dijo ella.

Su solidez sedosa.

—Dentro de una semana, podrías estar viviendo muy lejos de aquí.

Noté que, pegada a la parte delantera de mi camisa, su cabeza se movía en un gesto de asentimiento. Le levanté la cara para acercarla a la mía. La besé. Y entonces se apartó, con el pelo revuelto, el rostro levemente sonrosado.

—Decidas lo que decidas, respetaré tu opinión —dije—. Los loqueros tenemos un dicho: poder decidir da poder.

—Poder decidir da poder —susurró, y se dirigió hacia la puerta.

La seguí. Y antes de que la abriera, acerqué la mano a su muñeca.

—Todo está preparado, M. A partir de ahora, estaré simplemente esperando a que me avises. Serás tú quien lo ponga todo en marcha. Se quedó mirándome.

—Tu nombre me suena, definitivamente —dijo—. Me gustaría poder recordar algo más.

—Lo recordarás —dije.

18

DICIEMBRE DE 1999

El Cinturón de Orión se parecía más bien a una tiara, y coronaba ahora el viejo sauce que se alzaba al final del aparcamiento con suelo de grava. La noche era clarísima, y el lugar donde ella estaba esperando, oscurísimo. Las estrellas iban de negocios aquella noche, detrás del cuartel de bomberos de Candora, Nueva York. Brillaban como si quisieran acabar consumidas al amanecer.

Miranda estaba sentada en el coche, obligándose a mantenerse relajada, intentando consolarse haciendo un detallado inventario del área circundante. En el aparcamiento, los charcos negros se estremecían bajo la luz de las estrellas. Una rana solitaria croaba desde la maleza que bordeaba la gravilla; imaginó que debía de haber algún riachuelo por allí, una pequeña hondonada. Un contenedor de basura, tres neumáticos apilados. La débil brisa de junio haciéndole cosquillas al anciano y majestuoso sauce.

¿Cómo había llegado hasta allí? ¿Cómo era posible que le hubiera permitido arrastrarla hasta ese momento?

La rana se quedó en silencio. La mejor explicación que podía encontrar era la siguiente: un fallo grave. Algo que se había averiado en el mecanismo de su alma.

Y se había averiado en un momento del tiempo y el espacio tan remoto como las estrellas que coronaban aquel sauce.

En un lugar gélido bajo un cielo pálido.

No llores. No te atrevas a llorar ahora. Es demasiado tarde.

El motor ronroneaba obedientemente, el coche estaba parado cerca de la pared de bloques de cemento, el muro posterior del edificio de una sola planta del cuartel de bomberos. La luz procedente de la ventanita recortada en la puerta metálica a través de la cual aparecería Duncan, caía sobre el capó del coche. Luz amarilla, luz alegre. Creaba un paralelogramo sobre el capó del coche blanco de alquiler.

Entonces oyó un ruido sordo. Otro. Dos sonidos letales, rebosantes de rotundidad. Permaneció allí sentada mucho rato, con el corazón latiéndole con tanta fuerza que amenazaba con liberarse de su cuerpo y marcharse saltando por el aparcamiento para perderse entre la maleza y los árboles, dispuesto a quedarse a vivir allí entre las ranas. No pasaba nada. No salía nadie por aquella puerta. Duncan.

Salió del coche. Miró por el cuadrado de luz amarilla, la ventana recortada en el metal. Vio una mesa de despacho de metal gris, estanterías llenas de papeles, pilas de conos de tráfico de color naranja, un juego de escobas, una hilera de perchas de las que colgaban cascos amarillos integrales. Vio una pierna, enfundada en unos vaqueros, y un pie en una bota marrón con la puntera gastada. El pie se convulsionaba.

Tiró de la pesada puerta para abrirla y entró corriendo. Entonces vio la pistola. En una esquina de la mesa, como un pisapapeles, como un suvenir, la pistola negra que había visto por primera vez en la habitación del motel haría tan solo…, cuánto…, ¿unos veinte minutos? Veinte minutos, veinte años, cuando fuera, lo que fuera.

La cogió. La sujeto adecuadamente por instinto. Llevaba toda la vida viéndolo; como todo el mundo. El dedo en el gatillo. Apuntando.

El arma empezó a temblar en su mano.

Tres días después de la que sería su última sesión con Frank Lundquist, la lluvia invernal caía torrencialmente y carámbanos plateados colgaban de los aleros del Edificio 2A&B. Cuando llegó la hora de salir al patio, las llevaron en comitiva al gimnasio. Miranda se instaló en las gradas adosadas a la pared, debajo del arcoíris gigantesco que había pintado en ella y de una resplandeciente bandera de los Estados Unidos.

Lu se dejó caer en la bancada de delante de ella, jadeando después de un partido de balonmano.

—Hola, Mimischka —dijo—. ¿Dónde te metes últimamente? No te veo nunca.

—Por ahí —replicó Miranda—. No me apetece mucho socializar.

—No me vengas ahora con esas tonterías de socializar, ¿acaso no puedes hablar con tu amiga?

Lu se inclinó para limpiar una mancha invisible de sus inmaculadas zapatillas deportivas blancas. Por debajo de la manga del jersey asomó una pulsera de oro, con un colgante en forma de corazón. Miranda se quedó mirándola.

Lu se dio cuenta y sonrió de oreja a oreja.

—Sí. Me la dio antes de morir, nuestra dulce April.

Miranda miró el objeto con incredulidad.

—¿Así que crees que sabía que iba a morir?

No pudo evitar sentirse dolida pensando que April había tenido aquel gesto con Lu y no con ella.

—¿Quién sabe? A veces tenía esas cosas. —Lu empujó la pulsera hacia abajo y se quedó mirándola, pensativa—. No está mal —dijo haciendo girar el colgante—. Dieciocho quilates, parece, pero muy bonita.

El corazón se quedó bocarriba en la palma de la mano de Lu. La inscripción estaba borrada con lija. A Miranda se le helaron las entrañas.

—Pienso hacer un pedido a QVC para tener un collar a conjunto. ¿Te has enterado de que en la Unidad D tienen ahora televisión por cable? —Lu se levantó y miró con su sonrisa más seductora a Miranda—. Tenemos que ser amigas, Mimi. Mañana te vienes a visitarme, ¿vale? Te haré la manicura, llevas toda la pintura descascarillada.

Posó la mano sobre la cabeza de Miranda.

—Eres maravillosa, ya sabes cuánto te quiero, ¿verdad?

Miranda se obligó a sonreír.

—Vale.

Lu echó a andar a ritmo atlético hacia el otro lado del gimnasio. Hacia Dorcas Watkins, que estaba haciendo botar una pelota de balonmano de color azul y la miraba con expectación. Iniciaron una intensa conversación mientras se pasaban entre ellas la pelotita con pases poco entusiastas. Con el combate feroz que se estaba librando bajo los aros y los balbuceos del *hip-hop* que sonaba por los altavoces del puesto de los funcionarios, era imposible oír lo que estuvieran diciendo. Miranda estuvo observándolas un buen rato.

Al final, después de lanzarle el balón a Dorcas y hacer un gesto de asentimiento, Lu se dirigió hacia la salida del gimnasio. Un funcionario alto le abrió la puerta y la acompañó hacia fuera. Cuando se giró para cerrar de nuevo la puerta con llave, Miranda le vio la cara, enmarcada durante un momento elástico por la ventana alargada de la puerta: Jerrold Liverwell.

Verwirrt. Recordaba la palabra de cuando estuvo estudiando alemán en el instituto. Lo había olvidado casi todo de aquellas clases, pero eso sí lo recordaba. *Verwirrt:* estado de confusión total, de perplejidad, pero con una pizca de pánico, con un tufillo amenazante en el ambiente. Alarmada, con miedo, aún sin saber exactamente por qué.

Ocupó su lugar en la fila cuando tuvieron que abandonar el gimnasio para volver a sus unidades. Hubo los habituales empujones, codazos, risotadas y quejas, pero Miranda apenas se dio cuenta de ello. Estaba intentando procesar lo que acababa de ver.

—Señoras mías, ¿pensáis comportaros como niñas o como

mujeres adultas? —vociferó Beryl Carmona cuando su grupo fue cruzando la puerta de la unidad—. Decididlo vosotras, decididlo.

Miranda se arrastró por el pasillo hacia su habitación. El suelo encerado reflejaba las tiras de los fluorescentes, las paredes tachonadas con puertas exactamente espaciadas, los bloques de hormigón: todo convergía en un único punto de fuga.

Entró en la celda, se sentó en la cama e intentó reflexionarlo todo. *Verwirrt.*

Se giró para mirar el rectángulo de cielo, buscando consuelo allí, como había hecho tantas veces. Pero seguía cayendo aguanieve y lo único que mostraba la ventana era una neblina gris, como un televisor estropeado.

Miró a su alrededor, la celda, viéndolo todo como si fuera la primera vez: el metal desconchado, el hormigón, la cortina corrida de plástico. En todo el bloque, el olor penetrante a perfume barato y productos químicos para el pelo, el vaporcillo mohoso de las duchas, el olor a cebollas de la cocina. Y las voces, regañando, murmurando, chillando, canturreando, procedentes de todas partes, llenando todo el espacio vacío y el tiempo con su insatisfacción, su aburrimiento y su tristeza.

Permaneció mucho rato así, mientras sus pensamientos, muchos, iban pasando. Siguió su recorrido, como si estuviera viendo aviones volando de horizonte en horizonte.

Frank Lundquist, que esperaba su llamada. Su abrazo, que había despertado en ella más cosas de las que se habría imaginado. En este mismo segundo podía estar esperando que sonara el teléfono de su apartamento. Visualizaba el lugar, los sofás y los sillones acogedores, las viejas paredes del Upper West Side cargadas con décadas de pintura.

Pero no. Eso eran recuerdos del apartamento de Gillian. De la noche de aquella fiesta de cumpleaños, silenciada por la nieve.

Miranda. Ahora tienes que ser una persona distinta. Distinta, no la misma. No la misma que eras aquella noche cubierta de nieve. No la misma que eras cuando entraste en aquel túnel negro del amor, de la lujuria, en los días y los meses que siguieron. En aquel pasadizo que te condujo hasta Candora.

Candora fue la última vez en la que seguiste un plan no elaborado por ti. Un plan elaborado por un hombre.

Sé distinta, no seas la misma.

Miranda echó la cortina para tener intimidad en la celda. Retiró el albornoz amarillo de la percha de plástico blanco donde estaba colgado, dobló el albornoz y lo dejó en el suelo. Se sentó en la cama, colocó la percha en su regazo y retiró el pequeño trocito de celo que la mantenía unida por el punto por donde la había cortado.

El celo saltó.

Tenía que destruir las pastillas. Las machacaría y tiraría el polvo al váter.

Sacudió la percha. Y no salieron pastillas.

Miró el espacio tubular del interior del plástico. Vacío. Desaparecidas.

Había empezado el recuento habitual de las seis de la tarde. Oyó a Carmona, que recorría el pasillo pidiendo a las mujeres que se colocaran delante de sus respectivas celdas, bromeando y arengándolas mientras iba contando. Miranda hizo lo que se le pedía y salió al pasillo.

Se despidió de Frank Lundquist, que seguía esperando su llamada. De su forma de ser modesta, de sus ojos como el mar revuelto. Dispuesto a arriesgarlo todo para salvarla, a vaciar su vida de todo con la esperanza de volver a llenarla con ella.

La verdad era que aquel plan absurdo no la había llegado a convencer nunca. La verdad era que no. Sabía que, en un momento u otro, acabaría fallando.

Y, lo más triste de todo, se despidió de la versión de Miranda Green que había fabricado Frank Lundquist. La versión de él no tenía nada que ver con la interna 0068-N-97, nada que ver con aquel ser insignificante e inmoral vestido con el uniforme amarillo de la cárcel. La versión de él era Miranda. Merecedora de su amor, merecedora de arriesgarlo todo por ella, una mujer valiosa de treinta y dos años de edad, criada a partir de una chica de buen corazón y bien educada, con brillo de labios con sabor a cereza y vaqueros con parches de algodón. Se había encariñado mucho de la Miranda de Frank Lundquist. Incluso era posible que se hubiera hecho adicta a ella.

Pero ahora fabricaría su propia versión. O la fabricaría de nuevo porque, claro está, ella ya había creado y vivido en su día con su propia Miranda.

Aunque quizás no lo hubiera hecho nunca.

Da igual. Trabaja pensando en el recurso de apelación. Deja de transgredir. Traza tu propia ruta y viaja luego por ella. Sola.

—Moore, que pasamos lista. Levántate. —Carmona estaba ahora delante de la celda de enfrente.

Como era habitual, Weavy estaba tumbada en la cama. Siempre se quedaba frita después de comer; aquella mujer tenía un sueño sólido y silencioso y parecía un accidente geográfico sobre el fino camastro. Caía dormida a la que se ponía el sol, como un ser anterior a la revolución industrial. A Miranda la tenía maravillada. Desde que había ingresado el centro, Weavy debía de dormir dieciocho horas al día.

—¡Moore! —vociferó Carmona—. ¡Arriba! ¡Ya!

Ningún movimiento. Un pensamiento venenoso se filtró en la cabeza de Miranda a través de un orificio cerebral del tamaño de un alfiler.

Carmona sacó el llavero de la cadena que llevaba colgando de la cadera e introdujo una en la cerradura de la puerta de Weavy. La abrió y entró en la celda, apartando a puntapiés las hojas de papel de lija. Weavy estaba acostada de cara a la pared, Carmona la cogió por el hombro y la sacudió.

—Maldita sea, mujer, ¿estás sorda o qué?

Miranda dio media vuelta, temiendo ver aquello.

—Puta mierda —oyó Miranda que decía la funcionaria, y también un suspiro, un sonido raro y desconsolado, y luego el chasquido de una radio al ser retirada de la funda que la sujetaba a su cintura—. Qué venga rápidamente el equipo médico, Unidad 3, número cuarenta y cinco —oyó que decía Carmona—. Creo que es una sobredosis.

Las mujeres llegaban todas las noches, mujeres con nombres que no le sonaban, buenas chicas reconvertidas en zorras y borrachas, todo sonrisas. Confiando en atraerlo. ¿Y por qué culparlas de ello? Duncan McCray poseía encanto masculino en cantidades industriales, un auténtico exceso. Casi una monstruosidad.

Y cada noche volvía a casa, a Miranda, aparentemente fiel, y ella no podía ni creerse la buena suerte que tenía. De hecho, su buena suerte la tenía esclavizada. Había encontrado un espécimen escaso, una criatura que era puro magnetismo y con una fascinación sexual aparentemente inagotable, y aquel hecho tan improbable la gobernaba. Cuando empezaron a vivir juntos un mes después de conocerse, comprendió que aquella relación sería muy peligrosa, puesto que sabía, sin dudarlo un instante, que moriría por él si así se lo pedía.

Nunca había deseado vivir una pasión como aquella, no lo había pedido nunca. Pero ¿qué le pides a la vida? Hay tantas posibilidades.

De modo que descubrió que estaba esclavizada. Cuando subieron al coche para ir a Candora, junio hacía alarde de su presencia a un lado y otro de la autopista; había hojas verdes y jóvenes por todas partes, y margaritas y todo tipo de cosas absurdas guiñándoles el ojo al anochecer. Lo de aquella escapada estaba mal hecho, lo sabía, pero había razones reconfortantes, como él le recordó:

«Solo voy a fingir que tengo una pistola, pero no tendré una pistola, recuérdalo bien».

«Y las noches de casino, el bingo y la ruleta, piensan que el dinero se destina a ayudar a niños enfermos y ese tío no tendría que estar estafándolos. Es capitán de bomberos, por el amor de Dios. Así que recuerda también este detalle».

«Y si lo pierde no le pasará nada. Tiene un puesto de trabajo como funcionario, es un pez gordo en una ciudad pequeña. Pero para nosotros podría serlo todo, Miranda; necesitamos financiación para poder pasar el resto de nuestras vidas juntos. ¿No es eso? Toda la vida juntos».

Duncan se volvió hacia ella, sin soltar el volante, mirándola con sus famosos ojos, azul marino, oro puro. De qué color eran, en realidad, y por qué Dios creaba ojos como aquellos, se preguntaba a menudo. O la biología, quien fuera. Ojos capaces de esclavizar. Demasiado poder como para no utilizarlo. Y él lo utilizaba.

El motel Ciudad de Candora, con una lámpara de techo decorada con mosquitos muertos, una colcha de poliéster resbaladizo. Miranda se sentó en la cama y escondió la cara entre las manos.

—No puedo creer que esté a punto de cometer un delito.

—Lo cometo yo, no tú —dijo él—. Y acabaremos enseguida y seguiremos con nuestra vida. Nos casaremos, si me aceptas —dijo.

La abrazó entonces y follaron y, por unos segundos, en el momento cumbre, dio la impresión de que él le había desarmado el cuerpo y arrancado el alma para examinársela. Luego volvieron a vestirse y vieron las últimas noticias hasta que él abrió la cremallera de su bolsa y sacó aquella maldita pistola.

—Pero has dicho que… —protestó ella.

—No te preocupes, no estará cargada.

—No es eso, pero dijiste…

—Oye, Miranda. —Se arrodilló y le cogió ambas manos—. Yo no quería enamorarme, lo sabes, estaba decidido a estar solo, pero te quiero mucho. ¿Vas a dejar ahora de confiar en mí? No estará cargada, es solo para aparentar y te prometo, te prometo que la tiraremos al río juntos cuando nos larguemos de aquí. ¿Viste ese río que cruzamos antes de entrar a la ciudad?

—En el cartel ponía que se llama Oshandaga.

—Eso es. El Oshandaga. Parece profundo.

* * *

Se vieron obligados a arrastrar el cuerpo de Weavy por el suelo sucio porque alguien había robado las ruedecillas de la última camilla que quedaba en buen estado en Milford Basin. Por una vez, las mujeres de la unidad se quedaron en silencio, y en aquel ambiente contenido y cargado, la bolsa emitió un intenso sonido sibilante al deslizarse por el pasillo, similar al siseo de reptiles infernales. Carmona y dos funcionarias más registraron la celda de Weavy en busca de pruebas incriminatorias, pero lo único que encontraron fue una nota:

He estado observándola y lo he visto todo. No me incineréis, por favor, enterradme en el cementerio.

¿Todo? Se volvieron hacia Miranda.

Carmona abrió la puerta y Miranda se acercó.

—Sé buena chica y habla bien de mí en Administración. Últimamente ha habido demasiadas especulaciones sobre mi unidad —dijo, y le dio un empujón para que echara a andar por el pasillo.

El despacho de seguridad tenía ventanales que dominaban la totalidad de la planta y aquella noche la pizarra resplandecía como el espumillón bajo los arcos de luz blanca que proyectaban los focos de la valla perimetral. Brillante, en aquella noche de lluvia, Milford Basin parecía un lugar acogedor, una ciudad en medio del campo, las instalaciones de una explotación forestal en los bosques del norte. Miranda contempló el exterior.

La alcaidesa hizo su entrada y tomó asiento en la mesa, delante de Miranda, bloqueándole la vista.

—Y bien, ¿de dónde sacó Moore esta medicación? —Era una mujer de constitución majestuosa, no mucho mayor que Miranda. La blusa blanca que llevaba estaba oscurecida por una mancha grande de humedad. Era evidente que la habían despertado en plena noche. Cogió sus notas—. Este Elavil.

—No sé de qué me habla —respondió Miranda—. Lo siento.

La mujer hizo un mohín. El funcionario del tamaño de un

defensa de fútbol americano que había entrado con ella se cernió sobre la mesa como un nubarrón.

—Cabría esperar que Weavy consiguió esos fármacos en el mismo lugar donde los consigue todo el mundo aquí —sugirió Miranda.

La alcaidesa entrecerró los ojos.

—¿Podrías explicarte mejor?

Miranda respondió sin que le temblara la voz.

—No, pero lo haré si se me permite ver a mi psicólogo. Frank Lundquist.

—¿Estás insinuando que puedes contarnos algunas verdades? —preguntó la mujer levantando una ceja.

Miranda hizo un gesto afirmativo.

—Si puedo hablar con mi psicólogo.

—Lo dispondré todo para que así sea —dijo la alcaidesa—. Cuenta lo que tengas que contar.

—Ludmilla Chermayev dirige el contrabando. Dorca Watkins lo vende para ella. —Miranda se dio cuenta de que ambos se inclinaron simultáneamente hacia ella—. Un funcionario llamado Liverwell introduce el material en la cárcel, creo. Aunque tal vez haya más que lo hagan. Es todo lo que sé.

El funcionario fornido emitió un silbido y la alcaidesa le lanzó una mirada furibunda.

—Hay un policía federal de camino hacia aquí, dile que necesitaremos también un investigador de DOCS.

El defensa salió corriendo. La alcaidesa se volvió de nuevo hacia Miranda.

—Necesito ver a mi psicólogo esta misma noche.

—Es tremendamente tarde para eso.

—Y, señora —dijo Miranda—, espero que no se moleste si se lo digo, pero lleva una mancha en la blusa.

—Santo cielo —dijo la mujer. La mancha oscura de humedad se había extendido por todo el lateral izquierdo de la blusa. Miró abochornada a Miranda—. Acabo de tener a mi tercer hijo hace tan solo seis semanas —dijo con una sonrisa tensa y turbada—. Estoy amamantándolo, claro. —Se levantó—. Si me disculpas.

Cruzándose los brazos sobre el pecho, salió por la puerta y se fue. Miranda oyó que daba instrucciones al funcionario de guardia para que le localizara el teléfono de aquel psicólogo, Lundquist.

Le temblaba la voz cuando dijo:

—Lo que pasa es que estás asustada, y es comprensible.

Miranda no podía mirarlo a los ojos. Observó la mano de él, posada en el borde de la mesa. ¿Estaba temblando? Las gotas de lluvia salpicaban sin cesar la ventana negra y eran el único sonido que se oía en los despachos del Centro de Terapia, desierto en plena noche. Un único vigilante estaba sentado en un charco de luz, en el extremo del oscuro pasillo. Malhumorado y medio dormido, después de haber visto interrumpida su pausa para el café para escoltar a Miranda hasta allí.

—No, no estoy asustada —replicó ella en un susurro—. Estoy harta. Estoy harta de hacerlo todo mal.

Se levantó él de su asiento y cruzó la estancia para situarse delante de ella durante un largo intervalo. Miranda mantuvo la mirada clavada en las zapatillas deportivas de él, de piel y llenas de arañazos. Una de ellas con los cordones desatados.

—Es una oportunidad para empezar de nuevo —dijo él—. Y algo bueno saldrá de todo esto.

—Me parece que no me entiendes. He dicho que estoy harta. Esta noche he hecho lo correcto y lo que tenía que hacer. Y es lo que pienso seguir haciendo.

—Aquí dentro. Durante cinco décadas.

—Me replantearé la oferta de ayuda de Potocki. —Dudó unos instantes y frunció el ceño—. O a lo mejor no. A lo mejor cumplo toda la condena.

—¿Cincuenta y dos años? Tú… Tú ya no serás tú.

Vio, en su expresión angustiada, lo mucho que ansiaba salvarla. Pero estaba decidida a salvarse sola.

—Lo siento —murmuró.

Se alejó de ella. Se dirigió al archivador, encima del cual tenía todas las cosas necesarias para preparar el té, y se quedó de espaldas a ella hasta que la tetera eléctrica empezó a silbar.

Miranda vio que le temblaban los hombros. Pensó que tal vez estuviera llorando.

Preparó las tazas y vertió el agua, haciéndolo todo como si fuera a cámara lenta. La escena le llenó el corazón, casi.

—Te estoy muy agradecida por todo, por todo lo que has intentado hacer —dijo Miranda hablándole a la espalda—. Pero necesito que esto termine y se acabe de verdad.

Y entonces se volvió hacia ella, con las dos tazas humeantes. Tenía manchas en la cara, la mirada baja.

—Lo entiendo —dijo en voz baja, sin levantar la vista, limitándose a hacer un leve gesto de asentimiento. Le pasó una de las tazas, hilillos de vapor y beis lechoso—. Una última copa de despedida.

HUIDA

19

EL PSICÓLOGO INFORMARÁ A LOS PACIENTES SOBRE EL DESARROLLO DEL TRATAMIENTO, LOS RIESGOS POTENCIALES Y EL CARÁCTER VOLUNTARIO DE SU PARTICIPACIÓN
(Estándar 10.01.b)

Hay cosas que nunca pensé que vería de cerca:

Tres kilos de heroína, envueltos en celofán, dentro de bolsas de plástico con cierre hermético.

La exquisitez de una carne de cabrito cortada en juliana.

Una mujer desgarradoramente hermosa reclamando mi presencia en plena noche.

Un empleado cantando mientras le quitaba el polvo a la cara de mi madre muerta.

Un caracol albino.

Pero lo vi todo, en la era que empezó la noche que M murió por segunda vez.

El caracol albino lo estoy viendo ahora, de hecho. Ha estado subiendo por el lado más alejado de la ventana, la viscosidad plana de su parte inferior parece una lengua decolorada presionada contra el cristal. El cuerpo del caracol se eriza de forma encantadora por los bordes cuando utiliza sus diminutos músculos para ir avanzando en su recorrido.

Ha atravesado por completo la ventana en el transcurso de una tarde. Y mientras él avanzaba lentamente, yo he redactado estas notas. El caracol es blanco y rosa y parece una golosina de esas que venden por Pascua, o una flor de plástico aplastada. No parece real, eso está claro. Pero cuando miro más lejos, más allá del caracol, el paisaje que se ve desde esta ventana, las montañas negras, las extrañas casas con tejado de zinc apiñadas… tampoco parece real, si lo pones en el contexto de la vida que cabría esperar que tuviera un hombre como yo, cuando lo comparas con lo que razonablemente esperarías ver desde la ventana de la casa habitada por un tal doctor Franklin H. H. Lundquist.

Y supongo que es por eso por lo que empecé a plasmar sobre papel el curso completo de los acontecimientos. Redacto estas notas a mano, en un cuaderno rayado pensado para niños; el único papel de escritura que he encontrado por aquí, adquirido por nuestra casera en la pequeña tienda del pueblo.

Sí, poco ortodoxo, por lo que a documentación se refiere.

Pero, al fin y al cabo, tuve que dejar allí todo el expediente. Todos mis archivos, todas las notas de los casos clínicos de todos mis pacientes, incluido un sobre de papel manila, dejado de buena gana, clasificado en la letra «G», en el interior de mi archivador de Milford Basin. Sé que Polkinghorne revisó con todo detalle ese dosier, también la alcaidesa de la institución, así como diversos abogados y detectives. Lo que leyeron allí fueron las anotaciones normales de un psicólogo carcelario: los elementos demográficos básicos del paciente, su historial familiar, los resultados del test MMPI que llevé a cabo en nuestra primera sesión, sus dos quejas más destacadas (*abatimiento ocasional, insomnio provocado por el ruido reinante en la unidad*) y mis intervenciones (*discusión de estrategias positivas para salir adelante, sería aconsejable la administración de fármacos*). Un registro parcial de recetas médicas.

Notas que no contaban ni mucho menos la historia completa.

Y aquí, en este día, en este lugar desconocido, en un cuaderno barato con tapas de cartulina gris, he estado plasmando toda la historia. Es confidencial, tal y como deben ser siempre este tipo de notas, y puesto que carezco de las medidas estándar para garantizar la privacidad documental, he omitido el nombre de la paciente. La llamo, simplemente, M.

He escrito esto para completar el historial clínico, sí. Para adquirir cierta perspectiva sobre el caso, por supuesto. Pero principalmente para convencerme de una cosa: de que este caracol albino es real. Y si el caracol es real, esta vida es real.

Finalmente, fue esa noche. La aguanieve, la aguanieve, la aguanieve sobreexcitada, obligándome a conducir despacio, batallones ordenados de gotas de lluvia precipitándose contra el parabrisas, enloqueciendo el asfalto bajo el haz de los faros delanteros. El mal tiempo parecía haber engullido por completo los barrios de las afueras; un accidente con tres coches implicados había colapsado la autovía; mis limpiaparabrisas cantaban una melodía trágica y monótona, y mis manos estaban sudadas y temblorosas.

¿Qué había hecho? Desencadenar una avalancha. Ahora, tocaba cabalgarla.

—Vamos —murmuré aporreando el volante.

—Tranquilo, tranquilo —dijo Clyde.

Puso la radio mientras masticaba ruidosamente trozos de pollo frito que iba sacando de una caja de cartón con manchas de grasa. *If you can't be with the one you love, honey, love the one you're with.*

Lo único que deseaba era volver a ver su cara. Recordarme a mí mismo la recompensa que obtendría a cambio de la demolición completa de mi vida.

Qué había hecho. Por qué lo había hecho.

Las pastillas de sobra las había guardado en una caja de Earl Grey. Como reserva… o quizás para mí. En caso de que sucediera lo peor. Si ella hubiese muerto como consecuencia de la dosis que tenía escondida, yo habría terminado también con mis días.

La hora en punto, las noticias en la radio. El presidente había vetado un presupuesto. Militares albaneses habían atacado una base en el sur de Serbia. Alguien había estado vendiendo carne de perro en restaurantes caros, haciéndola pasar por filetes de corderos procedentes de granjas australianas.

Clyde meneó la cabeza con preocupación.

—¿A qué tipo de persona se le ocurre hacer eso? —dijo—. Pobres perritos.

—¿Has cogido el botiquín de primeros auxilios? —pregunté.

—Por catorceava vez, sí.

—¿El sombrero?

Me mostró un sombrero impermeable de ala ancha de señora.

—Un préstamo de Agata.

—¿Y las bolsas? ¿En el maletero?

—En el maletero.

Durante las semanas previas, había estado repartiendo mis escasas posesiones. Había entregado al viejo Truffle y los candelabros de cristal de la lista de bodas, aún por estrenar, a Winnie y, como compensación por dejarle un gato en casa, le había regalado a Gary mi novísimo televisor panorámico. Llené un par de bolsas de lona con ropa para una semana para mí y para M. Sí, había anotado sus tallas y había ido de compras a Bloomingdales; unos cuantos jerséis, algunas camisetas y vaqueros, ropa interior y calcetines de cachemir, un capricho. Y luego lo doblé solemnemente todo para meterlo en las bolsas. En la mía guardé también, junto con la ropa, algunas fotografías familiares. Y encima de todo, la chaqueta de pesca —siete bolsillos para meter cosas y una zona de almacenaje interior impermeable— que había encontrado en una vieja tienda de artículos de pesca cerca de Grand Central. Guardé el revolver de reglamento ruso, amenazador e increíblemente pesado por el tamaño que tenía, en el bolsillo con cierre de cremallera más grande de la chaqueta.

Todo según el plan que Jimmy y yo habíamos perfeccionado en el transcurso de la reunión que habíamos mantenido una semana antes en el Nove Skopje. Agata, con un broche enorme en forma de pulpo engarzado con perlas y coral, salió corriendo de la cocina y me dio la bienvenida con un fortísimo abrazo. Empezó a hablar efusivamente en su desconcertante idioma sobre Clyde. Me acompañó hasta un abarrotado despacho que había detrás del bar. Estanterías para rifles vacías en las paredes, una ventana cubierta con una gruesa cortina. Me indicó que me sentara y esperara.

Cuando se fue, vi los tres gruesos bloques de heroína envueltos en plástico, apilados en un rincón al lado de un par de botas de agua de talla infantil. Me agaché y estudié, con una combinación curiosa de emociones, aquellos paquetes de color miel: el material que estaba horadando sin compasión el alma de mi hermano. Pero me sentí extrañamente adulado al ver que los macedonios confiaban lo bastante en mí como para recibirme donde guardaban su alijo. Toqué uno de aquellos malévolos cojines de droga, y lo descubrí tenso y denso como un músculo apretado. Encerrando algún tipo de poder. Ojalá tocarlo sirviera para que aflojara la fuerza con la que tenía atrapado a mi hermano. Aunque lo único que podía hacer en realidad era rezar para que no acabara conquistándolo por completo.

Jimmy llegó con una botella de aguardiente balcánico, y Agata detrás de él, trayendo bandejas con algo oloroso y con salsa. Nos sirvió, y Jimmy y yo empezamos a comer, a beber y a trabajar los últimos detalles. Rutas de ida y vuelta del hospital, eliminación del arma. El control de la dosis diaria de Clyde, para que estuviera por la labor y no echando cabezadas.

Y en el centro de todo ello: M. Ella lo pondría todo en marcha. Llamar al teléfono público del Nove Skopje, preguntar por mí, colgar. Tomarse la dosis de Elavil que guardaba escondida en la celda. Hecho.

Un plan no muy complicado. Un manifiesto de intenciones claro.

Y entonces, aquella noche gélida, con aguanieve.

El teléfono sonó, pero no en Nove Skopje. Sino que sonó en mi apartamento.

Una voz de mujer, efectivamente, preguntó por mí, pero la voz no pertenecía a M, sino a la alcaidesa de la cárcel.

De modo que el plan se volvió algo más complicado. Y las intenciones algo más confusas.

El sombrero impermeable. El botiquín de primeros auxilios. La cinta americana. La muda de ropa.

—Comprobado, comprobado, comprobado —dijo Clyde.

Después de drogar a M con el té cargado de fármacos —después de haber hecho ese ajuste al plan—, comprobé que la acompañaban de nuevo a su unidad, ignorando lo que iba a depararle el destino, despierta aún pero con la garantía de que estaría inconsciente en cuanto los funcionarios hicieran el recuento habitual a las diez de la noche. Y entonces me puse a funcionar a toda máquina, con una energía desconocida hasta entonces. Volví a toda velocidad a la ciudad para recoger a Clyde y el equipaje que tenía preparado, imaginando que estaba todavía a tiempo de llevar a cabo el resto de la operación tal y como Jimmy y yo la habíamos planificado. Y en menos de una hora, mi hermano y yo accedíamos a toda máquina a la salida de la autovía en dirección al perfectamente iluminado Hudson Valley Medical Center, derrapando a continuación en el asfalto empapado del aparcamiento hasta conseguir detener el coche.

—Creo que ya está todo —dije.

En el bolsillo de la chaqueta de pesca, la empuñadura de material plástico del revólver cedió ligeramente bajo la presión de mi mano. El arma estaba descargada; aquella tenía que ser una táctica de amedrentamiento, no un crimen. Jamás un crimen —Dios mío—, si las cosas salían mal. Mi corazón retumbaba con intensa reverberación. El reloj parpadeante del salpicadero anunciaba que eran las once y veinte. Habían pasado casi dos horas desde que M ingiriera su Earl Grey.

Bajo aquel diluvio, sacamos la silla de ruedas de Jackson del maletero y la desplegamos. Clyde, que parecía un espantapájaros con los pantalones holgados y la camisa vaquera elegida para la ocasión, se cubrió la cabeza con el enorme sombrero para la lluvia. Y mientras lo empujaba hacia la entrada principal, leí el adhesivo pegado en la parte posterior del respaldo: *¿Estás salvado?*

Nos sumergimos en el animado bullicio del vestíbulo del hospital y entramos en el ascensor. Clyde sonriendo como un tonto desde debajo del ala del sombrero. Representó su papel estupendamente, la verdad. Una compacta mujer hindú nos recibió en el mostrador de recepción de la cuarta planta. Saqué mi placa de identificación del bolsillo de la camisa.

—Doctor Lundquist, Milford Basin. Vengo por una de mis pacientes. Este es mi hermano, Clyde; no quería dejarlo solo, claro.

Clyde le regaló una sonrisa inane.

—Claro. —Lo miró con ojos compasivos. Luego volvió a mirarme y unió las cejas—. Pero esta noche no hemos ingresado a nadie de Milford Basin.

Me quedé boquiabierto. Olvidándome por completo de cómo hacer funcionar la lengua y la mandíbula.

—¿Llamo abajo? —dijo la enfermera—. Es posible que esté aún allí.

Lo único que fui capaz de hacer fue mover la cabeza en un gesto de asentimiento. Todos mis pensamientos se extinguieron de repente, todos excepto uno: está muerta.

Vi que la enfermera marcaba un número en el teléfono y hablaba al aparato, como si en mi vida hubiese visto aquello. Está muerta, está muerta. La boca se movía mientras la mano colgaba el teléfono.

—… subirá en breve, les ha llevado un rato reanimarla y ahora se encuentra en la unidad de recuperación.

Me dio la impresión de que la mujer volvía a sonreír.

—¿Quiere esperar en la sala de la tele, al final del pasillo? —dijo—. Ya le comunicaré cuando…

Seguí con la mirada la dirección hacia la que apuntaba el brazo.

—Sí, gracias —logré decir.

En la sala desierta, intentamos comportarnos con normalidad.

Miramos la tele. Sería la última vez en mucho tiempo que vería la televisión norteamericana, pero en aquel momento no lo pensé. En lo único que podía pensar era en M.

No tengo datos sobre esto, pero voy a partir del supuesto de que el hombre normal y corriente dedica poco tiempo a reflexionar sobre la redención. En este sentido, por lo tanto, no soy un hombre normal y corriente. En este sentido, ocupo un punto en la parte superior de la curva.

El bofetón que le di a Zach Fehler fue fuerte, y eso fue una traición amarga. Le había pedido que confiara y luego lo dejé tambaleándose. Su carita se puso colorada, sus piernecillas quedaron extendidas en el suelo.

Pero Zachary no fue el primer ser pequeño del que abusé.

Porque antes de Zach, tengo que tener en cuenta al Bebé Cero. El niño arquetípico. Un chiquillo al que traicioné más o menos desde el primer día. Desde el día en que nació en el laboratorio de pruebas de mi padre, entre puzles de madera de colores alegres y piezas de construcción de juguete.

He sido el responsable del destino de ese brillante bebé. Y lo he dejado desamparado. Le he dejado vagar por territorio desconocido durante treinta años, más o menos, y luego descender a un inframundo, al sótano de una cárcel.

De modo que sí, la redención lleva ya un tiempo preocupándome cada vez más.

El día que M cruzó la puerta de aquel despacho del sótano y entró de nuevo en mi vida —esa persona, esa encarnación femenina de mi sueño de adolescente, entregada a los lobos, abandonada al mal—, lo entendí. M era mi remedio. A través de ella, conseguiría reconducirlo todo. Así, por fin, podría sublevarme y hacer el bien. Cambiar una vida humana a mejor, en términos totalmente inequívocos.

* * *

Un hombre estaba en la tele informando sobre cómo aplicar la cera al coche para obtener el máximo brillo cuando vino a buscarnos la enfermera de recepción. Cerré las manos para esconder los dedos en los puños e impedir que pudiera verme las uñas, ensangrentadas de tanto mordérmelas.

—Su paciente está descansando en la 403. Está grogui, semiinconsciente. Se ha tomado una dosis de caballo, imagino que quería de verdad que surtiera efecto.

Intenté esbozar una sonrisa. En cuanto el sonido de los pasos de la enfermera se desvaneció, me levanté y moví la silla de ruedas de Clyde.

—Se acabaron las ideas brillantes —dije en voz baja.

—Eso, eso —murmuró.

Pero no fueron necesarias ideas brillantes, tengo que decir. El plan se desarrolló como si fuera un sueño, como si Dios en persona hubiera escrito el guion. La funcionaria de guardia resultó ser una novata de cara demacrada, Jenni O'Dell, según su placa de identificación, una chiquilla menuda que estaba haciendo el turno de noche porque (según nos contó, temblando frente a la punta de mi pistola descargada) era solo su segunda semana en el puesto. Entré en la habitación empujando la silla de ruedas de Clyde y le mostré mi identificación de la cárcel.

—El superintendente me ha notificado lo sucedido. Lleva un tiempo en tratamiento conmigo.

O'Dell asintió.

—Entendido, señor.

—Y este es Clyde, mi hermano.

Clyde saludó dejando caer la cabeza hacia un lado.

—Entendido. —Lo miró de reojo—. Me han dicho que lo superará. No sé por qué habrá hecho una cosa así. Aunque supongo que usted sí lo sabe, doctor, supongo que es su trabajo.

Esbozó una sonrisa, satisfecha con su ingenio. Cerró la puerta y regresó a su asiento junto a la ventana y a su libro de crucigramas.

M. Sus brazos estaban flojos, transparentes como una gamba

263

cruda, y descansaban encima de una colcha blanca como la nieve, sujetos por las muñecas a los barrotes de la cama. Tenía los ojos abiertos tan solo una rendija, un mechón de pelo pegado con saliva cerca de los labios.

Pronuncié su nombre. Sus ojos se giraron hacia mí, pero no me dio la sensación de que estuviera viéndome.

Abrí la cremallera del bolsillo de la chaqueta, cogí el arma. Creo que murmuré una breve oración. Las palmas de las manos exudaban una especie de grasa y por la nuca me goteaba un sudor frío.

—Jenni —dije sacando la pistola de su escondite—. No te muevas, por favor. Tengo que llevarme a esta mujer.

La vigilante levantó la vista, confusa. Fijó la mirada en la pistola, que no dio la impresión de amedrentarla, pero cuando Clyde saltó de la silla de ruedas para plantarse a su lado, sí emitió un pequeño grito.

—Tengo un niño pequeño —dijo.

—No tengas miedo, Jenni —dijo Clyde—. Somos buenos chicos. Pero necesitaremos tu cinturón.

Empezó a quitarse los pantalones. Y Jenni O'Dell empezó a gimotear y, sin apartar un instante los ojos de mi persona y mi arma, se desabrochó el cinturón con manos temblorosas y lo depositó sobre la cama. Clyde sacó las esposas metálicas del cinturón y se las puso a la chica.

—En serio —dijo tranquilizándola—. Y ahora, siéntate. —Hizo lo que le decía—. Nadie sufrirá ningún daño.

Clyde estaba acabando de quitarse la ropa, dejando a la vista el segundo par de pantalones y la camiseta que llevaba debajo (*La vida es buena*, nos aseguraba un monigote bailarín estampado en la tela). Los pantalones holgados y la camisa de tela vaquera estaban a los pies de la cama. Guardó la pistola reglamentaria de Jenni y su radio en los espaciosos bolsillos de mi chaqueta. Yo cogí el juego de llaves y le pasé a Clyde el revólver ruso. Jenni rompió a llorar. Clyde le sonrió.

—No pasará nada, de verdad —insistió.

—¿Qué llave es, Jenni? —le pregunté.

—La ovalada —respondió con voz temblorosa.

Me incliné sobre M, retire aquel mechón con saliva de sus labios carentes de toda expresión y abrí las esposas que le sujetaban las muñecas.

—Estás viva y eres casi libre —dije en voz baja.

Retiré entonces la colcha. Un camisón de hospital blanco con puntitos azul marino, piernas blancas y delgadas. Le introduje las piernas en el pantalón que acababa de quitarse Clyde, metí el camisón por dentro, pero cuando intenté pasar los brazos por las mangas de la camisa, gimió. Seguí intentándolo, hablándole mientras en voz baja. Acerqué la silla de ruedas a la cama y Clyde y yo la instalamos en ella. El calor de su cuerpo flojo me hizo pensar en cuando echaba al pobre Truffle de mi sitio favorito en el sofá.

Le puse el sombrero impermeable, con el ala cubriéndole la cara.

—Preciosa —murmuró Clyde—. Ahora ella —dijo señalando a Jenni—, y ya podremos largarnos.

—Oh, Dios mío —musitó la chica.

—Silencio. —La cogí por el brazo y la insté a entrar en el cuarto de baño, la senté sobre la tapa del inodoro y le sujeté las piernas con cinta americana a la base. La tranquilicé mientras empezaba a taparle la boca también con cinta—. Lo peor de todo supongo que será cuando te arranquen esto. Pero será solo un segundo. —Me miró fijamente, sin hacer nada por disimular su pánico. Sentí una punzada de áspera culpabilidad—. Y ahora, quédate aquí sentada y cuenta hasta cien. —Me dispuse a cerrar la puerta. Su mirada era suplicante—. Ya te dije que no pasaría nada. Y muchas gracias por tener una actitud tan colaboradora.

Coloqué una silla bajo el pomo para trabarlo.

—¿Preparados? —le dije a Clyde.

—Preparados —replicó asintiendo.

Asomé la cabeza al pasillo, que estaba completamente vacío en ambas direcciones; se oían a lo lejos risas en la tele de la sala, el gorjeo del teléfono en la esquina de recepción. Le indiqué con un gesto a Clyde que se pusiera en marcha.

—Nos vemos abajo, colega —dijo.

—No corras —dije en voz baja.

Cruzó la puerta, giró hacia la izquierda y recorrió los aproximadamente quince metros de distancia que había hasta el final del pasillo, donde una escalera bajaba a la primera planta. Desde allí, simplemente tenía que cruzar el vestíbulo a paso ligero y acceder al aparcamiento. Cogí la silla de ruedas con M, le cubrí un poco mejor la cara con el ala del sombrero y la empujé hacia recepción y los ascensores.

Cuando doblamos la esquina vi que la enfermera estaba inclinada haciendo papeleo, su larga trenza oscura balanceándose sobre un hombro. Pulsé el botón, coloqué la silla de ruedas para que quedara de cara a las puertas del ascensor y, mientras esperábamos a que llegara, la enfermera levantó la cabeza.

—Buenas noches, doctor —dijo, y se concentró de nuevo en su trabajo.

El vestíbulo, con sus grupillos de familiares pululando y el zumbido de una máquina de encerar el suelo empujada por un conserje entrado en años, me pareció un espacio mucho más amplio que antes, pero llegué rápidamente a las puertas de cristal, que se abrieron como el acceso a un lugar milagroso, y eché a andar por el aparcamiento mojado, empujando la silla entre conos de luz anaranjada. Clyde ya había puesto el coche en marcha.

—Lo estás haciendo estupendamente, eres magnífica —le dije a M cuando la instalamos en el asiento de atrás.

Euforia, la euforia que se siente cuando uno se da cuenta de pronto de que está en medio de un sueño muy placentero, se apoderó de mí mientras plegaba la silla de ruedas para guardarla en el maletero. Y sonreía como un tonto cuando escuché una voz a mis espaldas al cerrarlo.

—Frank, ¿te han llamado ya por el asunto?

Me giré. Charlie Polkinghorne, con la cara medio oculta por las sombras y medio iluminada por un resplandor mandarina. Con una mano intentando mantener cerrada la gabardina y la otra sujetando un paraguas abierto. Recordé entonces que seguía lloviendo, que estaba empapándome. Me quedé mirándolo.

—Ha vuelto a hacerlo. Es espantoso.

—Sí, sí.

Pensé en el arma —en la pistola cargada, en la pistola de Jenni— que seguía en mi bolsillo.

Charlie me miró y levantó la vista hacia el cielo.

—¿Verdad que no crees en la ropa para lluvia?

—Es que… voy con prisas, ya sabes…

Miré por encima del hombro y vi que Clyde estiraba el cuello para mirar hacia atrás.

—Apártate de la lluvia —dijo Charlie tirando de mí para que pudiera estar debajo del paraguas. Me quedé tan pegado a él que podía incluso contar los pelos de sus escasas cejas—. Mira, no te preocupes tanto por esta paciente. Me parece que estás siendo demasiado duro contigo mismo. Es evidente que está decidida a dejarnos atrás y cuando alguien está tan decidido, es imposible hacer nada, ¿no crees?

—Sí, claro. Gracias, Charlie. —Extendí la mano para saludarlo, se la estreché varias veces—. Y ahora, de verdad, tengo que irme corriendo.

Me agarró la mano con una presión sorprendentemente fuerte.

—Sheila me ha echado.

—Oh, vaya. Lo siento mucho —dije.

—¿Crees que podría instalarme en el sofá de tu casa unos días, Frank?

—Por supuesto. ¿Podemos hablar mañana? Pasaré en cuanto pueda por tu despacho.

Tiré de la mano para separarme de él y retrocedí hacia el coche. Di media vuelta y, a toda velocidad, me senté al volante. Puse marcha atrás para desaparcar y vi que Polkinghorne seguía allí, como un fantasma gris bajo la lluvia. Partimos a toda velocidad para sumergirnos en la oscuridad inundada. En aquella noche negra, empapada, deliciosa.

20

DICIEMBRE DE 1999

Acurrucada en el asiento de atrás del coche. Notando todos y cada uno de los bultitos de la carretera, acunada por el aroma de la tapicería nueva de cuero. Las luces de las farolas de la autopista pasando velozmente por encima, postes telefónicos, ramas con hojas resbaladizas por las gotas de lluvia.

—¿Que ya nada tiene sentido, estás diciéndome?

—Vamos, venga ya.

—Eres peor que él. Él es malvado. Pero tú eres débil de carácter. Prefiero lo malvado.

—¿Malvado? Por Dios, Barb. Eres un poco melodramática, ¿no te parece? ¿Cuándo vas a dejar de tocarme las pelotas?

—Te equivocas, Edward. Acuérdate del trueque aquel con los nigerianos en ese negocio del *lobby* petrolífero. —Y entonces, imitándolo—: «Oh, no, no son dictadores, cariño. ¡Salieron correctamente elegidos!».

El chirrido de los frenos.

—Salgo a tomar el aire. Anda, ve a pegarle la bronca a Karsten Brunner.

—Asesinó a tu hija, y luego mintió al respecto. Pero ¿y qué? Parece que no puedas vivir sin él. Con sus banquetes de mierda en la Casa Blanca. Arriba, en las dependencias privadas. ¡Las dependencias privadas! ¿Cómo puedes ser tan superficial? No eras así cuando te conocí.

—Cuando te conocí tenía diecinueve años y era tonto, cariño. Y en tu caso era exactamente lo mismo. Por eso hacíamos una pareja tan estupenda.

El motor apagado. La puerta abriéndose.

—¿No pensarás en salir aquí en medio? Pero ¿qué haces?

—Dile a tu hija adiós de mi parte. Espero que siga estando dormida. Nadie tendría que estar escuchando toda esta mierda.

Un portazo. La lluvia repicando en la ventanilla de atrás como una mecanógrafa diligente. El sonido sibilante de los coches pasando a toda velocidad por el lado.

Miranda se puso bocarriba. El dolor llegó unos instantes después y la llevó a emitir un grito.

—¿Dónde va? —exclamó.

—No, no, no te levantes. —La voz de Frank Lundquist, a muchos kilómetros de distancia—. Es mi hermano, Clyde. No te preocupes, estás durmiendo.

Miranda vio que el hombre de piernas largas subía corriendo un tramo de escaleras. Una estación de metro, un aparcamiento vacío. El coche se puso de nuevo en marcha.

Oh. Estaba soñando. El mundo saturado por la noche fluía al otro lado de la ventanilla, Frank Lundquist iba girando un volante hacia un lado y hacia el otro, ella estaba tumbada en un asiento trasero espacioso. Sintió la sensación de adormilamiento envolviéndola, la cortina oscura, las extremidades pesadas. Perdió de nuevo el conocimiento al sentir el vinilo frío contra la mejilla.

Unos minutos más tarde: «Tengo la cara mojada, estoy llorando».

Aquellas lágrimas, conjuradas por el sueño, la dejaron maravillada.

Luego, el coche del sueño dejó de zumbar y, cuando volvió a incorporarse, vio que el hombre que parecía Frank Lundquist cogía una pistola, un *walkie-talkie*, un llavero... objetos tan conocidos, claro, las herramientas de trabajo del funcionario de prisiones, eso era lo que le había llamado la atención incluso adormilada, el campanilleo de las llaves. Milford Basin, ese sonido. April. Lu.

Él abrió la puerta del coche y salió, a continuación arrojó la pistola, la radio, las llaves y luego una segunda pistola hacia una extensión de agua negra limitada por vallas y guardarraíles de hormigón. En las aguas de este país debe de haber tantas armas como piedras, pensó, y entonces sintió que el mundo volvía a desmoronarse a su alrededor, abandonándola, relegándola de nuevo a la nada. Y al desplomarse, cayó a toda velocidad en un agujero, atraída de forma tan potente por la fuerza que pudiera haber en el fondo de aquel vacío que solo pudo ver una última cosa: la flor blanca en el agua negra, luego la espera apoyada en el parachoques del coche, el vehículo detenido en el puente sobre el río Oshandaga. Los coches de policía proyectando luz azul sobre el río a medida que iban aproximándose.

—Para ser un yonqui, tu hermano lo ha hecho la mar de bien.

—Y aquí tenemos a la señora.

—Sí, esta es la señora.

—Mírale los ojos, ¿está consciente o no?

La voz era profunda, las palabras se entremezclaban con acentos raros. A través de una cortina espesa —las pestañas— veía escobas, cubos y estanterías con cajas. En la esquina, una mujer fornida que la observaba sin dejar de hacer punto.

Una mano en la cara. La voz de Frank Lundquist.

—No, sí, tengo más para darle.

—No —susurró ella. Notaba la garganta como papel de lija.

Él la mandó callar. «No te atrevas a mandarme callar», pensó.

—Déjalo —dijo la voz profunda—. Haremos la foto, pero necesitamos que tenga los ojos abiertos, de un modo u otro.

Esa forma de pronunciar «de un modo u otro» le recordaba un poco a cómo hablaba Lu, pensó.

—Miranda, estás a salvo.

La mano de él tocándole la cara; la cara de él en su ángulo de visión.

«Lo has hecho», pensó. ¿Pero qué era lo que había hecho? No conseguía precisarlo.

Él apartó su cara de Frank Lundquist. La música sonaba en sus oídos como si fuera un circuito cerrado. *Standing on a corner in Winslow, Arizona, such a fine sight to see.*

Un chico con piel muy clara la saludó con una pequeña reverencia.

—No te preocupes por nada —dijo—. Haremos la foto, haremos el pasaporte, ningún problema. Mira hacia aquí —dijo señalando una fotografía de pequeño tamaño de un pueblo nevado colgada en el centro de un muro divisorio.

La luz del *flash* le apuñaló unos ojos que apenas estaban allí.

Me ha drogado. Me ha raptado. ¡Me ha raptado! Intentó decir todo aquello en voz alta. ¿La estaría escuchando alguien?

—Voy a darte un poco de agua —murmuró él—. Pero no intentes hablar… la garganta, el lavado gástrico, la goma, ahora duele. Chsss.

«No te atrevas a mandarme callar», pensó. Pero bebió, porque le ardía la garganta y, de pronto, la sensación de sed podía más que ella.

Se acercó otra cara, con barba oscura de tres días, carrillos carnosos, un diente gris en el centro de la boca, visible al hablar.

—Señorita, ha salido del talego, así que alégrese. Y calle. Hay gente aquí, yo incluido, que se ha jugado el cuello y mucho más por usted.

Los ojos de aquella cara, excepcionales. Nunca había visto unos ojos tan oscuros.

—Estará contenta y calladita. Lo que Frank Lundquist ha hecho por usted es para darle las gracias todos y cada uno de los días que le queden en este mundo.

—Jimmy —oyó que decía Frank.

—Necesita saberlo. Señora, esto está hecho. No tiene que pensar en nada, solo sentirse feliz y contenta, porque él lo ha arreglado todo para que pueda vivir en libertad. —La cara empezaba a desdibujarse, pero seguía viendo su muerte en aquellos ojos, de modo que continuó mirando—. Si empieza a pensar, se habrá acabado todo, porque me importa usted una mierda. Que lo tenga bien claro.

—Ya vale, Jimmy, ya vale. Ya lo ha entendido.

Frank Lundquist entró en su ángulo de visión; cerró los ojos con fuerza y empezó a sentir solamente su calor, a notar la cabeza reposando en el hombro de carne y hueso de él. El mundo empezaba a marcharse de nuevo. Pero antes de que desapareciese por completo, vio a la chica, volando. En el centro de su visión, justo detrás de sus ojos cerrados. La vio y lo entendió.

21

SI LA RESPONSABILIDAD ÉTICA ENTRA EN CONFLICTO CON LA LEY O LA AUTORIDAD GOBERNANTE, HABRÁ QUE DAR LOS PASOS RAZONABLEMENTE NECESARIOS PARA RESOLVER DICHO CONFLICTO

(Estándar 1.02)

Si estudias la historia de los macedonios —como estoy haciendo yo en estos momentos, a través de libros comidos por los bichos, ayudado por un diccionario que se está desintegrando a toda velocidad—, te enterarás enseguida de que, por encima de todo, son profundamente antiautoritarios. Miles de años de gobernantes tiranos —bizantinos, búlgaros, turcos otomanos, serbios, soviéticos— les han otorgado un hambre voraz de rebelión. Les gusta formar ejércitos clandestinos con nombres largos y feroces —Organización Revolucionaria Secreta de la Juventud Macedónica— para llevar a cabo acciones de guerra de guerrilla, sabotajes y, en términos generales, como una forma de organizarse en torno a ese desdén compartido que les inspiran las autoridades que estén en el poder en un momento dado.

Dada esta tendencia, no sorprende en absoluto que los ciudadanos de la República de Macedonia desprecien a los países de la OTAN —que, no hace ni siquiera nueve meses, lanzaron misiles Tomahawk sobre sus primos de Kosovo—, así como a la Interpol, que se entromete constantemente en los negocios de importación y exportación de sus habitantes. En las recónditas aldeas con casas de piedra blanqueada asentadas en los valles del interior, tampoco se sienten especialmente impresionados por la policía federal de los centros urbanos de Skopje y Bitola. Se defienden solos, libran sus propias batallas y siguen sus propias reglas.

Es decir, que el pueblo ancestral de Jimmy era el lugar ideal para esconder a una pareja de fugitivos norteamericanos. Un grupo desordenado de un par de docenas de casas, aferrado en la ladera del monte Ulsec, como la bola de una planta espinosa en la falda de una anciana. Estaba habitado por parientes de Jimmy en su práctica totalidad. Por lo visto, la vida del pueblo giraba en torno a las ovejas, la potasa, una iglesia del siglo XIII y el contrabando de armamento de pequeño tamaño. En la mayoría de las casas, la fotografía de Jimmy, con gafas de sol de estilo aviador y cadenas de oro, colgaba junto a una reproducción de la imagen de la Virgen de los Dolores de la iglesia de Santa Sofía, en Ohrid.

Con esta aldea en mente como nuestro último destino —pero muy nebulosamente en mente, muy vagamente, ya que ¿cómo podía tener yo idea de cómo sería un lugar así?—, apoyé la cabeza contra la ventanilla y vi cómo Groenlandia e Islandia pasaban como formas oscuras bajo mis pies. M estaba tumbada a tres asientos de distancia de mí, en el otro lado del pasillo. En las filas delanteras de la cabina, se escuchaban conversaciones en voz baja, ronquidos y a un bebé llorando, familias numerosas y señores mayores del barrio búlgaro del Bronx que volvían a casa para pasar allí las festividades de diciembre. La temporada turística había tocado a su fin y los amigos que tenía Jimmy en Air Bulgar, una compañía chárter de bajo coste con una única base en Estados Unidos en un solitario hangar de Newark, nos habían sentado en la parte posterior del avión, que iba vacía. Espacio de sobra para estirar las piernas y un lugar tranquilo para reflexionar.

Mi hazaña fue imprudente, tal vez insensata. Di un paso que me lanzó, dando zancadillas y catapultándome, más allá de los límites de la conducta razonable. Pero no diré que fue un acto irracional. Comprendía los riesgos; al fin y al cabo, había pensado largo y tendido en la idea de huir con ella.

Y en aquel momento crucial, mientras removía mis reservas de emergencia de Elavil en un té con leche caliente, incorporándole mucho azúcar para camuflar cualquier sabor, comprendí que lo que había hecho podía comportar la liberación, pero no el amor. Aquella noche vi que era un acto egoísta. Me dije: es posible que no haya declaraciones sentidas, pasión que nos deje sin aliento, largos años de dulce unión y recuerdos compartidos de nuestra intrépida huida.

Era posible que no saliera bien.

Pero ella estaría en un lugar mejor, y yo sería quien le había dado la libertad.

Que el destino decida. Embárcate en este viaje inescrutable con ella. Lánzala con seguridad hacia su futuro, lejos de la justicia institucionalizada y de las tibias intervenciones terapéuticas. Lejos de aquel sótano, hacia el mundo. Concédele lo que le queda de vida y vive el resto de la tuya, independientemente de la forma que pueda adoptar.

La redención puede llegar a exigir dar rodeos extraños. Pero lo que importa es el resultado final.

Y en mi cabeza tenía también un vuelco de los acontecimientos innegablemente bueno: mientras nosotros sobrevolábamos zonas gélidas, el muy respetable servicio de radiotaxis Balkan All Boro estaba dejando a Clyde en una clínica elegante y discreta, a la distancia adecuada de casa de mi padre para que fuera a visitarlo con regularidad. Algún día, quizás, nos pondremos de nuevo en contacto. He dejado dinero suficiente para pagar las facturas de la estancia de Clyde. Tengo dinero de sobra y Jimmy es un experto en todo lo referente a la banca suiza.

22

DICIEMBRE DE 1999

¿Recuerdas lo que soñaste en una ocasión, siendo un niño? La vida difumina el sueño, lo enturbia, el paso interminable de los días, el vuelco constante de los minutos, erosiona esa visión, mota a mota, detalle a detalle. Las preocupaciones diarias, granitos minúsculos que dejan huella y corroen. Y, naturalmente, por alguna razón, el sueño está dibujado sobre la sustancia más blanda posible, ¿verdad? No está grabado ni en granito ni en mármol, ni siquiera esculpido en arena. Los sueños de la juventud son simples ondulaciones del cerebro, sutiles ondulaciones de tejido blando, maleable, flexible. Tremendamente huidizo.

Por ejemplo: con doce años, ella soñaba con ser presidenta. Veía, cuando circulaban en coche por Washington, los barrios más decrépitos y pensaba: «Quiero ayudar al mundo. Podría ayudar al mundo». Si no presidenta, tal vez senadora. O congresista, como su padre. En séptimo, se presentó al puesto de delegada en el consejo estudiantil, y lo ganó.

Pero luego, lo de Amy. Y aquel noviembre. La segunda campaña, la perdedora, vista como una retirada, porque su madre y ella fueron eliminadas del escenario, no hubo ni saludos ni sonrisas al lado de su padre. Él allí solo, expuesto, sus compromisos, sus errores, más dolorosamente evidentes a cada día que pasaba. Al principio era demasiado joven para entenderlo, la verdad, pero de un modo u otro, poco a poco, empezó a comprenderlo. Y llegaron luego instantes de comprensión, un maremoto interminable de momentos como aquellos, hasta que la idea de que ella podía ayudar al mundo, de que debería ayudarlo, empezó a debilitarse, luego a debilitarse más, hasta acabar evaporándose.

Con veintiséis años de edad, otro sueño. El sueño de Duncan, la vida extendida en visiones inundadas de amor, siempre que se permitía deleitarse con aquellas visiones. Él habría dejado atrás aquellos tugurios nocturnos llenos de drogas. Juntos, serían propietarios de restaurantes. Él estaría cara al público, ella se ocuparía de las relaciones públicas y de los números. Los frecuentarían cantantes y actores, acudirían a fiestas privadas y se convertirían en sus amigos íntimos. Juntos, Duncan y Miranda comprarían una casa en las montañas, sus portentosos invitados se reunirían en la terraza, sus hijos jugarían por el césped.

Hijos. La idea le hizo abrir los ojos.

El frío de la ventanilla en la frente. Llanuras, casas bajas de color crema con tejados de madera de tejas marrones, una central eléctrica en el horizonte, sus tres chimeneas perfiladas contra un cielo luminoso. Cristal frío y duro contra la frente, y olor a tabaco. Fragmentos de melodías pop en la radio, con interferencias. Luego la voz reconfortante de una mujer, arrullándola con sílabas sueltas.

¿Cuánto tiempo llevaría durmiendo?

—¿Cuánto rato llevo durmiendo? —musitó, con la lengua adhiriéndose al interior de la boca, gomosa, con sabor a pegamento de sobre.

—Te has despertado —dijo él.

Letras cirílicas en un camión que adelanta. Dos hombres en el asiento de delante, ambos con el pelo casi rapado. El sol cortando el parabrisas. En el perfil del cuello del conductor, la cara de Mickey Mouse tatuada. Un Mickey basto, un Mickey perturbado.

Frank Lundquist le posó la mano en el hombro.

—Vamos a parar. ¿Algo de comer? ¿Quieres ir al baño, quizás?

Su pelo necesitaba un lavado y su barba, del color del trigo, estaba crecida.

«Mira lo que ha hecho —pensó—. Tienes que verlo».

Interior: un pastel de hojaldre con carne picada y un huevo frito. Tomates y pepinillos con salsa blanca agridulce. Lo devoró.

—Está bueno, ¿verdad? —Frank había acabado su plato y ahora estaba mirando cómo comía ella—. Hace bastante calor para ese jersey —le dijo en voz baja—. La ropa está en el maletero. Podrías cambiarte.

En voz baja, comprendió, porque eran extranjeros. El local era una simple caja de cristal oscurecido por el humo, suelo de cemento, abarrotado de hombres, camioneros, a juzgar por el aparcamiento lleno y los tráileres haciendo cola para repostar combustible. A través del humo del tabaco, se veía un televisor colgado en alto, detrás de la barra. Entonces, una barriga peluda le bloqueó la vista.

—América.

El hombre se cernió sobre ellos. Tenía unos dientes espantosamente afilados. Un jersey ceñido por encima del vientre redondo y velludo. Se levantó los michelines para enseñarles una hebilla con la silueta del estado de Texas. Sonrió, con los dientes manchados.

El hombre dijo algo a los de la mesa vecina, cinco hombres encorvados sobre cigarrillos y chupitos que se iban sirviendo de lo que en su día fuera una botella de agua. Miraron a Miranda y rieron. El barrigudo cogió las botellas y dos de los vasos de los hombres y los levantó hacia ellos.

—*Rakija*. Búlgaro. —Sirvió y les pasó las bebidas—. Por América —dijo brindando con la botella y balanceándose de un lado a otro.

Les indicó con un gesto que lo imitaran y se quedó mirándolos hasta que lo hicieron. Miranda no miró a Frank. Tragó el alcohol y dejó que le quemara la garganta.

Señor Barriga la cogió por el brazo, se lo apretó y gritó alguna cosa a sus compadres, seguido por una carcajada. Le estaba presionando tan fuerte que incluso dolía. Frank intentó apartar al hombre. Pero la presión en el brazo se incrementó. Ruido de sillas arrastrándose por el suelo y, de pronto, Mickey Mouse muy cerca, a escasos centímetros de su cara. El conductor pronunció tres palabras y el brazo quedó libre. Frank se colocó rápidamente detrás de ella, la sujetó por los hombros y la guio hacia el exterior.

—La casa tiene vistas a un lago —dijo Frank—. Por lo visto, el lago está repleto de peces.

Continuaban en el coche, y a cada minuto que pasaba se sentía más despierta. Y Frank Lundquist le hablaba con mucha suavidad, como si estuviera intentando sosegar a un niño enrabietado. Movió la cabeza para poder ver el paisaje que se desplegaba al otro lado del parabrisas. Más llanuras, franjas de canales de riego, un tractor de vez en cuando, un silo de hormigón. Estaban cerca de la frontera, dijo Frank, siguiendo ahora carreteras secundarias de tierra y gravilla.

Volvieron a quedarse en silencio.

Desde la parte delantera del coche, desde el cuello del conductor, Mickey se le reía a la cara.

—¿Cuántas veces te has encontrado en el asiento de atrás? —decía risueño.

¿Cuántas?

Edward Green al volante, peleándose con su madre por asuntos de dinero, Miranda tumbada sobre la piel sintética del asiento de atrás, haciéndose la dormida. ¡Haciéndose la dormida! Mickey rio entre dientes.

Un taxista al volante: algún chico de los tiempos del «por qué no» dándole al hombre la dirección y el aliento con olor a alcohol pegado al pelo de ella.

El chófer de la limusina al volante: Duncan deslizando la mano por debajo de su falda.

El *sheriff* del condado de Candora al volante: sin manillas para abrir las puertas.

Un funcionario de prisiones al volante: la furgoneta apestando a miedo y a vómito.

Frank Lundquist al volante: la ropa mojada de otra persona cubriéndole el cuerpo, las farolas pasando a toda velocidad presas del pánico bajo la lluvia.

Y ahora esto. ¿De quién era este coche?

A miles de kilómetros de cualquier lugar parecido a su casa.

El ratón la miró lascivamente. ¿Y tú cuándo, chica?

¿Cuándo piensas pasar delante, ponerte al volante?

Apartó la vista de aquella cara burlona. Divisó, a lo lejos, al fondo de la llanura, una ola de montañas azules. Y al verlas, se le hizo la luz.

Soy libre. Estoy fuera. Me he ido.

Y entonces, la línea de montañas celestes abrió su mente a otra idea.

Ahora conduzco yo.

23

LA TERAPIA DEBE DARSE POR FINALIZADA CUANDO EL CLIENTE/PACIENTE AMENACE O PONGA EN PELIGRO AL PROFESIONAL
(Estándar 10.10b)

¿Qué felicidad es comparable a correr un riesgo que acabe compensándote?

Viscott esboza los distintos tipos de riesgo que se pueden correr: riesgos de emoción, riesgos de crecimiento, riesgos de cambio. A pesar del miedo que a muchos nos imponen los riesgos, nos recuerda que la vida, ya de por sí, comporta riesgos.

Créeme cuando te digo que en este mismo instante lo estás arriesgando todo. Por el simple hecho de estar aquí sentado, respirando, aceptas el riesgo de que esta vez que respiras pueda ser la última.

A veces, me tumbo aquí, miró las grietas del techo, grietas que forman el delta de un río en la vieja pintura oscurecida por el humo, y empiezo a ver la cara de mis antiguos pacientes. De Quillaba, ladrona de tiendas especializada en bombones y vinos caros, que se preguntaba por qué un sueldo de trabajadora de la cadena de comida rápida Arby's tenía que interponerse en su camino. De Harriett, que no podía dormir sin despertarse gritando. De un dentista llamado Hazen, que era incapaz de serle fiel a su esposa por mucho que lo quisiera. De Zachary Fehler.

Y finalmente, de M. Y me giro y aquí está, tumbada en su

cama, durmiendo, tal vez soñando, con su nuevo pelo corto brillando como una corona de cobre.

Compartimos habitación, pero dormimos en camas separadas. ¿Por qué? Creo que lo entiendo.

Jimmy nos encontró un buen lugar donde vivir. Hay un lago, efectivamente, y, efectivamente, está lleno de peces. La gente de aquí no los come; dicen que la potasa ha contaminado las aguas. La hermana mayor de Jimmy vivió antiguamente en esta casa. No se casó nunca, era la maestra del pueblo y viajaba cada año a Frankfurt a comprar libros de texto. Su ropa, de buena confección alemana, sigue almacenando polvo en el armario. Murió el año pasado, nos han dicho. El gracioso perrito de la hermana, blanco con manchas negras y marrones, nos ha adoptado.

Los hombres del pueblo se ausentan el día entero para ir a trabajar en la mina de potasa que hay en las montañas. Al mediodía, una mujer llamada Olla nos viene a preparar la comida. Hace también un poco de limpieza, mientras va cantando canciones extrañamente conmovedoras que le enseñó su madre romaní. Yo barro el suelo, cuando ella me lo permite; me gusta barrer el suelo. M estudia un diccionario francés que encontró. En la cárcel aprendió, imagino, a aprovechar al máximo las horas de inactividad. Yo aún estoy aprendiéndolo. El baloncesto, por supuesto, es un deporte importante en esta zona, de modo que juego un poco, con el aro que hay detrás de la tienda del pueblo. Estoy planteándome practicar el tiro al blanco. Por aquí las armas abundan.

Un día encontré una lista que M había escrito en la parte posterior de un paquete de azúcar vacío:

Francófono
Costa de Marfil
Senegal
Congo
Argelia

Burkina Faso
Haití
Guadalupe
Martinica
Saint-Martin
Polinesia: Iles du Vent, Iles Sous-le-Vent

Al parecer, no está aún del todo aposentada en lo que a nuestra vida aquí se refiere. Pasa largas tardes paseando a orillas del lago. La veo allí, contemplando el monte Ulsec. A veces, se para en la casita de Olla, que está cerca de la orilla, en el otro extremo, y las veo a las dos, a M y a la anciana, sentadas en sillas de plástico en el patio de tierra. Es comprensible: compañía femenina. Es lo único que ha conocido estos últimos años.

Está mucho mejor ahora que la primera vez que entró en mi despacho, aquella mañana de primavera. Es libre, por así decirlo. Está segura. Está a salvo. Creo que está empezando a apreciarlo.

A pesar de que mis colegas de profesión mirarían mi método con mala cara, saberlo me llena de satisfacción, me hace sentirme pleno. Una sensación novedosa para mí.

Es posible que en M no se haya producido aún el vuelco que la llevará hacia la felicidad, todavía no. Pero no ha hablado ni una sola vez de marcharse de aquí, de abandonarme.

Y hemos tenido nuestros buenos momentos. Una tarde, una semana después de llegar aquí, bajamos hasta el lago y vimos las luces lejanas de los aviones cruzando la montaña, alejándose como pensamientos dispersos.

Candora, Nueva York, es un lugar bonito, aunque algo tosco. Granjas de vacas, aparcamientos de camiones y bosques frondosos. Y ese río, que es tal como esperas que sean los ríos. Transparente, corriendo entre orillas en marcada pendiente, con árboles que sumergen de vez en cuando sus ramas en el agua, con nadadores poniendo a prueba la corriente.

Tres días antes de la fuga de M, aparqué en la orilla y permanecí allí sentado, observando sus aguas marrones verdosas. Había llegado hasta el cuartel de bomberos. Donde murieron su novio y el capitán de la brigada. Donde, en cierto sentido, acabó también la vida de M. Su antigua vida.

La gente acaba metiéndose en líos. A veces, la gente desea tanto algo que acaba haciendo cosas que jamás se imaginó que haría. Esto lo sé ahora. Lo entiendo.

Al cabo de un rato, enfilé de nuevo la carretera y puse rumbo norte para salir de la ciudad. Giré hacia la derecha por una carretera sin asfaltar, conduje por aquellos baches unos cuantos kilómetros, en territorio del parque nacional, luego pasé por encima de una alambrada caída y por delante de varias señales de prohibido pasar, taladradas todas ellas por balas. La pista moría allí y bajé del coche. Abrí el maletero, saqué una pala. Siguiendo un sendero, aplasté arbustos de ambrosía y matojos con pinchos. El viejo campamento de cazadores se asentaba a unos quinientos metros. La verdad es que no tenía muy claro qué podía ser eso del campamento de cazadores. Resultó ser simplemente una cabaña en estado ruinoso construida de contrachapado y hojalata, y un fuego a tierra dentro de un círculo de piedras. En el interior de la cabaña había un colchón con los muelles a la vista. Una bota ennegrecida. Algunas botellas de cerveza por el suelo, que no tenían pinta de ser muy antiguas.

Sin temor a equivocarme diré que, llegado a ese punto, cuando miré a mi alrededor y vi el colchón, las botellas y la bota, se me pusieron los pelos de punta. Reinaba un silencio letal. No se oía el canto de los pájaros. Ni siquiera el viento soplando entre los árboles. Salí de la cabaña y la rodeé para acercarme a la reserva de leña, con la pala levantada por si acaso, agarrándola con fuerza por la empuñadura.

Cuando aparté la leña y empecé a excavar en el suelo, justo debajo, empecé a ver lombrices ciegas y enormes babosas que no eran en absoluto agradables a la vista. Pero cavé sin parar. Respirando con fuerza.

—¿Estás segura de que sigue allí? ¿Que no lo desenterraron después de arrestarte? —le había preguntado a M.

—Intenté contárselo a mi abogado. Y me hizo callar. Dijo: «No pronuncies ni una palabra más, no se te ocurra pronunciar ni una palabra más sobre el tema. No lo hables con nadie», dijo que, por lo que al jurado se refería, cuanto menos supiera yo, más inocente me verían. «Y mira —dijo—, nadie que siga con vida sabe lo que tú sabes. De modo que mejor decir que no sabes nada. Al final, te olvidarás de que lo sabes y, a partir de ese momento, será como si no lo hubieras sabido nunca».

—Por Dios.

—El tipo ese tiene un pluriempleo como consultor de campañas electorales —dijo.

Cuando llevaba algo más de medio metro excavado, di con ello. La pala se hundió en algo más blando que la tierra fangosa, algo que cedía. Cavé un poco más. Una bolsa recia de tela plastificada de color rojo. El anagrama del Departamento de Bomberos de Candora impresa en un lateral.

Una hora más tarde, emprendí el camino de vuelta, conduciendo con cuidado, con sumo cuidado, puesto que, cuando tomé la rampa de acceso a la I-90 Este, temblaba por completo. Llevaba 2,3 millones de dólares en el maletero.

Era dinero entregado por habitantes de aquella pequeña ciudad, que jugaban para pasar un buen rato, corriendo poco riesgo, creyendo que el dinero iba destinado a una buena causa. Y, aunque con cierto retraso, así fue. ¿Qué mejor causa que el salvamento de almas?

El caracol albino asciende ahora por la ventana, sus ojos rojos rotan sobre sus minúsculos cuernos: ha entrado arrastrándose en mi mundo, está a escasos milímetros de mi cara, para decirme que los resultados más improbables son completamente posibles.

Sí, poder decidir da poder, y yo tomé mi decisión. Animo a todo el mundo que lea esto a que siga mi ejemplo.

24

MARZO DE 2000

Frank Lundquist dormía profundamente y no se despertó cuando ella se puso una camiseta y un pantalón corto y, seguida por el perrito, salió de la casa. El sol caía ya con fuerza sobre sus hombros cuando inició el descenso, con el perro dando brincos por delante, saltando por encima de los pedruscos y las escuálidas matas de estragón silvestre.

Cuando llegó a orillas del lago, se volvió para mirar el pequeño grupo de edificios, hacia los tejados brillantes. Todo estaba indeciblemente tranquilo. No había nunca nada que alterara aquel lugar. Sus habitantes comprendían el silencio.

Olla la había visto acercarse por las piedras y tenía ya una tacita de su café amargo esperándola. Miranda entró en la cabaña oscura y lo saboreó contemplando el antiguo teléfono.

El perro y ella jadeaban levemente cuando enfilaron el último tramo del empinado camino que los conducía de vuelta hacia la casa. Bajo la sombra de un tejo nudoso había una vetusta bomba de agua y la accionó para enviar agua al abrevadero. El perro bebió a lengüetazos con entusiasmo. Miranda acercó la boca al grifo y bebió también, a pesar de que el agua salía caliente y olía ligeramente a sulfuro.

Al entrar en la casa, oyó que Frank Lundquist estaba lavándose en el cuarto de baño. Rápidamente, sacó las dos bolsas de lona de debajo de la cama y empezó a meter allí algunas cosas para ella y para él: ropa interior, camisetas limpias. Y mientras guardaba la ropa en las bolsas, se presentaron por sí solos otros objetos. La vieja fotografía, con los bordes arrugados, de su madre con sus hijos, que él había colocado en la repisa de la chimenea. Un dibujo que ella había hecho del perrito. Una piedra con rayas, como un tigre, que habían encontrado una vez que se sentaron los dos a orillas del lago.

Finalmente, empujó la cama, levantó el panel suelto, cogió los pasaportes canadienses, los sobres abultados llenos de marcos alemanes y los documentos del banco suizo. Se quedó mirando el conjunto, dispuesto en sus manos como si fueran cartas de tarot. Se obligó a leer el mensaje que había allí.

Y entonces le llamó la atención un objeto que había debajo de la cama de él. Un cuaderno de color gris, con tapas de cartulina barata. No recordaba haberlo visto nunca. Lo abrió; la primera página la ocupaba en su totalidad la caligrafía torcida de Frank. Leyó la primera línea: «Lo que me sucedió es universal. Y puedo demostrarlo».

Entonces, un sonido chirriante, un coche en la gravilla de delante de la casita. Guardó el cuaderno en la bolsa de Frank y, al hacerlo, salió de entre sus páginas un trozo de papel doblado, grueso y brillante.

Se oían voces fuera, dos o tres hombres. Cogió el papel y se lo guardó en el bolsillo, cerró la cremallera de las dos bolsas y las empujó hacia un rincón.

Frank salió del baño, agachándose, como siempre, para no darse con la cabeza en el marco de la puerta. El torso desnudo, vaqueros, secándose el pelo alborotado con una toalla fina.

Olla entró corriendo en la casa.

—*Russkata* —le gritó, y señaló hacia la puerta. Frank se volvió hacia Miranda y la miró con una expresión desgarradora, una mezcla de lamento y consuelo—. Quédate dentro.

Salió por la puerta. Olla miró a Miranda con el ceño fruncido.

Frank opuso más resistencia de la que cabía esperar y cuando todo hubo acabado, Miranda asomó la cabeza y vio dos hombres de pie por encima de Frank, uno solo un adolescente, con camiseta, el otro robusto y curtido, con chaleco de cuero, camisa de cuadros y el pelo rubio muy corto. Envueltos ambos por un halo de polvo blanco de gravilla. Hicieron rodar a Frank por el suelo como una barra de pan enharinada y lo dejaron allí, con los ojos cerrados, los brazos extendidos hacia los lados y sangre de color rojo oscuro brotándole por la nariz y la boca y derramándose hacia el pecho cubierto de polvo.

El hombre de más edad entró en la casa como si fuera su propietario y la miró con cautela.

—No le irá mal en la cárcel, no es precisamente un pelele. —Se sacudió y sus vaqueros desprendieron nubes de polvo blanco. Le tendió una mano—. Soy Visha.

Fue como si estuviera oyendo a Lu diciéndolo, con su voz grave, su tono risueño: «Visha es el mejor marido que podrías soñar».

Pasó por delante de Visha para acercarse a Frank, abierto como si quisiese abrazar el aire, como si estuviese ofreciendo su sangre al cielo. El adolescente montaba guardia a su lado, con una pistola asomando tranquilamente de la cintura del pantalón; el hijo tenía el pelo amarillo de su madre y sus atractivas facciones.

Miranda se inclinó sobre Frank.

—Te pondrás bien —le dijo.

Movió los ojos, pero no los abrió.

—Eres libre —dijo él—. Gracias a mí.

Miranda le acarició la mejilla ensangrentada.

La sangre, en grandes cantidades, tiene olor. Denso, similar al de un opiáceo.

La trastienda del cuartel municipal de bomberos de Candora. «Empuña la pistola y camina —se dijo—, empuña la pistola y camina». El revólver, compacto y pesado, temblaba de mala manera. Parecía flotar por delante de ella, como por arte de magia, cuando pasó por delante de las cajas con dinero apiladas encima de la mesa metálica. Billetes y monedas. Las ganancias de aquella noche. No tuvo la impresión de que se percataran de su presencia. Con la pistola, que remataba su brazo tembloroso, instándola a seguir avanzando, rodeó la esquina de la mesa. Y allí, en el suelo, con una silla plegable tumbada a su lado, estaba el hombre muerto. Más adelante conocería su nombre. Lewis Patterson. A lo largo del juicio, lo escucharía un millón de veces, y cada vez que lo oyera, se estremecería por dentro. Lewis Patterson, soltero, bombero, pescador de trucha de río, aficionado a la historia local, gran imitador del canto de los pájaros, un pilar de la comunidad. Lewis Patterson estaba tendido en el suelo delante de ella con la sangre brotándole de la oreja y un orificio grande y sorprendentemente limpio en la mejilla, un orificio que dejaba ver astillas de dientes y músculo desgarrado. Tenía los ojos abiertos, clavados en el techo, una mano descansando sobre su pecho inmóvil y una mancha de sangre coagulándose ya en uno de los hombros de su sudadera de los Pittsburgh Steelers.

Dejó caer la pistola. Se quedó paralizada, mirando fijamente, durante un lapso de tiempo que le parecieron horas, el nombre de la ciudad estampado encima de aquel cuerpo muerto.

Y entonces escuchó un sonido a sus espaldas. Se giró. Doblando la esquina, procedente del garaje donde los camiones rojos con escaleras esperaban preparados su entrada en servicio, apareció Duncan McGray. Arrastrando una abultada bolsa negra de basura. La abrió.

—¿Por qué no estás en el coche? —dijo sin apenas mirarla.

Cogió el dinero que había amontonado en la mesa y lo metió en la bolsa.

—He oído disparos.

—Mira, no te preocupes ahora por esto —dijo excitado, sin dejar el trabajo que tenía entre manos—. Me ha contado dónde almacena el dinero. Debajo de donde almacenan la leña, en un campamento de cazadores. A unos diez kilómetros, por la pista forestal del parque nacional. ¿Hemos cogido la linterna?

—No lo sé.

—Mira, algo sí puedes hacer. Echa un vistazo por aquí a ver si encuentras una linterna. Voy a guardar esto en el coche.

Pero había metido tanto dinero en la bolsa que, al levantarla, empezó a romperse.

—Mierda —murmuró.

—Si te ha contado todo eso, ¿por qué le has disparado?

—Me ha reconocido —dijo arrodillándose y empezando a recoger los billetes que habían caído al suelo—. O eso me ha parecido, al menos. Del bar. Estaba tan borracho que no me imaginé que fuera a recordarme. —Cogió la bolsa rota por debajo y la abrazó contra su pecho—. Creo que he visto linternas en alguna parte del garaje.

Y entonces, la pequeña pistola entró de nuevo en su ángulo de visión. Casi la había olvidado, había olvidado la sensación de aquel peso frío en la mano.

—Duncan —dijo.

La miró. Miró la pistola.

—Mierda —dijo moviendo la cabeza para señalar la puerta, avanzando hacia allí—. Estamos perdiendo el tiempo aquí dentro.

—Dijiste que no estaría cargada —dijo.

—Y lo dije en serio en aquel momento. —Se detuvo aferrando la bolsa contra su pecho—. Luego cambié de idea. Por seguridad.

—Dijiste que no estaría cargada.

Dio unos pasos hacia él.

—Era un testigo. —Se había quedado tan pálido que su cara parecía casi azul—. Lo he hecho por ti.

Su visión se volvió borrosa en cuanto aparecieron las lágrimas, que empezaron a derramarse.

—No puedo creer que hayas matado a un bombero —se oyó decir.

—No —dijo Duncan. Soltó la bolsa para acercarse a ella—. Te quiero.

Los billetes se derramaron por el suelo.

—No puedo creer que hayas hecho esto —dijo ella.

Los famosos ojos de Duncan estaban abiertos de par en par, muy cerca de ella. Nunca habían sido tan intensos como cuando la enlazó por la muñeca.

—Miranda —dijo jadeando.

El revólver saltó cuando ella presionó el gatillo. Recordaba la sangre saliendo en burbujas por el pequeño orificio de debajo de su barbilla, como el vino cuando sale del cuello de una botella, antes de que ella cerrara los ojos con fuerza y él cayera sin vida.

Olla cargó con las dos bolsas regañándola en el idioma que ella no entendía.

—Está sangrando mucho, tendría que verlo un médico antes que nada —le dijo Miranda a Visha.

El adolescente y Visha estaban cargando a Frank Lundquist en el asiento trasero del Lada negro oxidado, la sangre y el polvo empezaban a formar una pasta sobre su torso desnudo.

—En la clínica informarían a la policía —dijo Visha—. Sería malo para ti. Se pondrá bien. Entra, tenemos que irnos.

Tiró las bolsas al asiento de atrás.

—Déjame, al menos, que lo limpie un poco.

Entró y abrió la cremallera de la bolsa de Frank, sacó una camiseta. Secó las heridas de Frank con un pico de la tela. La puerta se cerró a sus espaldas y el motor se puso en marcha.

Y el pueblo se perdió de vista, con Olla en el borde de la carretera diciendo adiós con una mano y con un sobre de marcos alemanes en la otra. Visha pisó el acelerador mientras su hijo manipulaba la radio.

—Lu te envía un saludo, sale en octubre, gracias a Frank, aquí presente. —Visha rio, meneando de un lado a otro su cabeza con el pelo al uno—. Y el macedonio, bueno, le manda sus disculpas a Frank. Le hemos recordado ciertas realidades. Ha dicho que le digamos a Frank que lo siente mucho. —Volvió a reír—. La próxima vez, no te juntes con *balkanskjy*, Frank. Ve directo a los rusos si necesitas algo. Los macedonios son poca cosa. El ruso es el zar, el macedonio, su siervo.

Frank no escuchó su consejo. Estaba inconsciente, frío, desplomado contra la puerta, con la cabeza inclinada como si estuviera rezando.

La radio los acompañó por las escabrosas carreteras de las montañas, vacías a no ser por las piedras, raquíticos árboles de hoja perenne y algún que otro rebaño de ovejas mordisqueando hierba seca. Miranda fijó la vista en el cuaderno gris que se veía en la bolsa abierta, pensó en echarle un vistazo, pero decidió finalmente no hacerlo. No tenía ninguna necesidad de conocer sus secretos. Dobló como una pelota la camiseta ensangrentada que había utilizado para limpiarle las heridas, la metió en la bolsa y cerró la cremallera.

Entonces se acordó de aquel papel doblado, se lo sacó del bolsillo de atrás del pantalón, alisó las arrugas y lo extendió sobre su pierna.

Uno de los lados era irregular, una hoja arrancada de una revista... ¿o de un libro? Le echó una ojeada rápida. «Equipo de atletismo femenino de primer curso». Una foto de equipo. Abajo, una fotografía de mayor tamaño de una chica corriendo, con un dorsal de papel sujeto con imperdibles a la camiseta. La foto había capturado el movimiento de la cola de caballo de la corredora. Y un pie cerniéndose por encima de la línea blanca de meta.

¿Ganó aquel día? La fotografía daba a entender que sí. Miranda Greene, de noveno curso, volando hacia la primera posición. No recordaba nada de aquel día. De aquel año.

Excepto. El pasillo con escasa ventilación de la zona de vestuarios. El pasillo que pasaba por el despacho de educación física. En el despacho, un pequeño televisor en blanco y negro, en una estantería al lado de una planta, una cinta, que amarilleaba. A veces, los entrenadores se reunían allí para ver alguna parte de los encuentros de los Orioles y se sentaban con refrescos y tentempiés de las máquinas expendedoras. ¿Por qué estaría encendido aquel martes por la tarde? A saber. La World Series había acabado hacía un par de semanas y, en consecuencia, no había ningún partido por ver. Pero la tele estaba encendida. Cuando pasó por delante de la puerta del despacho, equipada y dispuesta a recoger su dorsal para la carrera, Showalter, el entrenador de fútbol que les daba también clases de Trigonometría, gritó su nombre.

—¡Green! ¡Entra!

«¿Qué pasa ahora?», pensó Miranda. ¿Tendría deberes pendientes de entregar?

—¡Tu viejo sale en la tele! —dijo señalando la pequeña pantalla.

Y sí. Allí estaba su padre. Era el día de las elecciones de 1982. Su fracaso estaba más que vaticinado.

«... Greene, que espera ser elegido de nuevo, perdió este escaño por Pennsylvania hace cuatro años, después de haberlo ocupado durante una única legislatura. Viendo los resultados obtenidos en otras elecciones con sus apoyos, Greene ha rendido especial homenaje al magnate de la televisión por cable, Neil Potocki, a quien ha calificado de buen amigo y valioso...».

Y allí estaba, estrechando entre sus brazos al gran hombre. Un abrazo de amigos. Un intercambio de sonrisas cordiales y palmadas en la espalda. Un abrazo con el hombre del coche azul.

Miró fijamente la foto del anuario. Algo se revolvió en su interior, como si el asiento del coche fuera a cambiar de repente de forma, a romperse, a ceder. Como una capa fina de hielo. Y recordó más. El sabor de las lágrimas en la boca mientras corría. Los gritos de los espectadores. El sol poniéndose, el aire frío y limpio de noviembre, el mundo difuminándose frente a sus ojos ardientes.

Y después, sola en el vestuario. Cambiándose con aquel frío. Llorando y recordando y arrancando aquella pegatina de la puerta de la taquilla. *Greene para el Congreso*. Oyendo a su padre gritar el nombre de Amy, quitándose de encima la mano reconfortante de Potocki cuando los policías hicieron su entrada en el majestuoso vestíbulo iluminado por aquella deslumbrante lámpara de araña.

Volviéndose hacia aquel hombre. Agarrándolo por el cuello. Potocki jurando que ella le había robado las llaves.

—¡No las robó! —gritó Miranda.

—Nunca jamás vuelvas a mostrarme tu cara de mentiroso —le dijo su padre al hombre.

Y, un año después, abrazándose en la tele.

Al día siguiente, abandonó el equipo de atletismo. A la noche siguiente, empezó a follarse a un jugador de fútbol de último curso. No se le ocurría ningún motivo por el que no hacerlo. ¿Por qué no?

Miró la fotografía que tenía en las manos una vez más. Miró más allá de la chica llegando a la meta. A la gente que había al fondo flanqueando la pista.

Lo suficientemente alto como para destacar entre los demás. Su cara: delgada, debajo de un flequillo rubio. La cara de un niño, aunque era la de él, sin lugar a dudas. Y sus ojos, brillantes, abiertos, fijos en la chica que acababa de pasar volando por su lado. Su expresión… ¿de sorpresa? ¿Embelesado? ¿Esperanzado quizás? Tenía los brazos a medio levantar, como si estuviera preparándose para alzarlos completamente en caso de victoria.

La boca entreabierta, congelada eternamente en un grito.

—Hola —dijo Visha sorprendiéndola—. Es aquí. —Dio un viraje brusco para acceder al aparcamiento de una gasolinera que parecía abandonada y se paró al lado de un Volkswagen blanco bastante abollado. Le entregó la llave del coche—. El aeropuerto está a diez kilómetros de aquí, en dirección sur; la frontera, a treinta kilómetros hacia el este.

Frank parecía dormido. Su cara se veía muy joven. Sin arrugas. Como la de un niño.

Recordaba lo inmensamente sola que se sintió el día de aquella carrera, sin sus padres presentes. Sin su hermana.

Pero ahora disponía de nueva información. No estaba sola.

Repasó el contenido de la bolsa una vez más: pasaporte, documentación suiza para el dinero, la financiación de Candora. Todo estaba allí. Guardó los papeles en la bolsa, junto con la hoja del anuario. Cerró bien la cremallera.

Le acarició la mano, animándolo a despertarse.

Pensó que podía oír su voz. ¿Podía oírla, una voz de niño elevándose por encima de las demás, animándola? ¿Podía oírlo gritando su nombre?

Y, mirando su magullado perfil, ¿podía verlo? Sí. Lo vio de refilón allí en la banda, al cruzar la meta, lo vio con perfecta claridad. Un chico alto y delgado, sorprendido, embelesado, esperanzado.

Le acarició las manos con más fuerza, le pareció notar que se movía. Se inclinó sobre su oído.

—Te recuerdo.

Un minuto más tarde estaba sentada al volante de un coche blanco, viendo a través del espejo retrovisor cómo el Lada negro iba disminuyendo de tamaño. Viéndolo desaparecer a lo lejos, en la carretera. Puso primera.

Y ahora, conduce.

EPÍLOGO

9 DE NOVIEMBRE DE 2016

Tal vez rechaces la idea. La noción de que lo que me sucedió es universal. Y pienses que jamás podría sucederte a ti.

¿Has experimentado alguna vez el amor imposible? ¿Has luchado alguna vez contra diablos y demonios? ¿Has rozado alguna vez los límites, flirteado con malas decisiones, anhelado el bien, aspirado a la grandeza?

De ser así, te habrás desviado tanto hacia mi destino como hacia cualquier otro.

No estoy seguro de qué fue lo me impulsó aquel día concreto a bajar de la estantería el grueso sobre de papel manila. Con el tiempo, se había quedado un poco correoso, un poco mohoso, pero sigue luciendo la etiqueta mecanografiada con mi nombre y mi número. 0281-J-00, porque fui el recluso 281 que entró en la NYS DOCS Facility J, conocida como el correccional de Auburn, en el año 2000. La parte superior izquierda del sobre lleva impresa la dirección de mis abogados: Burwick & Spival LLP, 42 Catharine Street, Poughkeepsie, NY 12601.

El sobre llegó por correo, a franqueo revertido, en diciembre de 2009, cuando cerraron el bufete después de que el viejo Arthur Burwick se jubilara. Remitido por un pasante, contenía un cuaderno que había quedado mal archivado con otro caso. Un cuaderno con tapas de cartón endeble de color gris, con sus hojas cubiertas con mi caligrafía. Arthur lo descubrió en una bolsa con mis escasas pertenencias —una chaqueta para la pesca de la mosca casi por estrenar, una vieja fotografía ya amarillenta, una piedra con unas rayas curiosas— e intentó pasar mi escrito como prueba. El juez lo rechazó. Cuando el cuaderno llegó aquí, no tuve ganas de abrirlo. Lo guardé de nuevo en el sobre y lo coloqué en la estantería con mis libros y mis papeles. Intenté luego olvidarme de que estaba allí.

Y lo conseguí, durante casi siete años. ¿Qué ha pasado, pues, hoy? ¿El cambio de estación, el sol de finales de otoño? ¿El parpadeo de esa luz en las últimas hojas tostadas, negándose a desprenderse de los árboles, al otro lado de la valla que rodea las pistas de balonmano? ¿El ruido de otra temporada electoral, tan fuerte, tan tumultuoso este año que se ha filtrado incluso a través de los muros de esta fortaleza?

No fue una lectura agradable, no hace falta decirlo. Dolorosa, incluso después de tanto tiempo.

Pero aún, tal vez, puedo reivindicar una pequeña dosis de redención. Algún logro positivo.

No acabó bien para mí, eso puedo decirlo con toda seguridad. Aunque intento hacer el bien siempre que puedo. Dirijo un grupo de asesoramiento psicológico para colegas en la sala principal, a las once de la mañana de miércoles alternos, antes de que empiecen las emisiones de televisión, cuando la sala está tranquila. Y a pesar de que la mayoría de los chicos hace acto de presencia única y exclusivamente por las galletas y el té, a veces tengo la sensación de estar generando algún impacto. De estar reconduciendo alguna que otra vida hacia un camino un poco mejor. En administración han aprobado mi iniciativa y por fin, después de todos estos años bajo fuertes medidas de seguridad, me han concedido más tiempo en el patio y visitas regulares: Clyde trae a sus hijas de vez en cuando.

Cuando llegué lo pasé muy mal, condenado como estaba por haber reclutado al funcionario de prisiones Jerrold Liverwell para que colaborase conmigo en el contrabando de cocaína cristalizada y Elavil en la Unidad C de Milford Basin, y de extorsionar a la informante del caso, Ludmilla Chermayev, para que distribuyera dichas sustancias, siendo yo parte implicada, por lo tanto, en las muertes por sobredosis de las internas April Toni Nicholson y Weavy Moore. Y, por supuesto, por colaborar en la fuga de mi supuesta compinche, Miranda Greene.

Sí, ahora puedo salir y pronunciar su nombre. Al fin y al cabo, está muerta.

Según consta en documentos oficiales, evidentemente.

Según mi testimonio —y mi testimonio quedó ratificado por el tribunal del Estado de Nueva York, el tribunal federal y la Interpol—, Miranda Green falleció aquel día de marzo de 2000. Los hombres —prófugos todavía— que me dejaron tirado en la cuneta, inconsciente, cubierto de mi propia sangre, delante de aquel puesto fronterizo de mala muerte de la policía macedonia, la secuestraron, la mataron. Lo dije ante los tribunales: vi lo que hicieron. Lo dije ante los tribunales: quemaron su cuerpo hasta reducirlo a cenizas y arrojaron las cenizas en el lago.

Por lo que ellos saben, algunas de sus moléculas flotan por las aguas contaminadas por potasa que fluyen bajo la sombra del monte Ulsec.

Por lo que ellos saben.

Pero lo que yo sé es lo siguiente: que ella se acuerda de mí.

AGRADECIMIENTOS

Esta historia tiene también una historia complicada. Podría, muy fácilmente, no haber salido nunca de mi cajón virtual. Que lo hiciera ha sido un giro del destino increíblemente feliz, que no habría sido posible sin la bondad, la fe y el apoyo de determinadas personas y organizaciones.

Quiero expresar todo mi agradecimiento a Virginia Paget, Bob Gangi, Susan Rosenberg, Robin Aronson y Tara McNamara, por ayudarme a explorar la vida de mujeres y hombres encarcelados. A la MacDowell Colony y a la Corporation of Yaddo, por la soledad y el compañerismo. A las familias Immergut y Mark, a Deborah Lewis Legge, Kahane Corn Cooperman y Doug Wright, por su amor incondicional. A Ann Lewis y Edie Meidav, por su opinión esclarecedora y por su apoyo espiritual. A James Hynes, Barrie Gillies, Miliann Kang, Anthony Schneider, Scott Moyers, James Yu y John Townsend, por las inesperadas, generosas y tremendamente esenciales dosis de ánimo que me brindaron a lo largo del camino.

Mi gigantesco agradecimiento también para mi agente, Soumeya Bendimerad Roberts, por haber detectado mi presencia en su atiborrada bandeja de entrada, por su genialidad en las labores de revisión, por defenderme en todo momento. Considero un gran golpe de suerte y un privilegio haber podido trabajar con Megan Lynch, una editora de una integridad y una perspicacia inmensas, además de con Emma Dries, Laurie McGee y todo el equipo de Ecco/HarperCollins.

Y finalmente, por todo lo que subyace en todas y cada una de las palabras de este relato y en todos y cada uno de los momentos de cada día, quiero dar las gracias a John, mi roca y mi redentor, y a Joe, mi alegría.